For Memories

For Memories

梅子黄时雨 作品

有生之年 狭路相逢

SOMEWHERE IN TIME

SOMEONE LIKE YOU

中国華僑出版社

图书在版编目（CIP）数据

有生之年，狭路相逢 / 梅子黄时雨著. -- 北京 :
中国华侨出版社, 2013.1
ISBN 978-7-5113-3014-7

Ⅰ. ①有… Ⅱ. ①梅… Ⅲ. ①言情小说－中国－当代
Ⅳ. ①I247.5

中国版本图书馆CIP数据核字(2012)第262503号

有生之年，狭路相逢

著　　者：梅子黄时雨
出 版 人：方　鸣
责任编辑：五　月
装帧设计：熊琼工作室
经　　销：新华书店
印　　刷：北京慧美印刷有限公司
开　　本：880mm×1230mm 1/32　印张：8　字数：180千字
版　　次：2013年1月第1版　2013年1月第1次印刷
书　　号：ISBN 978-7-5113-3014-7
定　　价：28.00元

中国华侨出版社　北京市朝阳区静安里26号通成达大厦三层　邮编：100028
法律顾问：陈鹰律师事务所
发行部：(010) 82069015　82069000
网　址：www.ovesschin.com
E-mail:oveachin@sina.com

目录
CONTENTS

Chapter01

倒影的倔强

许连臻怔了许久，
这才后知后觉地发现那是自己的倒影。

有个纤瘦的身影清楚地映在干净通透的大片玻璃上，许连臻怔了许久，这才后知后觉地发现那是自己的影子。

门口处传来了何燕然和李淑热情的声音："欢迎光临。"

抬头，只见有个棕发微卷的女孩子背了一个红色的名牌小包，脚踩着同品牌的系有蝴蝶结的皮鞋，娉娉婷婷而来。不过是二十岁左右的年纪，长得很好看，白白的皮肤，光泽的脸，大大的杏眼。古文所说的"肌白若雪，眼若点漆"亦不过如此。

她换上一副职业笑容，迎了上去："小姐，您好。请问有什么需要为您服务的吗？"

那女孩子朝她微笑了一下，灿若五月流光："我自己看就可以了，谢谢。"她们店里的牌子属于一线和二线之间，往来购物的人多半是有钱人，所以向来高傲冷淡者居多。像这位小姐这样亲切的，倒是不常见。想来一定是书香门第出身的孩子，所以教养极好。

在接下来的十多分钟里，那女孩子挑中了一件。许连臻一直跟其他店员不同，并不会巧舌如簧地推荐，一般只静静地站在顾客身边，若有顾客喜欢的，便略加说明。比如那女孩子挑中的那件裙子，她只浅笑着简单地说了句："这是我们公司的首席设计师今年夏季的得意之作，她自己都十分满意。"

由于是那女孩子肤色白的缘故，将这款宝蓝色的长裙穿得婀娜靓丽之极。这款裙子因为腰部和裙摆的地方设计得漂亮，顾客都十分喜欢，在许连臻手里卖出了不下十数条。但那女孩从试衣间里出来，许连臻还是觉得眼前一亮，因为还没有人可以将这裙子穿得像她这样垂坠飘逸。

耳边又传来同事们“欢迎光临”的声音，似有人朝她们的方向而来。她弯着身帮那女孩整理不规则裙子下摆，含笑着轻轻说了一句：“小姐，你穿着很好看，这裙子真的很适合你。”

只见那女子拉着裙摆，袅袅婷婷地向后一转，裙摆在空中画出摇曳的弧线，恍若天边的云朵舒卷。那女孩朝来人甜甜地道：“叶大哥，好看吗？”声音娇柔婉转，含着诱人的鼻音，许连臻听着都觉得心里痒痒的，似有只柔软的小手在心里挠啊挠的。

因低头的缘故，她只瞧见有两双男士的鞋子。一双是锃亮的黑色皮鞋，十分正式的鞋子，而另一双则是咖啡色休闲款的皮鞋。有个低沉的声音带着几丝轻笑，似远又似近地传来：“这个问题，想来不是问我的，英章，是不是？”

大约是弯腰太久了，她只觉得太阳穴旁的血管在突突地跳，就像有谁拿了针不停在戳着那两条青筋，全身的血液尽涌往那一处，仿佛随时会涨爆而出。

那个名叫英章的男子怔了怔，隔了数秒才开口道：“嗯……很好看。”只轻描淡写的几个字，许连臻只觉得天地之间一下子变成漆黑一团，眼前的一切模糊不清。

地上铺着错落有致的地板，锃亮锃亮的。因公司有员工每一个小时要拖一次地板的条款规定，所以那女孩进来前她才拖抹干净。一点灰尘也没有，干净极了，淡淡地映着那三人的轮廓。也仅仅是轮廓，其他什么也没有……

她盯得久了，地板好像变成了无数的木板块，密密麻麻地朝她直直逼来。

世界早已经失声了，她耳边只有一干“嗡嗡”之声。似乎一辈子那般久远了，那女孩清脆的声音悠悠地传来，可听在她耳中却像在做梦一般，茫茫然都凝成了一片：“谢谢，请帮我包起来吧。”

她慢腾腾地直起麻木的身子，机械地接过那女孩递来的裙子，极缓极缓地绽放出一抹微笑，抬头说道：“好的，小姐，请稍候。”

许连臻一点点地转过已经如铁般僵硬的脖子，因僵得久了，她似可以听到骨骼连接处的“咯咯”之声。她的眼角余光意外地瞧见他的身体似乎轻轻一震。

而她，与他擦肩而过，转身而去。

想不到居然是在这种情况下与他再见面了。叶英章，看来你过得很不错。

一推开店门，雨丝细密如发，迎着秋末的冷风而至。工作服早已经换下了，许连臻拢了拢身上的薄外套，仰首凝望了一下黑漆漆的天空。雨丝如帘，不停坠下，飘忽地打在她的脸上，不疼，却带了点点的沁凉寒意。她望了片刻，木然地低头，往公交车站台走去。

因是加班，她在店里早吃过了工作餐，所以也就不用再转农贸市场去买菜了。也或许因为这个缘故，她素来喜欢加班，除了可以多拿一笔加班费，还可以省去一顿饭钱。这个城市消费太高了，她一个小店员，就两千多元的收入，扣除房租600元，每天的伙食大约15~20元，一个月下来也有500左右了。水电煤气，再省也要半百。马上又要交一笔暖气费用了……唉，再加上一些最基本的生活用品消费，她一个月下来几乎攒不下什么钱。

第一个月的时候，从工资里还扣除两套工作服的钱，为此她吃了整整一个月的方便面。许连臻低头打量了一眼自己的外套，很廉价的地摊货。以前，她穿得虽然也很普通，喜欢T恤牛仔，清爽的浅色裙子，但那种面料和做工，绝对是舒舒服服、一丝不苟的。

那个时候，父亲随手放在她房间里的钱，都够抵她现在一整年的工资了。她什么时候过过这种日子啊！母亲虽然去世得早，可她却一直被父亲捧在手心里，如珠如宝地含着长大的，从来不知道苦字是怎么写的。

她猛然摇了一下头，以前……还去想以前干什么？以前的世界早已经天翻地覆了，早没有了……她对自己说过要忘记的。

车窗上挂着雨滴，就着灰尘，时不时地沿着玻璃晃晃荡荡地滚落下来。大约是太偏僻的关系，此时车上空无一人，挂着拉手随着车子的颠簸，一路发着“丁零当啷”的单调之声。最后，公交车发出了“呲”一声长长的刹车声，猛地停住了。

她起身，下车。雨似乎越下越大了，密密麻麻地从黑洞洞的天空里坠落着。她叹了口气，离她的租房还有好长一段路呢。走回去，肯定淋得湿透。她将外套脱了下来，盖在头上，开始跑起来。

到了楼下的时候，已经气喘吁吁了。外套已经湿透了，不知道晾一天会不会晾干。人倒还好，因奔跑全身都热起来了，应该不会感冒的。她不由得露出一个苦笑，现在的她连个小病也生不起啊，生了病除了要买药的开销外还要请假，一请假窝在家里还要多两顿饭呢！

还好，刚刚跑得快！以往高中里测试长跑成绩，她都没有跑过这么快呢！说起来还得感谢她的高中体育老师。还记得那个老师姓费，因刚毕业，才分配过来，他们这群不大不小的学生都喊他小费老师，后来喊着喊着就变成了小费。

那小费老师也不介意。但是他唯一会介意的便是他的这些学生的成绩，谁要是拖了他们班的后腿，他可不轻饶，每天一早的早操课，他都会在操场上大吼：“×××，你没有吃饭啊，给我跑快点！”

他的隔空传音之术可厉害了，只要一喊，保管整个高中都可以听得清清楚楚。她的长跑向来是最烂的，又怕被他吼，所以每每都是拼了命地跑。大概就是这么给逼出来的。那个时候她每次上体育课都在祈祷小费老师生病。唉，后来要不是当时在高中打下了底子，她的身子怎么能熬过在监狱里的那段日子呢……

爬到了楼顶，推开小铁门，房屋里的陈设映入眼中。虽然小，虽然简陋，但却是她现在的窝。

她把外套洗好，拧到滴不出水后，又用干毛巾裹着再拧了几次。最后，将衣服挂在自己拉的绳子上。又去拧了抹布，将麻雀大的空间擦得窗明几净，纤尘不染。水冰凉冰凉的，扑在脸上已经有冬天的感觉了。

最后，在转不过身的卫生间里洗了个热水澡，将自己梳洗得干干净净。就算再穷，租房子的时候再拮据，但她还是咬牙租下了这件带卫生间的小屋子。她什么都可以忍，可是忍受不了去公共浴室赤裸裸地跟别人一起洗澡。

等她最后躺进柔软被窝的时候，手表已经显示23点45分了。手表是白色的，同色同质的陶瓷表链，灯光下隐隐泛着莹润的光泽。这表是当年她二十岁生日的时候父亲送的，是她现在身边最值钱的东西了。

李淑现在跟她比较熟了，说话也就随意了，前几天还在闲聊的时候问她："连臻，你这个'范思哲'在夜市哪个摊位买的啊？我看着觉得做工不错，仿得很像，接近A货水准。"

她当时心头一抽，脸上却还是挂着淡淡的笑，道："我很早以前在M市买的。"一听在M市买的，距离那么远，李淑便"哦"了一声，也没有再在这个话题上继续下去。

二十岁生日的时候，真真是懵懂岁月，如诗年华。每天醒来，红日满窗，小白趴在她身边，呼呼地对她喷气。惠姨总是会在她醒后才来敲门，喊她下去吃早餐。然后，她会趿着拖鞋，披头散发地抱着小白，噼啪噼啪地下楼。餐桌上总是摆着一杯鲜牛奶、两个荷包蛋，她坐下的时候，犹自散发着热气。

许连臻"啊"一声，猛地从床上坐了起来，屋子里一片漆黑。她"啪"一下打开了房间里唯一的一盏灯，清清亮亮的光线瞬间照亮了屋内的每个角落。

又做梦了，梦里又回到了从前。许连臻回过神来，才发觉掌心硌得发疼。缓缓摊开，是手表，她不知不觉居然握了一个晚上。显示的是凌晨5点，还早，她还可以再睡一下。

她关了灯，又躺了下来。被子里暖暖的，可是再怎么也睡不着了。最后索性起来，在小煤气灶上熬了一小锅小米粥。锅里“扑腾扑腾”的沸水声，热气袅袅升腾，屋子里不再安静得让人心慌，有了些许生活的热闹。她缓缓一笑，这些声音让她心安如水，不再惶恐害怕。

她摸了摸昨晚晾着的外套，已有八九分干了。便取过吹风机，坐在床上，呼呼地对着衣服吹热风。又不时放下衣服，起身去搅拌一下粥。

以前十指不沾阳春水，如今重头学起，半年下来居然也已经有模有样了。怪不得俗话说得好：人是给逼出来的，每个人身体里都有无限潜能。

外头的风“呼啦呼啦”地拍打着小屋唯一的一扇窗子，冬天真的来了。这个月发工资一定要添一件羽绒服了，再拖也拖不下去了。可稍微好点牌子的一件羽绒服就是她半个月的工资，质量不好的，一穿就爱掉毛，估计也就能穿一个冬天。许连臻思来想去已经很久了，此刻听着外头呼啸的寒风，最后咬牙决定，等拿到工资还是去买一件质量好点的吧。至少可以穿两三年！

孟静一下车，便已经瞧见许连臻衣着单薄地站在廊下。许连臻的衣物虽然廉价，但穿在她身上总是很好看。素颜的她，明眸皓齿，肤白如玉，顾盼之间总隐隐有种清清如水的气质。说有点高贵吧，明明穿得普通之极；说脱俗吧，一头齐耳短发，娇娇俏俏的如同一个学生。可分明是两者兼而有之的，还夹杂了一种淡淡的疏离。反正综合在她身上，很是奇怪。

孟静身为这家店的总管，是这里唯一知道许连臻过往的人。心里总是暗自诧异：到底当年发生了什么事情，会让这个看上去清丽淡雅，连脾气也温柔谦和的许连臻犯了罪，甚至还被关在监狱里两年多呢？

若不是当时自己店里人员紧缺，而许连臻的外形谈吐什么的确实不错，估计她也是不会要她来上班的。不过这半年一点一滴地接触下来，孟静发现许连臻确实是个很不错的女孩子，平日里不多言不多语，吃苦耐劳，什么苦活脏活都抢着第一个做。更重要的是，从不跟其他销售人员抢客人。所以，连一直对人百般挑剔的店中销售王牌李丽丽对她也挑剔不起来。

孟静再抬头时，已经将心里的诧异掩盖得分毫不剩了，笑吟吟地道："连臻，你这么早啊？"许连臻规规矩矩地向她问好："孟姐早。"

左看右看，再怎么看也是好人家的女儿。怎么会……孟静暗不可闻地叹息，打开了店门，转头问道："连臻，吃早饭了没，我买多了。"许连臻摇了摇头，淡淡微笑："谢谢孟姐，我已经吃过了。我先去干活了，你慢吃。"转身，已经去杂物房取扫帚拖把。

今天不是轮到许连臻值日，其实不用她打扫卫生的。可是这样的活，她总是抢着做。

孟静望着许连臻远去的背影，轻轻地叹了口气。这个连臻，每次总是浅浅怯怯地微笑，可孟静对她总是没来由的觉得心疼。孟静提着手里的大袋子走了过去："连臻，我有事情想请你帮忙。"

许连臻抬起了头，小溪般清澈的眸子望着她，等她说下去。孟静组织了一下语言，尽量地轻描淡写道："连臻，是这样的，你知道啦，女人最喜欢逛街乱买东西了。我有一些衣服，从来没有穿过，连吊牌也没有剪掉，不知道你能不能帮我穿穿啊？"

孟姐是怕会伤她自尊，会拒绝，所以说得如此婉转。许连臻心明如镜，笑了笑，低下头缓缓道："谢谢你了，孟姐。"那说明是接受了，孟静忙不迭地把手里的袋子递给了她，就好似推掉一个烫手山芋一般。

许连臻接了过来，冰凉的指尖紧紧地捏着袋子，抬头时孟静已经转身了，边走还边道："那你快打扫卫生，我去整理一下模特身上的衣服。"

许连臻换上了工作服，取出了扫帚、拖把，开始一早的打扫工作。不远处有一辆车，里头有个人一直盯着她们店的方向。许久之后，那人抬了手腕，看了表上显示的时间，然后驾车离去。

许连臻在三楼楼梯转弯的地方瞧见了那辆熟悉的车子，甚至连车牌号码她都可以背得出了。她再迟钝，也知道这辆车子里的人一直在跟着自己。因为已经一个多月，她甚至好几次下班的时候在自己的店外看到过。

她知道是谁。只是不想去拆穿，也不想去面对，没有这个必要也没有这个精力。生活，生活，生下来，活下去。像她这样的小人物，每天忙忙碌碌的，只不过为了能够活下去而已。

自从入狱后，每个探访日他都会到监狱来想要探望她的。可是她再没有见过他。她永远记得，他被她打了一枪，整条手臂鲜血淋淋……她被人死死地摁在地板上，全身都在疼，特别是背上，疼得她直叫嚷。可是再疼，也不及心疼的万万分之一。

她披头散发地贴在地上，听见他吩咐他的同事："小马，放开她，把她铐着就是了。不要为难她。"

摁住她的小马，不过是个刚从警校毕业的年轻人，威武有力。闻言，赶忙把膝盖从她单薄的背上移开，取过来手铐，"啪"一声将她的手腕铐住。

有人在外头焦急地喊着："救护车来了，快……快……小叶快上车。"她当时就像是着魔了一般，呆呆地抬眼，痴痴地凝望着他。而他也正好转头，两人的视线撞在了一起，她木木滞滞的。而他呢，眼底深处似闪过几丝内疚，但她伤心到了极致，像行尸走肉，早已经分辨不清了。只是缓缓地将呆滞的目光移向他的手臂，刺目惊心的红，一点一点地滴落在地上……

那是血……

许连臻猛地搁下筷子，冲到洗手间，大口大口地吐了起来。最后连胆汁都吐出来了，还在不停地干呕。

下午的时候，李丽丽的老顾客张太一来，就给李丽丽创下了本月的最佳销售纪录。李大小姐一高兴，纤纤素手一挥，灿灿笑道："下午茶我请客。"

论资排辈，买下午茶的人自然是非许连臻莫属的。深秋的雨疏疏稀稀，因不好拿东西，许连臻伞也没有拿，直接跑到了对面大厦的咖啡厅。

街上的风大，把头发都吹得散乱不堪了。她站在咖啡店外，对照着映在玻璃里隐隐约约的人影，整理了一下及肩的短发。或许还是以前的长发好，随便绑个马尾或者在头顶挽个小球，都显得清爽之极。

那日从监狱里出来后，她搭了唯一的一辆公交车，浑浑噩噩地坐在车子里，一路行去。到哪里去？去哪里？她没有一点概念。这个城市对她来说是陌生的，去哪个角落对她来说都一样，没有任何意义。甚至于，连人生对她来说，都没有任何意义。

后来车子停在了终点站，司机师傅转头望着她，目光里隐约有丝怜悯和同情："小姐，这里已经是最后一站了。你下车吗？"她抱着出狱时女狱警递给她的那个大包，茫然地站了起来："谢谢，我就在这里下车。"

步出了车子，才发觉这里是这个城市的城郊结合地带。虽然嘈杂，环境也混乱，但人声鼎沸，车流亦多，处处充满着生活气息。

她双手环抱着大包，闭了眼，深深地吸了口气。两年零四个月了，一度她以为长得几乎是她的一生了。

可是如今她还是从那里出来了，活生生地站在火辣辣的太阳底下，呼吸着自由新鲜的空气。她摸着自己的头发，虽然在里头的那段时间一直用最廉价的洗发用品，但还是黑亮顺滑的。这样摸去，发丝在指尖依旧如流水般潺潺而过。

她抬眼望着不远处的四个火红的大字招牌：玲玲理发。推了门进去，有个四十岁左右的中年妇女，大约是老板娘，圆圆的脸蛋，圆圆的眼，微微发福的身材，满脸微笑着迎了上来："你好，小姐，需要染发还是烫发？"

许连臻在一面简陋的镜子前坐了下来："把头发给我剪一下吧！"那

老板娘圆圆的脸上带了诧异，跟她一再确认：“不长啊？还要剪吗？剪到这里？还是这里？”

她抬头，在耳畔处比划了一下：“这里吧。”老板娘带着惋惜的口气道：“剪掉了多可惜啊？女孩子家的留长发才好看。要不我帮你烫头发吧？你就可以慢慢把头发养长了。现在的女孩子都流行烫一下，然后染个颜色。你不要看我这个地方小，我做的头发可不比大店里差。”

她摇了摇头：“不用，修一下就可以！”老板娘看她的表情，似乎已经下定决心了，便取过了梳子和剪刀。在下手前，为怕出错，再一次给她确定：“剪到这里，是吗？”她点了点头，然后闭眼。

脑后传来轻微的“咔嚓咔嚓”之声，发丝轻轻地坠落，有的落在身上，然后跌落，有的直接掉落在地。很轻很轻的声响，但她却如此清晰地听到，亦或者说是感觉到。

出来了，一切从头开始。把头发剪了，就跟以前再没有什么瓜葛了。

他曾经肆意地揉着她头顶的发，清澈的眼睛亮得似在发光……她挽着他的手，长长的马尾在脑后一晃一晃……

从此以后，不，早在她发现他所做的一切不过是要抓她爸爸的那一天，她和他之间早已经注定没有以后了。只是当时她还是不愿相信，也不肯相信的。所以她求他：“英章，你放过我爸爸吧。英章，求求你了，放过我爸爸吧！”

她哭得泪眼模糊，声嘶力竭……可是他闪躲着她的目光，手里的枪一动不动地指着她爸爸的脑袋：“对不起，连臻。对不起。我只是在做我应该做的。对不起！”

许连臻猛地睁眼，镜子里映出了一个及耳短发的温婉女子，眉眼清清丽丽，只是眼里满满的彷徨无助。

老板娘在帮她清理脖子间的碎发，笑吟吟地抬头：“真好看，是不是？韩剧里的那个宋慧乔，就是剪了这个短发。说实在的，不是我玲姐自夸，你剪了这个头发啊，比她还好看几分呢！”见她不答，亦自笑着道，“最近这个剧很火，所以在我这里剪这个头发的人多了去了，但就数你最好看。”

流不流行，许连臻也没有概念。不过不难看就是了，于是淡淡一笑，问道：“多少钱？”老板娘笑眯眯地道：“十块。”她掏出钱包付了钱。老板娘笑呵呵道：“不贵吧，我玲姐啊，在这一带是出了名的公道。”

从进门到现在，那老板娘一直挂着这种暖暖的笑，且是那种发自心底的，绝对的真诚热情的笑容。许连臻对她生出了几分好感，她这般的笑，让她冰冷彷徨的心底一下子暖了数分。站了起来，轻声道：“谢谢了。”

那玲姐一边收拾剪发工具，一边与她说话：“听你口音，不像是本地人。”

许连臻点了点头：“嗯，我是五福的。”玲姐道：“怪不得了，不像我们这省城的口音。对了，你来这里工作的吗？”

许连臻点了点头，拉了门出去：“谢谢你，玲姐。再见。”出狱后遇到的第一人就如此热情，让她冰冷的心底涌上几丝淡淡的暖意，连对接下来的生活都不再觉得那么害怕不安了。

玲姐圆圆的脸上挂着温暖的笑意：“嗯，下次再来哦。我玲姐在这一代是出了名的童叟无欺的。”

许连臻漫无目的地走了一小段路，想到一事，又折了回去。玲姐含笑问道：“是不是什么东西落在这儿了啊？”许连臻摇头，有些怯声：“玲姐，我没掉东西……只是……只是想请问你一下，这附近有没有便宜的房子出租？我想要租。”

玲姐闻言，笑盈盈地拍着胸口道：“你可算是问对人了，在这里啊，整个就算是我玲姐的地盘。呵呵……开玩笑的……我在这儿是土生土长，哪一户不熟啊，这店面啊，也是我们自家的。”

“你要找什么样的？价格呢？”连臻说了大致的要求。玲姐喜道：

“我家就有一间顶楼加盖的屋子很符合你的要求……你要不要去看看？”

幸亏有了玲姐，才找到了这间顶楼加盖的小屋，虽然小，却也是她在这天地间唯一的容身之处。

她摸着已快及肩的头发，不知怎么的竟然无缘无故就想到了过往。叹了口气，收回了神，推门进了咖啡店。

等了十来分钟，蛋糕和咖啡都弄好了。她提了满满的两大袋，还小心翼翼地抱了蛋糕，推着玻璃门准备出去。有两人从外头进来，她低着头，瞧鞋子应该是一男一女。可是有人撞到了她，许连臻重心不受控制，一个趔趄，那装满蛋糕的纸袋子斜斜地从她抱着的手里飞了出去，砸在了地上。

那人在她头顶道歉：“对不起，对不起，是我不小心。我买来赔你！”许连臻身子一僵，好一会儿之后，抬头，果然是他……叶英章。他身后是那日来买衣服的俏丽女子，婷婷袅袅地站在他身边。男的高大英俊，女的可爱娇俏，这么望去，十分赏心悦目的一对人儿。

叶英章似乎也没有想到是她，反应也是明显一愣。

许连臻起身便走，叶英章在身后叫住了她：“你等等，我给你买蛋糕……”许连臻没有停步，反而飞也似的跑了。

回到店里，自然是被李丽丽含笑着不咸不淡地说了几句：“来，大家都来喝咖啡吧，蛋糕没有就没有了，我们权当减肥。你们说是不是？”字字如珠，没有一个字是针对她的，但偏偏说的就是她。

许连臻为了息事宁人，只好垂眼道歉：“不好意思，丽丽姐。蛋糕被我掉地上了，等下我再去买。”李丽丽取过了一杯摩卡，喝了一口，才不冷不热地道：“随便你。”

孟静见许连臻脸上虽然依旧一副淡然的样子，但李丽丽的话怎么听都着实让人有些尴尬，便插了话打了圆场：“我有一罐进口的丹麦曲奇，来，大家一起吃。喝咖啡配曲奇最好了。”大家一听，纷纷拥了上来。

许连臻见状便出了员工休息室，到了店中，招呼门口的同事何燕然：

"燕然，你也去吃点东西吧。这里我来看着。"

不过片刻，孟静出来，道："连臻，你也去吃点垫垫肚子。还有两个多小时才吃晚饭，不要饿着了。"许连臻淡笑着摇了摇头："谢谢店长，我不饿。"

孟静瞧着周围无人，才压低了声音道："李丽丽她这个人一直就是这个样子的，你不要放心里去。"许连臻低声道："我不会的。"李丽丽虽然有些嚣张跋扈，但说实话业绩是实打实地摆在那里的。况且，她这几年在监狱里什么人没有见过？这点脸色，小意思而已。

正说话间，有人朝店里而来，移门自动滑开了，许连臻赶忙鞠躬："欢迎光临。"叶英章站在门口，望着她纤柔羸弱的脸蛋，张口欲言，但最后只是将手里的袋子递给了她，说道："不好意思，是我把你的蛋糕给撞了。这是我刚买的栗子蛋糕，刚出炉，还热着呢！"

许连臻面无表情地抬头，目光却落在玻璃门外的繁华热闹处，平静冷淡地道："不用了，谢谢。"叶英章的手一直维持着递给她的姿势，似乎一点也没有放下的意思。

孟静在边上多少猜到了关于蛋糕掉落在地上的故事情节，便伸手接过，朝叶英章善意地笑了笑，道："谢谢了，还麻烦你特地送来。"却见叶英章怔怔地望着许连臻，表情极其幽微怪异。孟静就算再傻，也隐约估摸着两个人之间有些不简单，或许是以前就认识的吧。

叶英章似叹了口气，缓缓道："连臻，我们出去谈谈吧。"许连臻依旧是那副无动于衷的表情，眼前站着的这个人似乎对她而言根本就是个陌生人而已。

孟静觉得眼前的情形颇为尴尬，假装咳嗽了一声，道："连臻，你有事的话，可以请假。"却见她淡淡地摇头道："不，孟姐，我不请假。"转头朝叶英章道："不好意思，先生，我们这里只卖女装。如果你想要买衣服的话，我们很欢迎。如果不是，可不可以请你离开。谢谢！"

叶英章一呆，瞠目望着她，半晌，朝站在一旁的孟静微微颔首，这才转身而出。

又到了一天的下班时间了，许连臻围好了围巾，戴好了帽子和手套，这才出了店门。才一到外头，刀割般的冷风便从四面八方涌来，直入心扉。她朝孟静和何燕然挥手道别后，一个人默默地朝固定路线的公交车站走去。

一辆车缓缓地跟在她后面，最后车子在公交车站停了下来。叶英章下了车，来到她面前："连臻，我送你回去吧。"

许连臻缓缓地将目光移到他脸上，又缓缓地移开，自始至终，目光都如同一潭死水，波澜不惊。

叶英章涌上深深的无力感，叹了口气："连臻，我知道你恨我。可是……可是你有没有想过，事实上确实是你父亲犯了罪。我身为警察，就应该将他绳之于法的！"空气里冰冷刺骨，他说话间呵出的气息如白烟般在眼前袅袅升起。她的目光越过他，虚虚地落在他身后。

"连臻，我知道我对不起你。我利用了你，利用了你的感情。可是连臻……我……我……我……"他连说了三个我字之后，没有再说下去。而她一直都是那副冷漠疏离的表情，很明显一个字也未听进去。

只见许连臻朝外走了几步，扬了扬手。公交车发出长长的一声"嗤"，在他们面前停了下来，"咣"一声公交车的门打开了。她头也不回地上了车，离去。

许连臻上了车，缓缓将头靠在玻璃窗上。头上似灌了铅一样，又重又沉。她只知道脑中一片空白，至于公交车到哪里了，她根本没有注意到。

在快到终点站的时候，公交车发出了制式的女声，熟悉的站名让许连臻回过了神。她慢慢转头，看见有一辆车子不紧不慢地一直跟着她所坐的公交车。

车子到站的时候，车子里又只剩她一个人了。在这寒冷的冬天，大家早已各自寻一处温暖去了。

叶英章把车子停在公交车站，然后快步追上了刚下车的她："连臻，这个地方鱼龙混杂，太乱了……你怎么能住这里？"

许连臻不紧不慢地走着，还是冷冷淡淡的表情，连看他一眼都嫌多余。他跟在她身后："连臻，你和我说句话好吗？我知道你恨我。但是我们都是成年人了，你知道那个时候我只是做了我应该做的。"

许连臻猛地止了步，转过了身，直直地看着他。叶英章心里一喜。却见她直直地看着他，面无表情地道："叶警官，现在已经快23点了，我不是你的犯人。我有权不回答你的任何问题。"说罢，她决然地转身，上了楼梯。

留下他一个人，孤零零的，在这瑟瑟发抖的寒风里。叶英章凝望着她的背影消失的方向，许久之后才离去。

"叶警官"，多么讽刺的字眼啊。

她当年一直唤他"英章"的。

许连臻实在有些不懂叶英章，不懂他为何还有脸出现在她面前。若是偶遇也罢了，但他偏偏摆了一副对不起，但是请你原谅我，我们还是可以做朋友的样子。

他觉得可以吗？他觉得她可以忘记吗？忘记她和她父亲就是被他亲手送入监狱的吗？她冷冷地笑。

其实两个人最好的结局，便是相忘于江湖。就算某年某月某日，在某地遇见，也当作陌生人而已。淡淡地擦肩，交错而过。仅此而已。

因为很多事情发生了就是发生了，永远不可能像擦粉笔字一样一下就擦掉的。

永远不可能！

第二天一早，推开门发现整个世界都是白茫茫的一片。抬头，还有雪如花瓣般从空中辗转飘落。

楼下停了辆眼熟的车子。许连臻眼角也没有牵动半分。叶英章从车子里推门而出："连臻，我送你上班吧。"

许连臻像是什么都没有听到，一步一步地往前走着。每走一步，便在雪地里印下一个小巧的脚印。雪白的地面，一连串的脚印，深深浅浅。就跟往事一样，早已经在心里留下了不可抹去的烙印，太深了，所以这辈子也不会抹去了。

叶英章追了上来："连臻……"她依旧没有说话，也没有转头，好似他根本就是一个隐形人，如同往常一般朝公交车站走去。

叶英章颓然地站着。看着她的背影，只觉得一身无能为力。

当年那个总是浅浅含笑，恬静如水的人呢？少女心性，低柔婉转，早已经消失得无影踪了。

他一辈子都记得，她跪在地上，哭得泪眼模糊地求他："英章，他是我爸爸呀。英章，你放了他吧……英章，你放了他，好不好？"

"以后我保证他再也不会做坏事了。英章，求求你了……"

"英章，求求你了……"

她一直是个被保护的好孩子，从不知道人世险恶，人心叵测。她那个将她捧在手心，千般疼爱、万般宠溺的父亲，其实是个走私犯，双手沾满了血腥和罪恶。

或许那种犯罪的人都是如此的，自己无论是多么的坏，多么的肮脏，但是给孩子的却是永远纯净的白，也希望自己的孩子永远不会去接触自己周围的那一片黑和灰。

许连臻便是如此地在许牟坤的呵护下长大的，拥有一切美好女孩子的特质：漂亮、纯真、善良、可爱，活脱脱是一个天使，一个不知道人间疾苦、世间黑暗、涉世未深的天使。

如果许牟坤一直不倒的话，她或许可以一辈子如此。可惜许牟坤这样的罪犯，天网恢恢，疏而不漏。许多时候都是时机问题，时候到了，不得不报。

那年，叶英章才从警校毕业，分配到警队。那个时候M市的整个警队早已经盯上许牟坤这条大鱼多时了，只是一直不知道怎么打入这个团伙当中。

或许是许牟坤的死期到了，也或许就是一种冤孽。那个时候，警队收到情报，许牟坤的女儿今年刚进M市的大学读书。警队认为这是一个千载难逢的好机会，要抓许牟坤的把柄，亲近许牟坤，从她女儿下手，或许是最容易的。当时定下了计划，便是派人去接近许连臻。

可是没有想到，警队挑来挑去，最后挑中了他。理由是他刚从学校毕业，混进学校去当学生最容易，无论是年纪还有气质各方面都是当时警队里面最为合适的。M市的缉毒大队为了这个事情，还特地打了报告去请示了他的父亲。结果他父亲批准了他作为卧底去学校的这个任务。

那个时候的他，一心想着为人民服务，为警队效力，干劲十足地接受了这个任务。然后就在M市的大学里，在刻意的安排下认识了她。

后来，虽然破了许牟坤这个大案，逮住了这条大鱼，可是父亲却甚为后悔……因为父亲这个堂堂M市的市长，从未想过自己从小培养的儿子居然在某一天真的爱上了罪犯的女儿……

是啊，那个时候，他自己都从未想过会出现这样的局面……

可是事实上，确实是真的发生了。当年他在病房里，不肯吃药，不肯挂盐水，疯了似的对父亲叶震大喊大叫："我要见她……我要见她……你答应过我的……你答应过我会帮她的，让法官从轻判决的……你答应过的……"

父亲根本没有帮她，甚至还顺势推了她一把。她当时在他和她父亲搏斗的时候只是误伤他而已，根本不可能会判刑判得如此之重。只是许牟坤那个时候，根本已经是处于树倒猢狲散了。别人跟他撇清关系还来不及，怎么可能会去帮他，更不用说他的女儿了……

也正是因为这个事情，他和他父亲，这三年来，再也没有说过一句话。

Chapter02

眉心的哀伤

许连臻站在门口，
抬头望着灰蒙一片的天空，
深深地吸了一口空气，
才抬步跨了进去。

许连臻送走了一位挑剔的客人，正要歇口气。只见李丽丽直直地过来，笑盈盈地与她说话："连臻，今天你的销售额不错，要请客哦！"

许连臻抬起头："好啊，大家想吃什么？"李丽丽沉吟一下，似笑非笑地道："就奶茶和蛋糕吧。奶茶我要陈记的，蛋糕就对面的吧，要热乎乎的，新鲜出炉的那种。"

陈记奶茶是出了名的好喝，只是离得比较远，这么大雪的天，估计一来一回起码要走半个小时。

许连臻不再多说，去休息室取了自己的羽绒衣、毛巾、帽子和手套，转身而出。

莫晓婷看着许连臻的背影，朝李丽丽道："丽丽姐，你不是刚说了要喝对面的卡布奇诺吗？怎么又让她去买奶茶啊！"

李丽丽闲闲地欣赏着昨晚才做好的美甲，淡淡地道："你们不都想喝陈记吗？不想喝的话，刚刚怎么不说？"

何燕然等人心里都知道，是因为最近连臻销售业绩越来越好的关系，让李丽丽嫉妒了。许连臻虽然不会花言巧语，巧舌如簧地推销，但是她很会搭配，店里普普通通的衣服配饰，在她的巧手下，很能搭出一番味道，所以手上的回头客也日渐增多，虽然还无法与李丽丽的销售业绩相比，但已经让李丽丽产生威胁之感。

她们都各自心知肚明，但李丽丽素来在她们面前张狂惯了，她们也不敢替连臻出头，怕最后触霉头的是自己。今天又正好孟店长休息，否则她一定不会同意连臻请客的。

许连臻深一脚浅一脚地抱着奶茶，到了咖啡店外，忽然止住了脚步。咖啡店的玻璃通透，因为是傍晚时分，里头已经灯光通明了。

有一对情侣坐在临街的玻璃幕墙前，女的俏皮可爱，男的高大阳光。不知道正在说些什么，那女孩子伸过了手，握住了男孩子的手，嘟着嘴巴，轻摇臻首，楚楚的模样，煞是动人。

她抱着暖暖的奶茶，愣了数秒，然后推门而入。

何燕然找了个空当，将钱偷偷地塞到连臻的手中："这里还有芳华和李淑的。"许连臻推着不要。何燕然道："你拿着。你进来这么久，我都还没有请你吃过东西呢！"许连臻摇头："大家都是同事，何必见外呢。"

何燕然一把塞到她口袋里，急急转身而出："我要去看店了……还有……"她的声音小了下来，"连臻，你……你小心丽丽姐。"

许连臻叹了口气，她当然知道李丽丽在为难她。可是她能如何呢？唯有装作什么也不知道，熬一天算一天吧。

小小的屋子，开了暖气，一下子就暖和了起来，这大约也是小屋子的好处吧。许连臻给自己倒了一杯热开水，喝下之后，开始动手整理衣物，又到探视父亲的日子了。她难得申请一天休息，孟静马上就同意了。

车子晃悠晃悠地到达了她要下的这一站。是很偏僻的郊外，监狱的四周都极为空旷，这个也不例外，边儿上都是一望无际延绵不绝的稻田。

许连臻站在门口，抬头望着灰蒙一片的天空，深深地吸了一口空气，才抬步跨了进去。

父亲许牟坤这两年来一下子像是老了二十岁，两鬓都是白头发了。见了她，一直怔怔不语，到了后来，语带哽咽地吩咐道："小臻，以后不要再来看爸爸了。"

许连臻一愣之后便反应了过来。她当作没有听见，只是笑，深深浅浅地笑，眉角眼梢都弯弯的："爸，看我给你带了两件羽绒服，一长一短的，都是你以前最喜欢的颜色……还有，这里有一点钱……"幸亏孟静姐送了她不少衣服，所以她才有余钱给父亲买衣物用品。她在里头待过，知道钱的重要性，所以把身边所有的钱都给父亲带了过来。

许牟坤隔着玻璃望着她，板着脸严肃地道："小臻，听爸爸一句，以后不要再来看爸爸了。就当我死了。你以后就是来，我也不见你。"

心里的苦涩如同泉涌，一阵阵翻滚而上，直冲鼻翼。可许连臻脸上还是在笑，撒着娇道："爸……你说什么傻话呢？"

许牟坤虽然颓废憔悴了，可那气势隐隐还在："你听爸爸的话。知道吗？以后在外面，别人问你爸妈什么的，你就说都已经死了很多年了。知道吗？"

她吸着气："不……"她缓缓闭上了眼睛，"爸爸……对不起！都是我不好！"

如果不是她，叶英章根本无法接近爸爸。如果不是她，爸爸不可能这般轻易地相信了叶英章。

许牟坤摸着玻璃，将女儿的相貌牢牢地在这一刻铭记住："小臻，你还年轻，这一辈子还很长很长。爸爸不想连累你……一个大走私贩的女儿怎么找得到好男朋友，更何况……更何况你还……"

她明白父亲的意思，更何况她还蹲过监狱，有过前科。

许牟坤恨得咬牙切齿："想不到叶英章这小子这么狠心，当初他答应我的，只要我交代所有一切，他会保你没事的。谁知道……"若是早些年，他不把这小子的皮给活活剥了。

许连臻漠然地打断了她爸爸的话，垂下了眼帘："爸，不要再提他了。我已经把他忘记了。”许牟坤顿了顿之后，连连点头：“对，对，对，把他忘记了。”

半晌，许牟坤道：“小臻，以后找一个好一点的男人，有份正当的职业，也不需要太有钱，也不一定要长得好好看，只要真的对你好，真心疼你，能过小日子就行了。答应爸爸，找这么一个男的，然后好好过日子。啊！”

许连臻把手放到了玻璃上，盖着父亲的手。隔了厚厚的玻璃，似乎还能感受到父亲温暖的体温。和小时候一样，那么的让人感到温馨。许连臻只觉无数的酸楚聚集在眼中，她已经强忍不住，马上要落下泪来了。她深深地吸着气，用力点了点头。

许牟坤缓缓地道：“找到了，记得来看爸爸最后一次，但一定记得对那个人说我是你远方的亲戚，看着可怜才来看我的。”许连臻含在眼里的那颗泪，终于滚落了下来。

许牟坤的声音严厉地从电话线那头传来：“记住了吗？”连臻闭着眼深深地点了点头，泪水簌簌而下：“爸，我知道。我知道了……爸……”她知道父亲不是说说而已，他不愿意连累自己，他真的不会再见自己了。

玻璃墙里的许牟坤毅然地放下了电话，转身离去。只有站着的狱警看到他眼里的泪，缓缓地从眼角滚落了下来。

许连臻捂着嘴趴在台上，好似一只受伤绝望了的小鸟，无声地啜泣。

纷纷扬扬的大雪，断断续续地一连下了几天。整个世界都是白茫茫的一片。许连臻每日照常乘公交车上班，为了怕迟到，特地早起，每天提前一个小时，搭乘最早的公交车上班。

她有时候在车子里，呆呆地隔着车窗望着一个又一个的路人，一辆又一辆的车子。这些个路人和这么多的车辆，无论在这城市有没有房子，有没有家，总归是有人在某处等着他（她）的。所以他们无论赶多远的路，多寒冷的天气，心底深处还是温暖的。

可是，就她，单单就她，什么都没有。很多时候，无论在她的小屋子里还是在工作的地方，她总是觉得好像一个人孤孤单单地站在漫无边际的旷野之中，四周都是一片黑暗。无论她怎么喊，怎么叫，都没有一个人回应她。

一连数天的大雪，店里好几个人都找了各种理由请假，只有许连臻风雪无阻、一如往常。孟静自然什么都看在眼里，便把连臻叫进了自己的小办公室："连臻，这几天辛苦你了。这么大冷的天，我已经向总公司给你们申请大雪的交通补助费。要是实在没公交车，你就打车吧。情况特殊，我给你报销。"

孟静停顿了一下，欲言又止："还有……连臻……这几天人手实在不够，你看能不能你再辛苦点……尽量每天坚持到最后。"许连臻知道店里的情况，在这么多人请假的情况下，实在无法再按往常那样的分两批下班，便点头应道："好。"

她这么做并不是为了什么交通费。当然她也没有那么傻，该拿的不拿。她每天这么辛苦地来上班，只是觉得这个世界上还是有一处地方要她的，有一个地方让她觉得不那么茫然孤单。况且，她的确需要这份工作。如果失业了，那她真的只有去喝西北风的份了。

其他人再不济，也有父母兄弟。最少，也还有朋友吧。可是，唯独她，现在什么也没有了。有时候觉得那么累，那么疲倦，想找个人说说话，但却没有。

叶英章还是每天上班下班地准时出现。她有时候真的觉得奇怪了：他跟着她干吗？她早没有任何利用价值了。

当年两人是谈过一段时间的清纯恋爱，但那也是假的而已，他不过是在演戏。只有她那么傻，那个时候会为他的一句话整夜不眠，为他的一个阳光笑容心会狂跳半天。

他第一次牵她手的时候，她紧张得手心里都是汗……那天回到家，她痴痴地望着自己的手，连澡也不舍得洗……心里那般雀跃欢喜，好像有无数的蝴蝶在里头展翅飞舞……

可到头来，却发现一切都不过是她的一厢情愿而已。现在想来，不只是傻，简直连用春字底下两条虫的那个字也无法形容万分之一。

马路上结了冰，又硬又滑……光线暗淡不已，而她又处于恍惚状态……忽然之间，只觉得脚一滑，整个人一下子失去了重心，直直地朝地上摔去……身体可能是冷到已经僵硬了，她只听到“砰”一声闷响传来，自己整个人已经着地了。

有人朝她跑了过来，扶起了她，语气焦急：“连臻，你怎么样？脚没事吧？疼不疼？”还是那个阴魂不散的叶英章，他到底有完没完？她就算摔死在这里，也跟他没有半点儿关系。他现在每天这么有空跟着她，不用去做卧底了吗？

许连臻蹙着眉，冷冷地甩开他的手，自己挣扎着慢慢爬起来。脚腕和膝盖处的麻痹感现在已经缓了过来，痛意已经越来越明显地传了过来。看来是扭到脚了！

叶英章颓然无力地站着，张着双手，想要扶她。又被她厌恶至极地甩开了……如此重复，再重复。

他缓缓地蹲下了身子，颓然无力地道：“连臻，无论你再怎么恨我，你也不要拿自己的身体过不去。”

她的脚一用力就痛得抽气。关他什么事？就算她死了，也与他无关。

叶英章自然能感受到她对他的厌恶，叹了口气，无可奈何地道：“前面有一家医院，我扶你上车吧。”

许连臻挣扎着总算靠自己站了起来，右脚腕钻心的疼。坏了，估计是扭伤了。她跳了几步，在马路边伸出手，想拦一辆计程车。

可是这么晚的天，这么大的雪，这块地方别说车影了，简直连个鬼影也没有。

她吸了口气，试图走几步，除了疼还是疼。等得人都要僵掉了，还是没有车子。偶尔有一两个路人，都是神色匆匆，急着回家的模样。

最后，没有别的法子，她还是上了他的车子，去了最近的一家医院。

若是以前，她肯定会很有骨气地站在原地，宁愿冻成冰棍，也不会上叶英章的车。可如今经历了这么多，许连臻已经学会了，在很多时候，骨气这东西是不能当饭吃的。她把身边所有的钱都给了父亲，现在真的连感冒这种小病都生不起。脚伤可大可小，万一是骨头摔断了的话……

挂了急诊号，值班医生看了许连臻脚红肿的程度，又问了几个问题，就直接给他们开了张单子，让她去做CT。

做CT在另外一幢楼里，要过一个长长的通道。叶英章搀扶着她，慢慢走着。她头发上有淡淡的洗发水味道，遥遥渺渺的香，觉得好像是玫瑰，也好像不是。如此与她接近，像是虚幻梦境……

他轻嗅着，不敢用力，只怕惊醒这一场好梦。

她以前的头发很长，又黑又顺，就跟电视里打的洗发水广告的模特一模一样，如瀑布般披在肩上，抱着小白，大眼微眯，鼻子微皱，顾盼间老是在笑。

他第一次见她，她不是抱着小白，是抱着两本书……不，确切地说，那不是第一次，第一次是在M市的公安局会议室。大大的房间里，黑乎乎的一片，只有幻灯片在闪烁……她的照片掺杂在一堆凶神恶煞一样的人物当中，不由得让大家的眼前一亮……

那张照片是偷拍的，她披着一头黑发，望着远处，正莞尔而笑……会议室里有明显的吸气声……坐在他身边的小吴，偷偷地跟他对视了一眼，用嘴型对他说："想不到，这姓许的王八蛋还真会生，女儿竟然这么清纯漂亮，可以去选港姐了，而且属于保证当选的那种……"他想笑，可又要顾忌在座的各位领导，便强忍着，装出正襟危坐的样子。

下台阶的时候，叶英章怕她又摔了，下意识地抓住了她的手。他的手很热很厚，许连臻脑中“轰”一声，只觉得血液上涌。她像被烙铁烫到一样，挣扎着摔开了手。

许连臻拦住了一个路过的护士：“护士小姐，能帮我找辆轮椅吗？”叶英章明白她的意思，她不愿意跟自己有过多肢体接触。也不为难她，跟护士去取了辆推椅，扶着她坐下后，这才在后面推着她。

扶她站好了拍摄的姿势，拍片医生对叶英章说：“好了，你可以出去了。”叶英章摇了摇头：“没关系，我在这里陪她。”许连臻淡淡地拒绝：“不用了。”叶英章坚持地对医生道：“我陪她！”

那医生看上去四十来岁的年纪，见两人气质相貌登对，情侣的印象早已经先入为主了。听男子这般痴缠，不由和蔼地笑了出来：“到底是小青年啊，恩爱。”

两人一听，各自都有点恍惚，一时相对无言。

最后CT出来了，是脚腕严重扭伤。医生叮嘱说一定要休息一段时间，最好两三个星期不要动，以免造成习惯性骨折。这期间如果想要动的话，最好拿拐杖走路，但是受伤的脚最好不要着地。给她用弹性包带包住了脚，又配了一些消炎化肿的药和擦的药酒。还交代了回家最好用冰敷一下。

叶英章扶着她进了屋子。空间很小，一眼就可以望尽。只放了一张床，一个桌子。桌上还放了一个小煤气灶，一个热水壶，一个杯子。简陋到空气里都散发着一种凄凉的味道。

叶英章只觉得自己突然之间像被棍子狠狠地打了一记似的，难受得发闷。他有想过她现在的生活应该不是很好。可是想到的是一回事情，真的看到这样子的情景，却又是另外一回事。

她以前的房间，什么都是她最喜欢的欧式公主风格。干净闪亮的地板，玫红的花朵墙纸，白色的公主床，白色的窗帘……

跟这个地方，天堂地狱的差别！

可这一切，都是他亲手毁掉的。到目前为止，他对她父亲许牟坤所做的一切从来都没有后悔过。但是，他对她一直都是内疚的……虽然他一直告诉自己，这是任务，这是他应该做的……可是总是逃不过自己内心的愧疚……

原来单位的小马和小吴都一再地劝过他："这只是个任务……你不过按命令执行而已……换了任何一个人都会这么做的。你做得并没有错。"

或许不是发生在自己身上，觉得一切不过如此而已。如果今日易地而处，他或许也会这么开解别人。或许道义上他的确没有……但是，在私人感情上……他真的亏欠了她。

所以，只有他自己知道，这辈子永远也忘不了那个弯着眼睛朝他而笑的明媚女子……

他欠她的，这辈子也弥补不了。但是如果能弥补一点，就算是一点点，也是好的。

许连臻缓缓地在床上坐了下来，放开了他的手，平静冷淡地抬头："叶警官，真不好意思打扰你到这么晚。今天的事情，真的很感谢你。"如此明白的逐客令，想来不是耳朵有问题的话，都应该听得懂。

叶英章正取过热水壶，往杯子里注水。望着杯子里缓缓升上的水位，好一会儿才道："先吃药吧。"说罢，将取好的药丸和水，递给了她。

许连臻没有接。叶英章也一直维持着递给她的姿势，似根本没有听见她方才所说的话。他明白她真的是厌恶他到了极点。好半晌，他才道："那我走了。你休息吧，记得吃药。我明天一早给你送吃的过来。"

许连臻摇了摇头道："不用，我自己会照顾自己的。"叶英章也不再说话，又望了她一眼，方才转身而出。

杯子就搁在她触手可及的桌边，热气袅袅。许连臻怔怔地望着，眼睛里低沉沉的没有任何光芒。呆了好半晌，才伸手去拿杯子，触手已温。和着药片，一仰头，吞了下去。

小时候，她最害怕生病了，因为讨厌吃药，也讨厌打针。那个时候，父亲总是抱着她，早早买了水果罐头或者糖果话梅之类的，哄半天骗半天，才能哄她吃下药去。

爸爸……这么孤单脆弱的时刻，一想到父亲许牟坤，眼睛便热热的，似有什么东西要掉下来。

不能哭。许连臻告诉自己，不能哭。哭也不能有任何改变。这个世界不会因为她哭了，而对她有任何温柔的。

许连臻轻仰着头，深深地吸了几口气。

隐约听到有人在敲她的门，她才回过神来。随后又觉得不可能，这么晚了，怎么会有人找她呢。在这一带，她除了玲姐，几乎不认识其他人。

当又一阵敲门声传来的时候，她才敢肯定确实是有人在敲她的门。叶英章的声音传了过来："连臻，我买了点水果、蛋糕，你饿了就吃一点。"

许连臻咬着唇，没有吱声。半晌后，听见叶英章无奈地道："那我把东西放在门口了。"许连臻还是不说话。好一会儿，她听到他离去的脚步声。

叶英章，何必呢！大家早就没有一丁半点的关系了。不如放过彼此吧，也给她一条生路。

那个晚上睡得并不好，前尘往事纷至沓来。又梦到了他手臂受伤，鲜血淋漓的镜头。许连臻捂着胸口，"啊"的一声尖叫着从梦中惊醒了过来。

喘息着拧开了灯，取过手表，显示的是早晨5点12分。标准的起床时间。许连臻几不可闻地叹了口气，这段时间她已经习惯了这样的生活。

三年前的她，哪一天不是赖在床上，睡到日上三竿，然后急急忙忙地下楼吃早餐，去上课。现在，不照样适应得好好的。

现在的晨光还早了些，她还可以窝一下。只是等下无论如何要下楼，给孟静店长打个电话，跟她请假。医生说要休息三个星期。唉，三个星期不上班，店里会不会不要她呀！

她思绪起伏，因担心上班的事情，到底还是睡不着。索性起床，跷着脚，一跳一跳地去煮粥。地方小也还是有好处的，就两三步的路，完全不用担心走不了。

可是，等一会儿下楼可是件麻烦事。她不由得叹了口气。左右环顾了一下，最后将视线落在了角落里的长柄伞上，不由得眼光一亮，不错，这个可以当拐杖用一下。

小米粥"咕噜咕噜"地在冒热气，她抱着格子小枕头，怔怔地望着。白烟细细地冒出来，熏得人身上似乎都热热的。

喝了一碗粥后，看了看时间已经快8点了，她取过羽绒外套穿上，拿了角落里的长伞，打开了门。门口处赫然堆着一个超市的塑料袋，满满的一大袋。

她只看了一眼，弯腰将袋子移开了些，这才缓缓地跨了过去。因右脚完全不能用力，到楼下的时候，她已经全身出汗了。

大约正是上班时间的缘故，白雪皑皑的街上路人也很多。她一步又一步，总算到了街角处的杂货店。现在这个年头，人人都有了手机，连公用电话都快成历史遗迹了。这一条街也只有这家店还有一部公用电话。

打通了孟静的手机，说明了情况。孟静自然一口准了假，还关切地叮嘱道："连臻，这个扭伤的事情可大可小，你要好好养伤，否则造成习惯性扭伤就麻烦了，以后可是要吃苦头的。"又说，"店里的事情你不用担心，你这种情况应该属于工伤的，我回头跟总公司申请看能不能按工伤处理。记住了啊，要好好休息。"

许连臻连连道谢，道："谢谢孟姐。"挂了电话，心里不知不觉涌起一阵暖意。孟静是知道她的情况的，但是从不戴有色眼镜来看她，还处处关心和照顾她。因为她，因为玲姐，让她一度觉得这个灰暗的世界上还是处处有好人的。

许连臻又在杂货店里买了好几包酱瓜、酱菜、方便面，还买了几根火腿肠。家里还有大半袋小米，这些应该够她吃两三个星期了。

她把塑料袋挂在手上，一手撑着雨伞，跷着脚扶着墙一蹦一跳地走着。虽然路程并不远，可是进程实在是缓慢，堪比蜗牛。还没有到楼下，就看到叶英章匆匆地大步朝她走来，一把夺过了她手里的袋子，怒气冲冲地道："你怎么能下楼呢？"

她抬眼望着他，眼神一如当年那样纯净，可是眼光却冷淡到了极点，似在看一个完全不相干的人，完全不相干……

被她漠然的目光一扫，叶英章只觉得心头一抽，怒气便如泄了气的皮球，再也发不出来了，叶英章下意识地伸手想搀扶她，许连臻的手臂一挣，甩开了他。

叶英章仍然坚持想扶她，许连臻又用力一甩。因太过用力了，她几乎打了个趔趄，差点摔倒。这一来，叶英章站在一旁，倒不敢再扶她了。

许连臻从他手上扯过袋子，再不看他一眼，径直撑着伞走着。叶英章怔怔地站在原地，瞧着她吃力的背影，最后跟了上去。

许连臻不耐烦地再次停住脚步，转身："叶警官，我已经谢过你，请你不要跟着我了。"

叶英章避开她毫无温度的目光："连臻，我也不想做什么。我只是希望每天给你送点吃的过来，让你的脚早点康复。"许连臻想也没想，直接拒绝："没用的。你送来我也不会吃的。你还不死心吗？"

许连臻道："叶警官，其实你不出现，就是对我病情最好的帮助了。"叶英章的脸色明显一白。许连臻面无表情地离开。

可叶英章居然还是像打不死的小强，也不嫌烦，每天来报到，给她送三餐过来。许连臻不肯开门，也不吃他放在门口的任何食物。到今天已经整整第五天了，不过他现在这个时候还没有来，显然是放弃了。

外头的风雨好像下得极大，噼里啪啦地敲打着小小的玻璃窗。雨点顺着玻璃，不停地哗哗漫延而下。

寂静的室外突然传来了敲门声，叶英章的声音响了起来："不好意思，连臻，我来晚了。"她一如既往地沉默。

叶英章道："我刚刚下班的时候不小心和别人的车子擦了下，去了交警大队的事故中心处理了一下，刚刚打的过来的。我买了你最喜欢吃的姜葱蒸鱼，还有骨头煲，你吃点好吗？”

许连臻抱着枕头。许久后，只听门外一阵唏嘘声传了过来。她抱紧了枕头，又沉默了许久。

“叶英章，你真的不用这样子对我的。发生了那么多的事情，你觉得我们之间可以当作什么事情也没有发生过一样，成为朋友吗？不可能的，对不对？”

叶英章看着紧闭着的门，垂下了手，无奈地道：“连臻，我知道你恨我。过去的事情，我怎么解释你也不可能会原谅我的。可是你现在这样子，怎么能让我放手不管呢！”

许连臻摸着突突发涨的额头，试图心平气和地与他沟通：“叶英章，我一个大活人，可以自己照顾自己。我想我的话说得很明白了，我们没有半点的关系……请你真的不要再打扰我的生活了。”

隔着铁门，叶英章缓声说道：“你自己照顾自己，你看看你自己吃些什么？你看你过的是什么生活！”他的音调越来越高，“你以为我那天没有看到吗？榨菜、酱菜……还有什么泡面、火腿肠……这都是些什么垃圾食品！”

前尘往事一下子涌在了眼前……许连臻偏了头，胸口一起一伏。半晌，缓缓地嗤声冷笑：“我吃什么轮得到你叶警官管吗？”

门外的叶英章脸上僵硬，本是满腔阴霾的怒气，被这句话一堵，就如拳打在棉花上，说不出一个字。许久之后，叶英章放下了东西，转身下楼。

许连臻呆然地望着那扇紧闭着的铁门。这样也好，这样的话，他应该不会再来了吧。

她现在过的什么生活！环顾萧条的四周，许连臻情不自禁地想笑，可是嘴角却有千斤重，怎么都弯不起来。

这一切还不是他造成的吗！

犹记得刚出狱的时候，身边就当初皮夹里的五百多块钱。好在玲姐帮忙，把她们家这个违章搭建的小楼租给了她，玲姐看出了她的窘迫，一开始只肯拿她200元的房租，一分押金也没有收。

然后她就开始了找工作的日子，虽然她没有大学文凭，但是她的英语通过在里头的学习，已经考过专业八级了。一开始，总是不甘心去做什么服务员、洗菜工的，总想找个稍微好一点的工作。几天下来，处于高不成低不就的状态，她就知道自己这个想法太奢侈了。体面一点的办公室工作，就算是最普通的文员，打杂兼泡茶那种，招聘人员一问她为什么没有读完大学，为什么会有空白的两年多时间，便带着客气的笑，委婉说道："这样吧，许小姐，你回去等我们通知吧。"

她早不是那个不经世事的许连臻了，从他们躲闪的眼神里也知道是没有希望的。日子一天一天过去，她摸了摸兜里仅剩的一百多块钱，疲惫地停驻在了街边。

街灯清亮如星，照亮了某个饭店招聘服务员的广告。

在饭店门口沉吟了许久，她最后推门而进。因是晚上9点多了，饭店里人不多，有其他的服务生将她带到了值班经理面前。那一身黑色制服的值班经理在匆匆忙忙中打量了她几眼，一边对着对讲机说着："蒋总他们要走了，通知领班和服务生。"

重复了一遍后，才抽空抬头问许连臻："有经验吗？"许连臻摇了摇头。那经理模样的人又从头到脚地仔细打量了她一番，点了头道："明天来上班吧。"转头对刚刚带她来的那个服务生吩咐道："明天给大厅的刘经理说一下，先安排在他手下吧。具体工作让他安排。"

工作说累也累，说不累也不累，至少养活自己还是可以的。但唯一的缺点却是难免会碰到一些奇怪的人。后来，她便辞职了。

许连臻热了小米粥，就着酱菜喝了一碗后，整理了叶英章留在门口的饭菜，打包成垃圾，取过了抹布，将小房间仔仔细细地打理了一遍，直到屋内纤尘不染。

才刚坐下来喝水吃药，门口响起了一阵敲门声，许连臻以为是叶英章又来了，索性不作声。那人又敲了几下，扬着声大着嗓门喊道："连臻，连臻，你在不在？"是玲姐的声音。

许连臻赶忙起身，应道："玲姐，我在的。"跷着脚，跳着过去打开了门。

玲姐戴着厚厚的帽子和围巾，穿了一件大红的长款羽绒服。圆圆的脸上焦急关切，拉着她的手，盯着她绑成粽子一样的脚，眉目间是一览无余的担忧："我刚去杂货店买点东西，听胖老板说你脚扭了，还很严重。"

许连臻请她坐下来，倒了杯热水："这两天已经好多了。"玲姐忙拦她道："不用倒水。你脚不方便，还跟我客气什么，我坐坐就走。"又瞧了她的脚，念叨道，"你怎么会这么不小心，摔得这么严重啊？"

许连臻不由得苦笑："还不是自己粗心大意，如今吃到苦头了。"

玲姐皱着眉头道："你一个人孤孤单单的，也没人照看，这怎么成啊？"许连臻一笑道："自己照顾自己也挺好的，还好不是手受伤。只是闲着无聊。"

玲姐环顾简陋的房子，所有的摆设都是自己原来用剩了的，许连臻住进来到现在，除了基本的生活用品，其余什么也没有添过，心里自然知道她的难处，但还是不免叹了口气道："你这里连个电视机也没有，不无聊才怪呢！"

许连臻忽地想起一事，问道："玲姐，你上次说过这一带很多退休的老人在家里帮一些厂里做些绣花绣珠的手工零活，是不是？"

玲姐瞪大了眼睛："你不会是想接这些做吧？"许连臻低下了头，轻声道："玲姐，我也不瞒你。其实我的情况你也能猜到……不宽裕。现在又把脚给摔坏了，最少要三四个礼拜不能上班。你也知道，我就靠那点工资吃饭的……万一店里因为我这么长时间不上班不要我的话，我真怕连房租也交不出来……”

玲姐叹了口气道：“可是你这样子，要好好休息的。俗话说的，伤筋动骨一百天。年轻的时候不养好，老了可有苦头吃了。”许连臻道：“其实那些手工活，也不用动脚的。况且我每天在家里，都快闷死了。有些活做做，反倒也好的，就当打发时间。”

玲姐想想也有道理，便爽快地道：“成，这就包在我身上。等一下我就去找负责包活的顾家媳妇，给你弄些活过来。”又叮嘱道，“不过你可不许把自己给累着了，你可是个病号。”

许连臻点了点头，微笑着道谢：“谢谢你，玲姐。”

玲姐办事情风风火火的，傍晚时分又过来了一趟，取了一些衣服过来，说是要手工绣珠珠，将顾家媳妇交代的话，要注意的事情说得仔仔细细。临走时还是不放心，拉着她的手一再嘱咐道：“连臻，这些活繁琐得很，如果你觉得吃不消就不要做了。这房子是姐自己的，姐也不等着你的房租开饭。啊！”

玲姐还给她带了一些饺子过来，说是她包多的，让她尝尝口味。许连臻心下很是感激，连声道谢。

玲姐走后，许连臻望着一堆未成品的衣服，几不可闻地叹了口气，玲姐是不知道的，她这两年在监狱里做的都是这些活。

因有一件原样的衣服，所以许连臻便照着样衣依样画葫芦，一针一线地穿着各色的珠子绣起来。绣了半天，腰酸脖子疼了，她才揉着眼睛起身给自己倒了一杯水，休息一下。

衣服的牌子倒是个好牌子，她以前也曾经买过。那个时候倒不知道，原来一件衣服居然要那么多的工序，连珠子绣起来也这般麻烦。

后来……后来，终于是知道了。那个时候在监狱里就有做服装的，她年纪轻，眼力好，手脚麻利，就被派到三楼做这些手工活。一来二去的，她也就会了。那时候，对她来说，挣扎在无边无际的绝望里，可是看着手里的花朵枝叶或者卡通人物漂漂亮亮地呈现在面前的时候，心底还是会涌上一丝喜悦的。那般美，让她觉得人生还是有一点好的。

玲姐说，因为这些手工珠珠太难绣了，所以这一件衣服绣好的话，有二十几块。托那里的福，两年多下来，她也算是个老手了。所以一天估计能绣两三件的话，倒也不错，至少够她开销了。

想来也是她命好，遇到了玲姐这个贵人。当初这间小屋子，要不是玲姐看她可怜，估计800元也租不下来。住进来到如今，她更是帮这帮那的。

许连臻将杯子里的水一口饮尽，取过了搁在一旁的衣服，低头开始绣起来。

第二天的时候，许连臻订珠子的进度已经比第一天明显提高了不少。她自己亦沉浸在自己的手工绣中。门口响起了敲门声的时候，她看了时间，以为是玲姐过来取衣服先帮她去顾家媳妇那里交掉一批。跳着去开门，一下子愣住了，竟然还是叶英章。他还真是不死心啊！

许连臻的第一反应就是关上门。可是他手臂一挡，门怎么也关不上了。许连臻抬头，万般无奈地道："叶警官，我想人类总归是听得懂人话的，我真的不想看到你。你到底要怎么样才肯放过我，不来纠缠我？"

叶英章似乎并不以为意，听她这话，只说道："我给你送吃的。"

许连臻僵直了背脊，淡声道："我说了我不需要。叶警官，你送来的我从来没有吃过，以前不吃，以后也绝对不会吃的。"

她说这话的时候，眼睛直直地看着他，目光如死水，没有一丝波动。叶英章第一次知道，她的眼神居然也可以如此锐利如刀。从前那个连臻，从来不会如此的。那个如五月阳光般明媚纤柔的连臻，真的已经消失在过往了吗？

他盯着自己戴着厚厚手套的掌心，以前的连臻是被他这双手毁弃的吗？

他低低地道：“连臻，我们……我们真的不能再做朋友了吗？”

许连臻的唇抿成了一条线，冷漠地道：“叶英章，你以为你这么做，就可以补偿我吗？我现在很认真地告诉你，你在做梦！我不需要你的同情，也不需要你的补偿。请你离开，离我远远的！”

叶英章默不作声地弯腰放下了手里打包好的饭菜，又站了起来：“我知道，你不需要我的补偿。可是我只是想补偿你，哪怕一点也好。”

许连臻没有说话。叶英章站着不动，从他的角度，只看得见她清丽的侧脸和倔强苍白的脸色。

是的，哪怕是一点点，只要他能补偿她的，也是好的。

“连臻，我确实骗了你很多……但是有一点，我从来没有骗过你，那就是我喜欢你。”

许连臻愣愣地盯着他，半晌后，忽然咯咯地笑了起来，到后来笑得连眼泪都出来了：“叶警官，你真是会开玩笑，是你还有案子没有破呢，还是现在的我还有什么别的利用价值？”

叶英章静静地道：“我知道你现在很难接受，但是我有的是时间，我可以慢慢等……等你原谅我，等你接受我。”

许连臻抿着嘴望着他，半天，只缓缓地吐了几个字：“叶英章，绝对不可能，你在做梦！”

Chapter03

唇角的迷惘

她从头到尾，
一直神情疏离，
不冷不淡地听着，
好似所有的一切皆与她无关。

许连臻放下了拖把，才推开杂物室的门，便看见何燕然朝她过来："连臻，有人找你？"

她不甚在意地"哦"了一声，以为又是叶英章。她那日和他摊开来说明白后，他还是我行我素。脚长在人家身上，人家想到哪里，也毋须经她同意。她也习惯了，就让他去，他爱来就来啊，她不出去就是了。好在叶英章到底受过教育，除了上下班继续跟着她外，倒也没有其他地方烦她的，也从来不会在她上班的地方耍无赖！

许连臻索性进了后面的小仓库核对库存衣服。好一会儿，何燕然又过来："连臻，你怎么还在这里？那人等了很久了，问了我几次了。"她这才"哦"一声，也不好让燕然难堪，便慢吞吞地来到了店门口。

居然不是叶英章，是一个穿着打扮很正式的男子，优雅地转过身来，朝她颔首致意："许小姐，你好。我是贺君。"她并不认识他，但还是客客气气地道："贺先生，你好。"

那贺君开门见山地道："许小姐，我老板想见你一面。"许连臻一头雾水。她在这个城市根本就没有熟人，怎么可能认识他老板。

贺君大约也看出了她的迷惑，微微一笑解释道："许小姐去了就知道了。"见许连臻似乎并不想答应的表情，他补了一句："请许小姐相信，你去一趟并不会有任何危险。"

关于这个许连臻倒没有半分担心，看他的衣着气度就知道不是一般人，且人家光明正大地找到店里来，自报家门，真犯罪想来也没有这么傻，给监控露个全貌。

她还在犹豫间，贺君做了个请的姿势，一副不达目的誓不罢休的样式。看来她今天不去，这位贺先生有可能在这里待到她下班为止。她只好跟孟静去请一下假。

孟静从不为难她，甚至在各方面都照顾她。见了那贺君年纪轻轻，仪表堂堂，也没有多问一个字，便立刻朝许连臻点了点头："去吧，去吧。"眼里还隐隐含着一种奇怪的笑意。

店门口停了一辆黑色的欧洲名车，当年父亲就有过这个牌子的车子，所以许连臻也不陌生。贺君直接走上前去，替她开了后门，道："许小姐，请上车。"

车子一路行去，最后在一个地下停车场，长驱直入。许连臻坐在后座，隐约好像瞧见一个警卫对车子躬了一下身。但是因为车子转弯的缘故，她以为是自己瞧错了。

贺君下了车，又过来替她开门："许小姐，请。"一路上客气有礼，倒让许连臻摸不着头脑了，他老板到底是何人？

随着贺君进了专属电梯，一路直上到最高层。一进门便是一个宽敞豪华的大堂式的大厅。穿过大厅，便有好几个秘书助理模样的人在格子间办公，见了贺君，都一一打了招呼："贺先生。"

贺君领着她到了两扇大门前停了下来，敲了敲门。片刻之后，里头才淡淡地传来一句："进来。"贺君拉开了门，道："蒋先生，许小姐来了。"

入眼的是一个宽大的办公室，三面的落地玻璃，这般望去，大半个洛海城的风光奢华尽收眼底。因是背光的关系，只隐约看到一把高大的椅子，至于那个人的面目她一点也瞧不分明。

好一会儿，那人才淡淡地说了一句："许小姐，请坐。"

既来之，则安之，况且也根本没有第二条路可以走，许连臻索性也就落落大方地在沙发上坐了下来。

很快的，便有人端了两杯咖啡上来。瞬间，空气里充满了咖啡特有的馥郁香味。

那人一直在看文件。许久之后，才抬了头，缓缓地道：“许小姐，开个价吧？”她一愣，这场面怎么这么像8点档的电视剧啊？可是她为什么开价啊？一般这种情形比较适用于两种场面，一是正妻对小三，一种是男人在打发情人的时候。可是这两种好像都不适合他和她吧。

毕竟到现在为止，她连他长的是圆还是扁都还没有看清楚呢！

那人似乎笑了笑：“我想你不会不明白我的意思的。不好意思了，我只是个商人，在商言商。大家的时间都很宝贵，你就直接点吧。”

许连臻朝他的方位望了一眼，十分奇怪地道：“这位先生，你找错人了吧。”她准备起身要走人。

他却一直不再说话，低头翻着几张资料。空气里极安静，唯有他纸张翻动间传来的“嚓嚓”之声。他取过笔，优雅地在纸上刷刷而过。按下了内线键：“陈秘书，文件我签好了。”

陈秘书在门上敲了敲，然后进来取了文件，又轻轻替他们带上了门。整个进程行云流水一般，沉默安静。

他这才缓缓站了起来，踱步至落地玻璃前。她抬目望去，只瞧见一个高大的背影，隐隐有种不凡气势。

片刻他才开口：“许小姐，既然如此的话，我就打开天窗说亮话了。”既然他要说，那么她就静静听着。

“我派人调查过你的一切。你父亲，你，还有你曾经跟我妹妹的男朋友叶英章之间的事情，我知道得一清二楚。”

许连臻到此刻才了然，这个人是叶英章现任女友的哥哥。冤有头，债有主，怪不得会找上她。只是她好像帮不了他什么！

“本来这些都与我无关。叶英章也不是小孩子了，曾经有过女朋友，有过些故事，都是无可厚非，也是无伤大雅的。谁没有过去呢！

“我们家和叶家是几十年的世交了，我妹妹和叶英章是从小青梅竹马一起长大，去年年底他们正式确定了恋爱关系。我们两家一直都是乐见其成的。双方家长甚至已经定好了结婚日期……

“只是现在的情况好像出了些意外……”他慢慢地转过了身，朝她走了过来。

许连臻到此刻才终于见到了这位蒋姓先生的真面目，确实有些眼熟。如果没有记错的话，她以前应该见过他的。大概就是在服装店的那天吧，不过那天她与叶英章相见太过震惊了，所以对他只是一瞥而已，并没有留意。如今就算再见，也只觉得有一点眼熟而已。如果不是他开门见山，她还真不知道他是哪位。

他从高处俯视着她，长眸微眯，笑容冰凉：“目前好像会有变数产生……作为哥哥的我，自然要将这个变数的种子掐死在萌芽状态。

“许小姐，你明白的，是不是？

“大家都是明白人，你直接开口吧。”

她从头到尾，一直神情疏离，不冷不淡地听着，好似所有的一切皆与她无关。他也算阅人无数，此刻却竟然瞧不清她到底意欲何为。

只见她抬头，直直地望着他，嘴角挂着若有似无的笑容，一对酒窝浅淡而隐约。那一瞬间，他莫名其妙地想起那小而精致的茉莉，碧绿丛中夹杂的一点白，无端的惹人怜爱。

她的声音不轻不淡地响起：“蒋先生，我想你找错人了。既然你调查了一切，应该知道是别人纠缠我的，而不是我主动去招惹别人。对于你的困难，我想我实在是无能为力，真是不好意思了！”

“许小姐，请考虑清楚如此走出这扇门的后果。”

许连臻头也不回地走了出去。后果！许连臻在心底无声苦笑：“难道我还能更糟糕吗？”

蒋正楠站在原地，定定地望着她远去的背影，有些意料之外的诧异，想不到这么纤瘦羸弱的女子，性格居然这般倔强。

半晌之后，贺君敲门而进：“蒋先生。”

蒋正楠转过了身，面无表情地吩咐道：“既然她敬酒不吃吃罚酒，去安排个地方让她住上一段时间，让叶英章找不到她，死了那条心。”

贺君自然明白他的意思，应了声：“是。”

“记住，做得干净利落些。”

这个叫许连臻的女子，在这个城市无父无母无姐妹兄弟，甚至连朋友都没有，让她消失一段时间，以他的能力来说，并不是什么难事。

他松了松脖子上的领带，有丝奇怪的烦躁……大约是因为这样的事情，他也是第一次做。

许连臻过了几日终于知道了，这个世界上有些人是不能得罪的。

这天晚上，她如常的下了公交车，好好地走着，在转弯处被人用东西捂住了口鼻，不知怎么的就晕了过去。醒来后，居然在一间卧室。

白色的墙壁，白色的窗帘，甚至连她盖的被子也是白色的。她以为自己做梦了。闭了眼，再睁开，还是如此。

她还发现了自己是被热醒的。房间里开了温度很高的暖气，湿度也适宜。只是她脖子上还围着围巾，手上戴着手套，头上戴着帽子，还有，身上还穿着那件厚厚的羽绒服。在这么热的情况下，没被捂死已经是万幸了。

还好，有人将她的鞋子脱了。

她起了身，穿着厚袜子踩在地板上，一点声息也没有。

过道上静静的，她沿着楼梯而下，忽然惊讶地发现她居然在海边……确切地说是在一栋海边别墅里。

从她现在的角度，甚至可以望见远处的灰蓝海水与天相接……

客厅并不是特别大，一整面落地玻璃墙，原木的地板，白色的沙发，清爽简洁到了极致……可在这冬日，这太过清爽的装饰令人有种冷到骨子里的感觉。

有人正背对着她坐着。那人似乎感应到了什么，一瞬间转过头来，见了她，从沙发站了起来，微微颔首："许小姐。"许连臻倒吸一口气，竟然是文质彬彬的贺君。

许连臻在楼梯上止了步，语气里含了冰凉勃发的怒意："贺先生，你老板到底想怎么样？"

贺君的语气还是一如既往的客气有礼："许小姐，蒋先生没有什么恶意，只是希望你在这里住段时间而已。你放心，关于你的工作，我已经帮你辞掉了。你住在这里，蒋先生会按月付你工资的。至于工资的金额，也会只多不少！"

许连臻扯着嘴角，嘲讽似的讥笑了出来："贺先生，你真当我是三岁小孩吗？世上有这么好的事情？"

贺君直直地看着她，目光平静如水："许小姐，其实蒋先生这么做，目的确实十分简单，只是希望蒋小姐能够开心幸福而已。"

许连臻顿觉好笑不已："你们的那位蒋小姐幸不幸福与我无关。我只想知道，你们凭什么把我关在这里？"贺君没有说话，表情虽然依旧淡然从容，可却又似有一丝为难在里头。

许连臻挑了眉，朝他瞪目而视："贺先生，你应该明白的，你们这是非法拘禁，就不怕我去告你们吗？"

贺君如实地回答道："许小姐，这里的电话已经被收掉了，整幢别墅有严密的保安系统，有数名保安轮流值班。你出不去的。而且就算你有办法出去，又有谁会相信蒋先生这样身份的人会拘禁你呢？"

"还有，许小姐，蒋先生既然吩咐我们手下这么做了，他必然已经想到所有可能的后果了，对不对？"

许连臻倒抽了一口冷气，明白他所言非虚。她也是一直到后来才知道，在洛海市甚至在W省范围内的城市，蒋正楠的影响力是无处不在的。

贺君似劝似宽慰地道："许小姐，你就好好在这里住上一段时间"。就当在这里过一个带薪假期，休息一段时间而已。这样想，会不会觉得好点。

这里显然是姓蒋那个人夏天的度假别墅。说实话，装修得的确赏心悦目，跟她那破旧的小租屋比起来，当真是天堂与地狱之差啊。

可事实是，她被软禁在这栋别墅里。不过还好，他们至少并不限制她在别墅里的活动。换而言之，这整幢别墅都是她的。还有专门的阿姨照顾她并为她打点一日三餐。

有时候她早上蒙眬醒来的时候，甚至有种恍惚……以为回到了父亲出事之前。

不能接触外面的人，没有电脑上网，没有手机。其实早两年她就已经习惯了。何况她就算有通信器材也没有用，根本没有人可以联系。以前所谓的那些朋友都是些同学，基本都在五福市，也没有什么可以联系的。她出事后，没有一个人来看望过她，或许是走私大鳄的女儿这个来头太大了。现在这年头大家都怕是非，易地而处的话，她也怕得要死。谁会主动去看望一个走私大鳄的女儿啊，万一招惹了不必要的麻烦就惨了！

连相处了好几年，亦母亦姐的惠姨，都没有来探望过她一次，她还能期待谁呢？叶英章吗？她冷笑了出来，她不稀罕。她已经在那个坑里摔过一次了，难道再蒙头摔第二次不成！

幸好还有电视和整整一书房的书。她每天窝在房里看电视，也可以拿本书，躺在书房的摇椅上，望望大海，看看书，甚至还可以画画……她从小就开始学画画——国画和素描，后来考大学的时候，理所当然地在五福大学里选择了设计专业。

许连臻站在落地玻璃墙前远眺。

冬天的海面虽不如夏日湛蓝幽静，但偶尔水平如镜，偶尔波涛汹涌，倒也另有一番味道。有时候真有点像那个贺君说的：在度假。

现在的生活，跟这三年来的日子，简直是无法相比的。那个时候，人在绝望里，每天仰头望着那一小块被高墙围堵着的蓝色天空，都是一种惨痛的凌迟。可后来居然也渐渐习惯了，心里也慢慢平静了……

托那个时候的福，所以现在的她适应得十分快。刚来的那几天，她试图走出去，可是还未到大门，便被人高马大的保安人员客气地请回了屋。数次之后，她便面对了现实。

一个月之后，她已经开始习惯了。既然她不能改变环境，那么只有改变自己去适应这个环境吧。她早不是三年前那个不识人间愁滋味的许连臻了……在那里头的两年多，让她明白什么是识时务者为俊杰。

连烧菜鲁婶也渐渐开始了解她的喜好了，每天做她喜欢的菜式，煲她喜欢的汤。她甚至觉得自己都长胖了，脸开始有点圆润的感觉了。

一个月之后的某天，她竟然和鲁婶一样拿到了一个信封。她拆开一看，是一叠现金，看来就是贺君所说的工资吧！她呆呆地瞧着信封，翻来覆去地看了半天，不禁觉得好气又好笑。

贺君显然是个很会办事的人，不止衣服，连面膜、基本护理和彩妆都给她一一准备好了。看来人家除了将她强行掳来囚禁之外，其他地方对她真的是让她想挑剔也无从挑剔。

蒋正楠从机场一出来，直接坐上来接他的车子。处理了几份紧急文件后，突然想起一件事，头也不抬地问道："那件事情现在进展得怎么样了？"

他没头没脑的一句话，想来也只有贺君能明白。果然，前排的贺君回道："许小姐一直很平静，不吵也不闹……只是……"

蒋正楠眉头微皱："只是什么？"贺君道："只是叶先生好像动用了各种关系在找她，甚至有怀疑到我们头上……"贺君其实用词已经尽量轻了，叶英章找人在他看来简直可以用"拼命"两字来形容。

蒋正楠的目光从文件里的数字中移开，抬头："什么？"

贺君一愣，说道："不好意思，蒋先生，是我办事不力。当初，我以为能用钱把许小姐收买的，所以就亲自出了面去许小姐的店里把许小姐接了出来……"

简简单单几句话，蒋正楠已经明白了当中的缘故。这事情也不能怪贺君，当时他也以为这个姓许的女人只要用一笔钱就可以轻松打发的。结果，连他也失算了……

"算了，以他现在的能力，也查不出什么。况且就算查出来了，我也无所谓。"

"是。"

蒋正楠合上了手里的文件，揉了揉眉心，道："把电脑给我。"贺君的随身电脑里有她的视频监控。

画面切到的地方是他的书房，只见她穿了一件粉色的T恤，配套的粉色长裤，盘腿坐在地板上画画，嘴里还咬着一只画笔……

他用手触摸了放大键，画面调到了最大……她的五官比较清晰地呈现在面前，眼睛很漂亮，偶尔盈盈抬眸，令他不由得想到四个字"剪水双瞳"。

画的是什么呢？放大了才瞧清楚是一幅人物素描，五官轮廓分明是个中年妇女……

那是他的地方，她居然闲适舒服地占为己有。虽然把她安置在他闲置的海边别墅，他也是事先同意的，可……蒋正楠轻轻皱了皱眉，他总是觉得心底某处有些幽微的怪异之感。

贺君坐在副驾驶的位置，只听见蒋正楠"啪"的一声合上了手提电脑。他转过头，只见蒋正楠正闭目养神……

蒋正楠的车子在园子里一停下来，便有人过来替他拉开了车门。

一进屋子，管家兰姨正带人在摆菜。抬头，笑着道："太太，少爷回来了。"蒋母陆歌卿回了头，笑吟吟地道："回来了啊？电话里不是说明天回来吗？”

他唤了声：“妈，兰姨。”然后才又道，“事情解决得很顺利，所以提早回来了。”

兰姨笑道：“少爷的口福最好了，难得今天太太亲自下厨。我去喊小姐下来吃饭。”蒋正楠微微一笑：“那今天真的是算有口福的。”他自然知道母亲素来十指不沾阳春水，更何况家里多的是工人。

他问道：“璇璇怎么了？好端端的天气闷在房间里？”陆歌卿眉头皱了皱，欲言又止：“上辈子欠了人家似的……在屋子里不肯下来……”正说话间，兰姨从楼梯上下来，朝陆歌卿无奈地摇了摇头。

蒋正楠问道：“怎么了？”陆歌卿几不可闻地叹了口气，兰姨瞧了一眼楼上，放低了声音道：“小姐这两天一直不大肯吃饭，所以夫人今天特地下厨做了小姐最爱吃的……”

蒋正楠敲了敲房门，推了进去：“小璇璇，吃饭了。”蒋正璇躲在被子里，闷闷地叫了一声：“大哥。”

蒋正楠在床沿上坐了下来，轻拍着被子，放低了声音半哄半诱地道：“小懒猪，这么喜欢这条被子啊，礼物都不要了啊？”蒋正璇还是不肯将被子掀开。

蒋正楠的声音缓缓地冷了下来：“是不是叶英章欺负你了？看我不去把他揍一顿！”说罢，站起了身。果不出所料，蒋正璇一把从被子里跃了起来，拉住了他：“哥，不要啦。他没有欺负我……”

眼睛红红的，多半是刚才躲在被子里哭了。蒋正楠伸手揉着她的头发，下巴的线条勾得极紧：“怎么了，鼻子都哭红了？还真像只小兔子。”

蒋正璇别过了头，浓浓的鼻音：“没什么？”蒋正楠心知肚明，放柔了声音道：“去洗把脸吧。妈等着我们吃饭呢！”

蒋正璇也没有什么食欲，面前的碗里、碟子里满满地都是大哥夹的菜，可她动也没有动，用筷子在碗里拨来拨去。

蒋正楠放下了筷子，道："好了，不想吃就不要吃了。走，哥带你出去兜一圈。"陆歌卿对这个长子素来放心，便眼睁睁地看着儿子拉着女儿出去。

兰姨道："璇璇这气赌的也有几天了……"陆歌卿叹了口气道："孩子都大了，都有自己的心思了。所谓女大不中留，留来留去留成愁……唉……我们都老了，不中用了……"

兰姨笑了笑，宽慰着她："不过是小年轻之间偶尔的吵嘴斗气……谈恋爱的时候，谁不这样啊？"陆歌卿抿了抿嘴，缓缓一笑："这倒也是。谈朋友的时候总难免会耍耍花腔。"

兰姨道："可不是。再说了，璇璇迟早也是要嫁出去的。你看你，现在就这么舍不得了，等以后真要嫁的时候，那还得了？"

陆歌卿被她逗得心情好转了一些，一肚子的话便倒了出来："唉……我就璇璇这么一个女儿，说心里话，真的不舍得啊。可是啊，到那个时候不舍得也得舍了。"

"可是你看璇璇她，一点人情世故也不懂的，我啊，老是担心她会吃亏！"

"婆婆跟妈可不一样，得捧着、哄着……我只要一想到自己宠了二十多年的女儿，转眼就要嫁给人家去做媳妇了，我想想就一万个舍不得……恨不得呀，一辈子把她留在身边。可是啊，那怎么可能啊……"

"好在啊，我看叶英章他父母对我们璇璇还是很满意的……唉……"

兰姨夹了筷菜给她："夫人你就不要去多想了。俗话说得好，儿孙自有儿孙福。再说了，少爷在，能让小姐吃亏吗？我看他呀，比你们两个老的还宠小姐。"

陆歌卿闻言，忆起从前，不由得微微一笑："那个时候生璇璇，还怕他们两个岁数相差太大，大的会欺负小的。谁知道啊，正楠从小就宝贝这个妹妹宝贝得来……连我都要眼红了。"

兰姨笑吟吟地道："这还不是夫人的福气。所以说啊，你就不要胡思乱想了，菜都要凉了，快吃饭吧。"

车子一路往市区繁华地带而去。蒋正楠伸手揉着妹子的一头卷发，宠爱地笑道："想去哪里？"蒋正璇恹恹地侧靠在车椅上，偏着头，也不说话。

蒋正楠索性把妹妹直接带回了自己住的地方。拨了个电话给叶英章："英章，在哪儿呢？到我这里来。"

脱了西服，卷起了衬衫袖子，从吧台的酒柜里取出了一瓶红酒，倒了两杯。递给了蒋正璇，道："喝吧，你现在需要点酒。"

蒋正璇愣愣地望着眼前的酒杯，紫红色的液体隔着水晶，隐隐散发着魅惑的光泽。她双手捧起了酒杯，仰头"咕嘟咕嘟"地一饮而尽。

蒋正楠又给她倒了满满一杯。自己则坐在边上的沙发上，闲闲地把玩着酒杯，偶尔浅饮一口，也不开口说话。

果然，蒋正璇怔怔地喝了第二杯后，放下了酒杯，忽然走过来一把抱住了他，将头埋在他的怀里，呜咽着："哥，叶大哥说要跟我分手！"

她开始细细地抽泣："哥……我不要跟他分手……哥，我不要。哥，我只喜欢他。我只喜欢他而已……我不要跟他分……我不要跟他分手。"

一串一串的泪珠"啪嗒啪嗒"地掉落了下来，跌在他的手上，滚烫！

家里从小宠到大的宝贝，今日居然为了一个男人，一而再，再而三地哭成这个样子，蒋正楠的心不由得发紧发疼。他和蒋正璇足足相差八岁，一直以来十分地疼爱她。在他心里，谁也不能欺负他妹妹，就算是以后的妹夫也不准。如今这个自己捧在手心里的妹妹居然为了一个男人在他怀里号啕大哭。

他越想越火。一瞬间，整张脸都阴沉了几分，好似被严霜冻住了一般。

蒋正楠搂紧了蒋正璇，拍了拍她的肩，语调和蔼地道：“放心，他绝对不会跟你分手的。他还会跟你结婚，生宝宝，生很多很多的宝宝……在大哥的屋子里跑来跑去，争着抢着叫舅舅……”

大哥的声音似五月的明媚阳光，温暖服帖地流过心房的每一处。蒋正璇含着泪从他怀里仰起了头，目光里将信将疑，但分明闪烁着一种喜悦：“真的吗？”

蒋正楠望着她，目光坚定、认真无比：“当然真的，大哥跟你保证。你说大哥什么时候骗过你？不要哭了。嗯！”

蒋正璇低低地“嗯”了一声，好似只小猫一般趴在他肩上，因方才哭得过凶的缘故，身子还是偶尔一抽一抽的。

外头响起了车子声。不一会儿，叶英章推门而进，显然他过得也不好，脸色发青，神色憔悴。但蒋正楠心里清楚得很，叶英章的邋遢和憔悴可不是为了他最爱的妹子。

蒋正楠轻轻拍了拍蒋正璇：“乖，你看，谁来了？”明显感觉到蒋正璇的身子一颤，缓缓站了起来，如痴了一般地凝望着叶英章。

蒋正楠朝叶英章点了点头：“好好照顾璇璇。”说罢，将两人留在了客厅，自己则头也不回地上了楼。

等他洗好澡下楼的时候，蒋正璇已经趴在叶英章的腿上睡着了。

叶英章见了他，欠了欠身，道：“蒋大哥。小璇在你这里，我也放心，我就先回去了。”

蒋正楠笑了笑，只是那笑意没有漫延至眼底，装作随意地道：“大家都是一家人，何必见外呢！我这里多的是房间，你不如就留下来住一个晚上吧。”

叶英章小心翼翼地将蒋正璇的头挪到了沙发上，这才起身。大约是维持同一个姿势久了，他的腿移动的时候有些古怪。

蒋正璇的手一直拉着叶英章的手臂，叶英章一动，她似有知觉似的转头，在梦里喃喃呓语："叶大哥，不要走。"叶英章一怔，便没有再动弹。

蒋正楠倒了一杯酒递给了叶英章，自己端起方才喝过的那杯："我也忙，很久没见你了，最近工作怎么样？"

叶英章缓缓一笑，垂下了目光："就那样吧。"蒋正楠淡淡一笑："听说这次洛海市的市委要变动，叶叔上来的希望很大！"

叶英章似乎极冷淡，半天才敷衍了一句："是吗？我不大清楚。"蒋正楠也就没有再多说下去。对于他和叶叔的事情，在调查许连臻的时候，他也顺带了解得十分清楚了。

半晌，叶英章有聊没聊地问道："对了，蒋哥，最近听说你经常出差？"蒋正楠似笑非笑地道："是啊，公司目前很多个开发案，忙得昏天暗地的。这不，今天上午还在七岛市呢！"

两人闲聊了片刻，叶英章似下定了决心，放下了酒杯，道："蒋大哥，很晚了，我先告辞了。你好好照顾璇璇。"

叶英章才一转身，蒋正楠的笑容已经倏然不见了，长眸微眯地望着他远去的背影，脖子一仰，将水晶杯子里的红酒一饮而尽。

第二天，又是一系列的饭局。事实上，在酒桌上蒋正楠虽然是主客，但一直喝的并不多。在众人中间，他只是姿态闲适地坐着，接连不断的有人过来敬酒，哪怕是玩笑，也没有人会说一句："蒋先生，干杯。"

而他不过是浅浅地抿上一口半口，说上一句半句："量浅，海涵。"敬酒之人便会堆起满脸的笑意，连连道："我干掉，我干掉。蒋先生您随意，您随意。"

不过连赶了两场，又都是白酒，到最后，到底是有些微醺了。

车子一路行驶，贺君觉得车子太过安静，便打开了音乐。

忽然，只听蒋正楠的声音懒懒地响了起来："掉个头，去海边别墅……"贺君心里"突"的一下，老板怎么会这么奇怪，居然这个时候要去海边别墅。

蒋正楠是在自己灯火通明的书房看到这个被囚禁的女人的。今天是黑色的大毛衣，灰色的紧身袜，脚上套了双可爱的红色居家靴子。缩在他大大的躺椅里，好梦正酣，手里还握着他的书……

肤色白皙，睫毛纤长，唇色浅红，仿佛是春日里樱花般的粉嫩……这倒是他第一次仔仔细细端详她。

他静静地看了数秒后，走到了原木色的书桌后面，拉开了原木色的椅子，双手环抱，坐了下来。蒋正楠在头昏耳热中忽觉得自己有些幽微的怪异，自己心血来潮的，一时冲动到这里来，难道就是为了把这个能够这么吸引叶英章的女人看个清楚而已吗？

不过还没等他想清楚，她已经有醒转的迹象了。

看来她的警觉性不错，不过几十秒光景，只见她猛地睁开了眼。他若是没有看错的话，她初睁眼的一刹那，眼里闪过的是满满的惶恐无助之色，仿佛受过猎人惊吓的小鹿，害怕、迷茫。

许连臻确实在梦里隐隐觉得不安，像是有什么危险潜伏在自己身边，所以才会惊醒过来的。她闭了闭眼，又睁开，吃惊地看到不远处的蒋正楠。

许连臻“嗖”地从躺椅上起来，一动不动地盯着他，清亮如水的眸子戒备十足。

蒋正楠闲适地维持着双手环抱的动作，略偏了头，眯着眼与她对视。

许连臻很想就这样与他对视的，敌不动，我不动。可是他的眸光太幽深了，这么望着她，黑得犹如不远处那片波涛汹涌的海，深不见底。

她败下阵来，颓然地垂下了眼帘，问道：“蒋先生，请问什么时候可以放我出去？”

蒋正楠忽地一笑，修长的双脚调换了一个交叉姿势，慵懒闲适地道：“怎么，后悔没有接受我当初的提议了吗？”她沉默不语。

蒋正楠站了起来，一步一步地踱近她的身侧，居高临下地俯视着她，似笑非笑："可惜，现在想反悔也是不可能了。"

他个子很高，站在她面前压迫感十足。还有他的气息，带着酒味，恼人地笼罩在四周……许连臻不着痕迹地后退了一步，移开了些许距离："蒋先生，你到底怎么样才肯放了我？"

蒋正楠摸着下巴，似在沉吟，片刻，才一字一顿地道："等叶英章跟我妹妹结婚吧。"

入耳的一刹那，许连臻以为自己耳背听错了。结婚，那要到什么时候啊！他疯了不成。她霍地抬头，眸光里有碎钻般的隐隐粼光："那请问叶先生什么时候跟蒋小姐结婚呢？"他没有回答。大约也回答不出来。

许连臻轻扯了嘴角，哑然失笑。望着蒋正楠："那如果叶先生一辈子不和蒋小姐结婚，或者叶先生以后跟别的女人结婚，蒋先生，你是不是就打算在这里关我一辈子呢？"

蒋正楠从来没有想过她居然如此的伶牙俐齿，居然敢这么跟他说话。

因昨晚蒋正璇的事，他今日本来心情就不佳，先前喝的酒意此时似乎渐渐涌了起来，只觉得头涨涨的，有些迷蒙的昏沉和恼人的热意。

蒋正楠怒极反笑，一点点俯下身去，修长的手指一把捏住了她的下颚，语气极轻描淡写地道："如果不是你，明年六月我妹妹一毕业就会跟叶英章结婚的。双方父母早已经敲定结婚日期了……"

他的指尖热热的，被捏住的一刹那，许连臻有点被吓到了。可是他用了力，她无法挣脱，眼睁睁地看着他薄薄的唇一点点地接近："你知不知道，叶英章居然为了你，跟我妹妹一而再，再而三地提出分手？"

他的声音越来越低，越来越冷，似冰过一般："我这么对你已经很客气了，不要敬酒不吃吃罚酒。"

许连臻有种失笑的冲动，反正已经被他毫无自由地囚禁在这里了，他还能把她怎么样。杀了她吗？

许连臻亦无所畏惧，抬了头，道："蒋先生，你的调查报告这么详尽，不知道里头有没有告诉你，从开始到现在，一直都是叶英章主动来招惹我、来找我的……不是我去纠缠他的。如果蒋小姐有本事，就请她好好看着自己的男人。如果是蒋小姐本身魅力不够的话，你绑了我也没有用。一辈子这么长，请问你想替你妹妹绑多少个女人呢？”

蒋正璇比蒋正楠小整整八岁，在蒋正楠眼里，是他最可爱的宝贝，他一直把小璇当妹妹又当女儿疼的。一听许连臻的话，脸色一沉，手一扬，不由自主地甩了上去：“你是什么东西，凭你也敢这么说我妹妹！”

她的脸上“啪”的着了他一掌，就算他方才只用了七八分的力道，但她白皙水嫩的脸上已经现出了红红的指印，甚至嘴角隐隐有丝血迹……

蒋正楠一下愣了，自己从来没有打过女人的，而且这些年摸爬滚打下来，他早已经练就从容不惊了。可她就几句话，怎么就这么轻易地撩拨得他怒火冲天呢？然后他居然就这么打了过去……

他反常了不成？

他手指微动，第一反应是想要去触碰她的脸。她冷冷别过了头，唇线抿得像是绷紧的弦，好似随时都会断裂……不过一两秒的光景，只见她亦扬手，朝他甩了过来。他一避，她的手沉沉地落在他的胸上，发出闷闷的响声……很显然，她用足了力道。

他一把抓住了她的手，用力一扯，将她整个人拉了过来。

她的鼻子重重地撞在他胸上，像是撞在钢板上一样，疼！脸上也是热辣辣的，只有一个疼字。

她似发疯了一般，死命地拽着自己的手，抬脚踹他：“你给我放开……你……你这个坏蛋，快放开我的手……坏蛋……放开我……放开我……”

她涨红着脸，憋着气，半天居然只会骂“坏蛋”两个字，蒋正楠也服了她了，这就是走私大鳄的女儿，不过如此而已，他今天也算长见识了。

他就是不放。许连臻到后来连挣扎的力气都没有了。他低着头，趣味十足地看着她，好似猫盯着老鼠，一副你再怎么逃也逃不出我的手掌心的模样。

是，她是走私贩的女儿，她父亲是无期，一辈子要关在监狱里。她也从监狱里出来……她在他们这种人眼里或许是比蝼蚁还不如，比蟑螂还低贱！所以叶英章算计她，从一开始就算计她……所以他肆无忌惮地把她关在这里……可是她无论再怎么也好，也轮不到他这个姓蒋的来作践！她恨，她恨他们每一个人。

这么久以来的怨和愤怒在一刹那涌上脑来，许连臻只觉得身体里的血液一个劲儿地往脑部涌去。她头一低，狠狠地往他手上咬去。

蒋正楠大约没有想到这个，只觉得手腕处一阵钻心的疼。怪不得古人言：唯小人和女子难养也。这女人看来是发狠了，真是想咬下他的肉来……

蒋正楠想不到自己居然也有骑虎难下的时候。一下子也真不知道自己要动手推开她，还是扯开她……

最后，他一把搂住了她的腰，隔着轻软的毛衣，只感到她的腰肢极细，似能一折而断……蒋正楠不知道为什么，只觉得自己的身体不受控地热了起来，好似有人点燃了火苗……她抬脚，他顺势用腿夹着……她好似疯了一般，不停地挣扎，拉他、扯他……他本就只用了几分力，被她一带，两人朝厚厚的地毯上摔了下去……

她毛衣的领子是V字型的，领口其实不大。但由于纠缠的缘故，领子被拉至了手臂处，露出精致圆润的肩膀和一大片莹白的肌肤，被深灰的毛衣和黑色的蕾丝肩带一衬，如上好的玉石般的肌肤，隐隐泛光……

蒋正楠身经百战，女人的身子如今对他自是毫无任何隐秘可言的。可不知道为何，她这半裸酥胸，粉唇微开的模样，他只觉得诱人至极……

蒋正楠只觉得昏昏的脑中“嗡”一声轻响，身体某处瞬间作出了反应，紧迫难受到了极点……

那火苗终于“哗”一把被燃成了大火……

他最近手上事情也多，接连不断地出差，已经一个多月没有近女色了……可也不对啊，他就算是毛头小子的时候，也没这么冲动……但是他已经来不及细想了……

偏偏被他压在下面的身子单薄温软，曲线柔美，似与他处处服帖……她的呼吸又急又促，湿湿热热地打在他的耳畔……

他的目光停在了她微张的红唇上，大约因气愤和方才的纠缠，此刻晶莹粉嫩至极，美好的犹如枝头上正欲盛开的花瓣……他不知道自己是喝醉了还是怎么了，他就如同中蛊一般，压了上去，点燃了这场叫他猝不及燃的大火。

许连臻被吓得蓦地瞪大了眼睛，气倒抽得很大，接着是用力的反抗，呜呜呜地在他口中抗议……她的味道极好，香甜可口，嫩得叫人想起那最诱人的果冻……

那些个女人欲拒还迎的样子蒋正楠也见得多了，那些所谓的挣扎只会让男人更热情如火而已。他只知道此刻的自己犹如一张拉至极点的弓，正破势待发……而他从不忍耐亦不想忍耐自己……手不受控制一般，从毛衣的下摆滑了进去……手法娴熟地在她洁白柔软的肌肤上轻轻重重地掠过……

许连臻倒吸一口凉气，眸子里盈满惊骇欲绝。她被剧痛给震得直接张口就咬住嘴前的肩膀，双手死掐入他的肩背，泪水纷然滚落……

蒋正楠觉得肩膀上一直隐隐在疼。洗澡的时候一看，果然伤痕历历在目。这女人，也真会咬，除了肩上，他脖子上也有，当然最明显的就是手上的，血迹隐隐，他想遮也遮不了。

思及方才在别墅的激情，又怔然了许久，怎么自己竟会如此失控了。

猛地想起酒宴上那个兴重的万老板，一再笑眯眯地说后面帮他安排了节目，请他不要错过……只是自己当时拒绝了！

难不成……那酒加料了？平日里倒也没什么的，都是你情我愿的事情。

只是与她发生这样的关系却是大大超出了他原来预计的范围。

果然，第二天，底下的人送咖啡、呈资料的时候，目光都不约而同地在他手上停顿了数秒，然后装作若无其事地转过头。

又隔了两天，蒋正楠出席了一个哥们的私人派对。被人发现了手上的伤，楚随风若有似无地扫了一眼，调笑道："蒋正楠，你也太拼了吧！现在好这一口啊！"

她确实拼了命地咬了，恨不得撕下他的肉来。到现在还牙印森然，触目惊心。原本红的地方现在也发黑了，好像更显眼了些。

他只淡淡一笑，不想在"这一口"的问题上多加纠缠。这群人向来放纵，什么没有玩过？什么不敢说？他一接口，反倒是给他们调侃的机会了。

聂重之倒来了兴趣："什么时候把人带出来瞧瞧？也好让我们见识见识到底是哪位美女，可以让我们蒋少如此放纵！难得啊！"

蒋正楠含笑不语，转了话题朝路周易道："你的新欢不错……"

路周易下巴微仰地一笑，道："自然，刚上大一……水嫩得很！怎么，有兴趣，帮你介绍几个？"他淡淡地摇头："谢了，你还是留着自己用吧。"脑中不由得忆起她一身白嫩的肌肤，细腻柔滑得仿佛是最好的牛乳。

那日她躲在了浴室，再不肯出来。

他停顿了片刻，便将衣服穿好，一言不发地走到门口。指尖碰触到房门的金属把手的时候，冰凉的触感使他顿了顿，转头，那扇浴室的门依旧紧锁。他只望了一眼，便压下了把手，开门而出。

Chapter04

温暖的悲凉

一晃，
真的只是一晃，
人生都已经颠覆了。

一晃便到年节，蒋正楠从热闹的公司年会上出来，不知道是不是喝了有些多的缘故，昏沉沉地从宴会里一出来，就想到了她——许连臻。

打开电脑里的很多画面，却都没有她。蒋正楠摸了摸晕乎乎的额头，半晌才想到都已经凌晨了，她肯定睡了。别墅所有的房间里，就她的卧室和卫生间里没有装监控器。

手指微动，调出了整幢别墅的画面。显然她还没有睡，卧室里的灯光还亮着。

贺君见蒋正楠看电脑，便想到一事，沉吟了一下，方开口道："蒋先生，我前两天去过海边别墅……那边的人说许小姐最近一直待在房间里……"蒋正楠抬了头，却没有说话。

贺君斟酌了一下，道："许小姐前些天曾问过可不可以给她弄条小狗。"

外头一瞬即逝的街景，商家为了抓住商机，纷纷打出了各种的大幅广告，红红的横幅，红红的灯笼，一片欢天喜地，热热闹闹。好像这个天地间除了过年，已经别无他事了。

好半晌，蒋正楠的话缓缓地在车子里响起："你就去给她弄一条吧。"

贺君愣了愣，片刻才应道："是。"有那么一瞬，他还真的以为是自己听错了。蒋正楠有轻微的动物过敏症，他讨厌小动物也是出了名的。就算他一直住在自己外头的别墅，但小姐蒋正璇到现在都还是不敢轻易在蒋家大宅里养宠物。

许连臻在房里的时候，隐隐听到了车子驶入的声音。她心一颤，第一个动作就是跳下沙发去锁门。

她至今都不敢回想那日两人之间所发生的事情……可是就算她不去想，但事后几天，身体残留的酸痛感还是不时地提醒她发生过了什么……

第二日，她还在浴室的大理石台的明显位置上看到了一盒药，上头大大的几个字“左炔诺孕酮片”，她一开始还有丝疑惑地想着，这是什么？但是眸光轻移到下头，居然是五个略小的字“紧急避孕用”。

那一瞬，所有的血液都往脑中涌去，如果他在面前的话，她当真会冲上去与他拼命！千刀万剐的心都有了！

可她什么也做不了，只有呆呆地在屋子里待着。要不是最后肚子饿得“呱呱呱”地叫，她在窗帘背后抱着双膝几乎快要成了石像。

思绪起伏间，只听车子发动的声音响了起来，又驶了出去。

许连臻甚是烦乱，不停地按着手里的遥控器，可是无论怎么一圈一圈地换台，还是没有一台电视可以看。

门口传来“窸窣窸窣”的声音，好似有东西在挠门。许连臻蓦地回神，发现这声音她曾经很熟悉。当年的小白，她每次生气将它关在门外，它就会在门上抓啊挠的，发出如此的声音。

她倏地从沙发上爬了起来。果然，是一条小小的贵宾犬，咖啡色的毛发，一双可爱的大眼睛忽闪忽闪的。

她小心翼翼地弯下了腰，温热柔软的触感跟记忆里的一模一样。她明知道这不是小白，当年的小白现在或许早已经不在人世了。就算在，也不知道在五福市的哪个角落了。这辈子，她估计是再也见不着它了。

怔然望了许久，这才缓缓地抱了起来，将它又松又紧地抱在怀里：

“小白……”泪就这么落了下来，一颗一颗，溅在咖啡色的毛发之上，晶灿得犹如水钻。

曾经有个人笑着对她说：“明明是咖啡色的，却给它取一个这么二的名字……小白，小白……一听就知道是条狗啊！”

她娇啧地道：“二……你才二呢！小白这名字多好啊……对不对，小白。我就觉得小白好听，小白好……”边说边给小白挠痒痒，而小白乖巧地“汪汪”几声以表示同意。

那人又气又好笑：“好吧……你说好就好……”小白又“汪汪”了两声。他凝望着她，只是笑而已……

那天的阳光正好，如箭般在头顶直直地照射下来，日光潋滟，将两人笼罩其中。她和他亦好！

可谁知道，后来才不过短短数月光景，两人却走上了不归路。再也回不去了！如今，她却还因为他，落到了这般境地。

年三十的那天晚上，照顾她的鲁婶要回家与家人团聚，回去前特地精心烧了四菜一煲，说是给她过年。

整幢屋子大约就剩几个保镖吧，只是他们从不进屋与她接触。空荡荡的屋子安静极了。她抱着小白，呆呆地望着桌上热气腾腾的菜，一点一点地凉下去。

往年这个时候，父亲总是会围着围裙，拿着勺子亲自下厨，做满满一桌子的菜，个个都是她爱吃的。惠姨呢，在酒柜前，隔着大厅，远远地喊过来：“阿坤，小臻，晚上喝什么酒？”她抱着小白，蹭在父亲身边，美其名曰：端菜。实际上就是偷吃。

然后会咯咯笑着回话：“惠姨，我不喝酒。你陪我爸爸喝个痛快，今天一定要喝茅台。”父亲许牟坤年三十喝茅台，已经是不成文的规矩了。而父亲呢，总会乐呵呵地望着她，赶她出厨房：“去，去，去，一边去。

不要在这里捣乱。”

她总是死皮赖脸地不肯走：“爸，我在偷师呢。以后等我会了，做给你吃。”父亲有时候就会赏她吃一颗“爆栗”，笑出了声来：“就你……还是算了吧。我宁愿吃白饭。”她跺着脚不依不饶：“爸，有你这样的爸爸吗？不鼓励鼓励就算了，还在一个劲儿地泼冷水……”可还没有说完，自己都抱着小白笑岔了气……

那样的光景，此生不会再有了，她不由得悲从中来。抱着小白，缩在客厅的沙发上。屋里冷冷清清、凄凄惨惨。她就这么怔怔发呆……不，不能哭。今天是年三十，哭了会不吉利的。许连臻掐着大腿不让自己落泪。可下一瞬，还是感觉眼角有温热的东西滑了下来。一摸，满手的泪。终是再也忍不住了，头抵着小白，呜呜地哭了出来。

蒋家这个时候，则正是大团圆的光景。蒋父平日里是神龙见首不见尾的，但每年这个时候蒋家的团圆饭是雷打不动的。

按规矩，吃好饭后是拿红包。蒋正楠虽然三十出头了，但因未婚，蒋父蒋母还是照规矩给了他红包，但他也亦包了给父母。蒋正璇当然是全家最幸福的一个，拿红包都拿到手软。

蒋正楠见她洋洋得意的样子，便笑眯眯地逗她：“说不定我们家璇璇啊，今年是最后一年拿了，所以哥今天特地给你包了个特大的。”按洛海市的规矩，女孩子一结婚就不能再拿父母老一辈的红包了。

蒋正璇自然听得懂大哥的意思，娇羞地低下了头，红红的小嘴一嘟：“爸爸，妈妈，大哥欺负我！”蒋父蒋母含笑着望着一双子女，满足之情溢于言表。

对于叶家的叶英章，他们从小看着长大，知根知底，所以对他和女儿的事情也乐见其成。倒是儿子，也老大不小了。

蒋兆国和陆歌卿对望了一眼，对儿子的脾气自是了如指掌，他的事情啊，可真是个老大难的问题了。

许连臻倒是没想到大年初一见的第一个人便是蒋正楠。由于凌晨才睡的缘故，醒来的时候也已经很晚了。

以往每年年三十的晚上，她都是整夜不睡的，倒也不是守岁，是陪父亲去M市的法华寺烧头香。现在想来，那个时候的父亲虽然嘴上从不漏半点口风，但心里估计还是诚惶诚恐的吧，怕有报应，所以每次烧香拜佛捐钱，都是极虔诚极虔诚的。

那个时候她不懂，有一次还笑话他："爸，你这么大个人了，还信这个！"许牟坤听了，难得地对她沉下脸来，训斥道："你一个小孩子懂什么。"说着，还会朝佛像多拜拜，"小孩子不懂事。菩萨您大人有大量，宰相肚里能撑船。我代她多磕几个头当赔罪。"

一晃，真的只是一晃，人生都已经颠覆了。

她洗了把脸，瞧见镜子里的人，大约是昨晚大哭的缘故，眼皮肿肿的，像颗小核桃。大年初一的，好气色才会有好兆头。虽然她不大信这个，但是今天终归是新年的头一天。她的目光落在了大理石台上摆放的彩妆上。

略刷了点睫毛膏，涂了点粉色眼影，还在唇上点了点唇蜜。气色果然一下子亮了起来，她扯了扯嘴角，镜子里的人也清清一笑。

抱起了小白，低低地问道："小白，好看吗？"小白耷拉着脑袋，半天没有吭声。她叹了口气，趿着拖鞋，慢慢地出了房间。

脚步忽然在楼梯上猛地停住了。有人双手枕在脑后，脚搁在茶几上，闲适惬意地靠在沙发上，远眺着一望无际的大海……她身子反射性地僵硬了起来，发现这人正是别墅的主人！

她脑中一刹那空白，也没有时间去想他这么一个大忙人，怎么会在这个时候出现在这里。她唯一的反应就是抱紧小白，拔脚转身要回楼上房间。

那人似乎还没有发现她的存在，继续维持着舒服的姿势。

她才跑了几级楼梯，只听那人的声音淡淡懒懒地从身后传来："反正该发生的都发生了，不该发生的都已经发生了。你身上我该看的，不该看的，都已经看过了，还躲什么？"

许连臻这才止住了脚步，缓缓地转身，一脸地戒备："姓蒋的，你到底想怎么样？"贺君一直叫他蒋先生，罗婶也是。所以到目前为止，她还真的不知道他的全名是什么。

蒋正楠没有说话。室内一片安静。

她知道她拿他什么办法也没有！就跟贺君上次说的，就算你报警，就算告上法庭，法院会相信以蒋先生这样身份的人会非法禁锢你吗！那么这次也一样。

她到底做错了什么！为什么事情会发展成这样！

本来她今年就会大学毕业，然后跟大家一样找一份勉强能糊口的工作……也或许会按父亲说的，你喜欢就开家咖啡店，不想工作，就在家里玩好了……可是，可是，一切都已经不是原先预计的样子了！她毕不了业，甚至还蹲了监狱……她被他关在这里，然后……

为什么会成这个样子呢？有时候，她真的好希望这只是她的一个恶梦，醒来，发现一切如旧。

那日她在别墅，望着楼下枯黄的草坪，有想过跳下去会怎么样？可是理智告诉她，什么也不会改变。父亲不可能从监狱里出来，一切都回不到过去……跳了也是白跳！

她以前总以为情到深处，她会把第一次给叶英章的。现在想来当初若是给了叶英章，那真的是可以拿块豆腐撞死了。所以和这个人，至少比起叶英章来，还不是最让人难以接受的。

她望着窗外一望无际的海面，悲凉地安慰自己，反正已经再没有可失去的了。多有阿Q精神啊！她对于这既成的事情，甚至比上次进监狱接受得更快。

据说人生是一个抛物线，这三年多来，她反正已经跌到谷底了，大概除了死亡外，再糟糕也糟糕不到哪里去了。

既然他不说话，她又何必奉陪呢？她抬脚上了一级楼梯。他的声音才不急不徐地传了过来："在这里住得还习惯吗？"

许连臻咬紧了自己的嘴唇，沉默不语。不习惯，他就会放她走吗？习惯了，又怎么样，难不成他准备让她待一辈子！

蒋正楠不以为意地道："我们谈谈吧。"她依旧不说话。他想谈，她能不谈吗？

蒋正楠继续着道："我想让你帮一个忙，或者说我想跟你做个交易。"

帮忙？他对她做这样的事情之后，还妄想她帮忙！交易？她有什么跟他好交易的。

她依旧一脸的戒备，冷声道："你想做什么？"

可他的声音却是一本正经的："我不是说了，我想你跟做笔交易？"

沉默片刻，她才终于开口："什么？"

蒋正楠缓缓地道："那我就开门见山了。你父亲现在在监狱里，听说是无期。这里的情形，就算我不说，你也清楚得很。这么多年，若是里头没个人照应，你父亲在里头日子怕是不好过……"

许连臻回过了身，眼里的愤怒一闪而过，随之汹涌而来的是不安与无助。

蒋正楠自然已经将她的各种细微表情尽收眼底。他偷偷一笑，他知道他已经赢了。对于她来说，这个世界上唯一在乎的人只有她父亲，唯一想保护的人也只是她父亲。

许连臻目光冰冷地望着他："蒋先生既然说是开门见山了，也就不必跟我兜圈子了。请直接说重点吧。"

蒋正楠站起了身，目光清冽，对着她，嘴角轻扯，露出一个若有似无的微笑："配合我演戏，直到叶英章死心。而你得到的好处，便是一笔足以让你生活无忧的钱款和你父亲在监狱里的舒心日子。"

冬日的光线将尘埃细致分离，光线打在他线条分明的脸上，明暗不一。

许连臻低头，时间静止了。蒋正楠看到她微垂着睫毛，目光定定地落在她自己秀气的鼻尖上，仿佛定格了一般。

蒋正楠放缓了声音，像似诱哄："你只需帮我让叶英章死心，让他娶我妹妹。"

又是好半天，她冷漠地抬头，声音略带了一丝嘶哑，缓缓开口道："蒋先生说话算话？"

蒋正楠站在原地，不紧不慢地道："只要你做到，我一定实现我的承诺。"

许连臻"嗤"一声冷笑，缓声道："蒋先生，你要明白，我能做的并不多。叶英章最后要娶谁，不是我能决定的！"

蒋正楠的目光定定地落在了她粉嫩的唇上，似踌躇了一下，好一会儿才点了点头，一锤定音："好，只要叶英章对你死心就行。"

许连臻抱紧小白，指尖掐在掌心，锐锐地疼。半晌，她静静地道："好！"

最后，蒋正楠转过身，抓起了扔在木几上的车钥匙，离去。淡淡的光线将他高大修长的身影拖曳在了原木色的地板上。许连臻一动不动地望着地面，直到他消失。

春节过后的某天，已经接近晚饭时间了。已经回来工作的鲁婶突然上了楼："许小姐，贺先生来电话了，说要来接你。"

想不到戏居然这么快就要正式登台上演了。许连臻打开柜子，找了一件红黑格子的裙子，不到膝盖的长度，外套了一件黑色的花呢小外套，然后又化了最基础的彩妆。

下了楼，鲁婶大约是从来没有见过她如此隆重的样子，吃惊地睁大了眼，张口结舌地笑道："许小姐，你打扮一下比电视里的明星还好看。"她淡淡一笑，转头已见一辆车子驶入了大门。

车子里只有贺君和司机，贺君下车，替她拉开了门。抬头的时候也是明显一怔，但随即恢复了常态："许小姐，请。"

她当初来的时候昏迷着，所以也不知道原来自己现在住的地方离市区还是有段距离的。一路行驶，过了很久才到了一幢大楼前。她从车窗望出去的角度，只瞧见气派的大楼门口。

等了片刻，有几个人簇拥着蒋正楠出来。贺君下了车，替他拉开了车门。

一阵冷风顿时涌入，车子里的温度迅速降低。她拢了拢衣服，条件反射一般往车门处移了移，虽然已经移无可移了。蒋正楠坐了下来，抬头，而她正好转头，两人的视线撞到了一起。他的眸子仿佛是黑洞，深无边际。

许连臻受惊一般迅速地移开了目光，可不经意却瞧见他刀削般的下巴和紧抿着的薄唇。

在那一瞬间，许连臻真有些同情贺君，天天对着这张冰块脸，居然还可以坚持到现在，照这种情形下去，不折寿短命也难啊。

许连臻屏着呼吸，将身子不着痕迹地一点点地移到车门边，尽量与他保持距离，尽量不去想所发生的……

车子里安静到了极点。他就坐在她身旁，因靠得近，几乎连彼此的呼吸都可以相闻。蒋正楠身上的气息又具有强烈的侵略性，无孔不入般地充斥着整个空间……许连臻僵硬如铁地坐在那里，如一座雕像，可捏握成拳的手掌还是泄露了她内心深处的焦躁和紧张……

他身上的气息隐隐传来，许连臻只觉得难耐，每一分钟都是一种煎熬……在这漫长的煎熬中她甚至可以听到自己的毛孔伸缩张开的声音……许连臻也分辨不出自己的感觉，或许是太复杂了……愤怒、不甘、厌恶，什么都有，但是最后全汇聚成一种无奈的无能为力……

还好离吃饭的地方不远，不过片刻，车子已经停了下来。许连臻暗暗松了口气。

蒋正楠推门而下，贺君亦过来帮她拉开了车门。

她站在蒋正楠边上，下一瞬，感觉有温热的东西触摸到了她的手。一怔，原来是蒋正楠的手握住了她的。就算不是刻意的，她依然感觉到了他大手上炽热的温度和厚度……

她脸上倏然微变，脑中闪过了当日两人纠缠的画面。他的手曾霸道地滑过她身上所有的角落，包括最私密的……她手指轻动，脑中的第一反应是想甩开。

蒋正楠似有感应，用力握了握紧，然后霸道地牵着她的手，径直进入了餐厅。餐厅经理的眼里有明显的吃惊之色，但瞬间已经隐了下去："蒋先生，欢迎光临。"他亲自带领他们来到了一个包厢，拉开了门，恭恭敬敬说道："蒋先生，请。"

有一脆声声的声音传入了耳中："大哥，你又迟到了……"声音大约是见了她之后顿住了。许连臻自然认识她，是他的妹妹。

蒋正璇边上的叶英章本是微笑抬头的，可那熟悉的人影一入眼，脸上瞬间倏变，笑容僵在了唇边。整个人一时间似被钉在了椅子上，动弹不得。

蒋正楠自然看在了眼里，但仿佛未见，依旧从容优雅地替许连臻拉开了椅子。蒋正楠缓缓在她边上坐下来，一只手亲昵万分地搁在她的椅背上，这个动作在外人看来，便如同昭示所有权一般。

蒋正楠轻描淡写地为她介绍道："这是我妹妹正璇，家里都叫她璇璇。边上的是璇璇的男朋友，叶英章。"朝她妹妹道，"璇璇，这是连臻。"

不知道是不是她耳朵的问题，他分明是刻意加重了"男朋友"三个字。他妹妹蒋正璇很是热情开朗，微笑着朝她颔首致意："你好。"许连臻亦含笑着打招呼："你好。"

而叶英章却是目瞪口呆地望着她，直到连臻向他出声问好，他才失魂落魄般地回过神来，怔怔地探出手想与连臻相握。可伸出后又发现人家没有要与他握手的意思，便又赶忙收回。也没注意，只听"咣当"一声，打翻了茶水杯子。

一旁的蒋正璇赶忙取过纸巾，替他擦水渍："叶大哥，你怎么了？这么不小心！"叶英章这才如梦初醒一般，朝众人欠身道："不好意思。"坐下后，脸色一直都是阴晴不定。

蒋正楠含笑望着那一幕，可眼底深处却是不辨喜怒的深邃。他转头瞧了身边的许连臻一眼，只见她低头端坐，瞧不出什么表情。

事实上，许连臻从踏入这个房间开始，就觉得空气里的氧气稀薄，似随时会窒息。如今额角更是突突地抽动，可她什么也不能做，唯有将垂在一旁的左手捏握成拳。

随后点了满满一桌子的菜。蒋正楠一边和妹妹、叶英章两人聊天，一边也做足了男友的戏，还亲自替她夹两次菜。她吃得极少，虽然不是很注意，但对面的叶英章似乎吃得更少。

蒋正璇见连臻话不多，便道："许小姐，我觉得你有点面熟，我是不是在哪里见过你？"许连臻还不知道要怎么回答，蒋正楠倒替她接了过去，反问："是吗？你们见过吗？"

蒋正璇忽然"扑哧"一下笑了出来，拍着手道："我知道了我为什么觉得许小姐面善。许小姐的脸型很像女明星楚翘……叶大哥，你说是不是很像？如果许小姐去烫个大波浪的话，再化点浓妆的话，估计会像足八成。"

蒋正楠微微一笑，抬眉道："是吗？"说话间转了头，认认真真地打量了起来。

蒋正璇扯了扯叶英章的袖子，歪着头征求意见：“像吧？”叶英章无奈，只得敷衍似的点头。他到现在对许连臻的出现还是觉得不可思议，只是想着怎么找机会跟她单独说话，问个清楚。

蒋正璇乐呵呵地对蒋正楠道：“大哥，很像吧？你不是认识楚翘吗？”蒋正楠只一笑，哄自己妹妹：“被你这么一说，倒是真有几分像。”蒋正璇又道：“其实我觉得许小姐的五官比楚翘耐看得多。”

楚翘他自然认识，若不是蒋正璇说起，蒋正楠倒没有觉得有什么相像。此刻细看，眉眼倒真有相似之处，只是相比之下许连臻的肤色白嫩，五官也更小巧精致些。

许连臻被她说得不好意思起来，只好轻抿嘴角地笑了笑：“谢谢。楚小姐这么漂亮，能跟她相像，是我的荣幸。”

后来菜陆续地上来，大家便转了话题，许连臻也不插嘴，只静静地坐着。听着叶英章的声音断断续续地响起，耳边竟是“嗡嗡”之声，似无数的蜜蜂在盘旋飞舞，心中只觉一片茫然。

忽然间，她听到蒋正楠似乎在问她：“你觉得怎么样？”她转眸望着他，似有微愣。蒋正楠锁住了她有些迷离的视线，嘴角轻勾，似笑非笑：“璇璇说很久没出去旅游了，大家一起出去玩几天，你觉得呢？”

许连臻垂下了眼帘，只是浅浅一笑：“我都听你的。”声音在不大不小的空间里显得轻柔至极，好似微风拂过树梢，树叶都舒服地发出“沙沙”的低叹。

叶英章心里一抽，忽然觉得闷闷地钝痛了起来。她以前也是这般，一向都以他的意见为先，总是笑着回他：“好啦！我都听你的。”只是物是人非，一切似乎都已经结束了。她口中的那个人，再不是自己了。

蒋正楠眼角的余光扫到了叶英章紧握成拳的手，满意地在嘴角露出了一丝若有似无的微笑，抬头道：“好。那……英章，要不……我们就这么定了。”叶英章顿了顿，片刻才道：“好啊。难得蒋哥这个大忙人都能抽出时间来，我自然没有问题。”

双方分别的时候，蒋正楠的手伸了过来，牵住她的手。叶英章的视线明显落在了两人手上，蒋正璇的也是。

上车后，贺君居然还在。车子一路行驶，车厢里一片静默。最后车子停了下来。蒋正楠略转头，目光奇奇怪怪地落在了她身上。虽然只数秒，但电光石火间，他已收回了视线。许连臻一直坐在另一侧的门边，手紧握成拳，如果可以，她几乎想遁土隐身。

蒋正楠推门下车。车门一开，无孔不入的冷空气如弓箭般在第一时间涌了进来。许连臻不由得打了一个冷战。蒋正楠淡淡地吩咐道：“把许小姐送回海边。”

许连臻心底一松，看来她的第一次出场算是顺利谢幕了。

这也是她第二次见到叶英章和蒋正璇。席间两人虽然交谈不是很多，但蒋正璇总是不停凑过去细语喃喃，嫣然娇笑，怎么看也是一对登对之极的情侣。

他与她再遇后，从未提起过蒋正璇的一字半句。很多时候越是避忌越是有问题。但就是因为叶英章的从未提及，所以她现在反而相信蒋正楠说的，双方之间的父母早有了同意他们结婚的默契。

那么，那个时候他对她的纠缠，以及后来她扭伤时候的照顾，想来不过是出于对她的内疚和同情而已……

许连臻抱着小白蓦然苦涩无声地笑了出来。所有的一切不过是可怜她罢了！

房间里开足了暖气，可是她还是觉得那般的冷，似在寒风呼啸的原野之上，整个人被风吹打得瑟瑟发抖，而小白是这天地间唯一的温暖源泉。她唯一能做的，就是紧紧地抱着它，抱紧点，再紧点……

冬日的阳光本就稀薄，探入铁窗更是少得可怜，淡然的几束，若有似无地打在墙面上。那日，警察隔着铁栏叫她："许连臻，出来。"她恍恍惚惚地抬头，被耀眼的阳光刺痛了双眼，又迅速低了下去。出了铁栏门，警察拿出了手铐把她铐上。

金属的手铐，冰冷冰冷的，她至今依旧记得戴着的那种感觉，可以渗透至骨髓的寒。

她被带到了一间小房间，有人已经在等她了。这个人她不认识，后来也再没有见过。他站在窗口，背对着她，光束打在他身上，像是在发光。

他一直没有回过头来，声音冷淡之极："许小姐，我是奉命而来，想请你答应我一件事情。"

她站着，眯着眼睛望着他的背影："你是谁？"

那人道："我是谁并不重要，你也不需要知道。你只要知道一件事情就行了。"

她问道："什么事？"

那人道："记住了，不要见叶英章！"她怔在了那里，半天没有说话。她这时杀了叶英章的心都有了，还见他！

那人继续道："记住，千万不要。如要你见了的话，没有人可以保证你父亲会在监狱里面出什么事情！"

她身子猛地打了个冷战，骨子里发抖："你什么意思？"那人还是保持他如常的语气："我并无任何恶意。只是很简单的想让你记住，牢牢记住而已。"

那人说完后，也没有要她有任何表示，直接让人带走了她。那人是那般的笃定，她不会再见叶英章的。

的确，从此之后，一直到出狱，她再也没有单独见过叶英章。就算出庭受审的时候，她也没有再瞧过他一眼。

许连臻抱着小白，温暖的感觉那般的真实。她缓缓笑了出来："小白，我们不要别人可怜………不要别人的可怜，对不对？"小白望着自己的主人，“汪汪”了两声，像是应答。

她伸手擦去了脸边无声流淌的湿润之物，灿烂地朝小白道：“来，小白……我们洗澡去。”

Chapter05

碎影的逆伤

如果不是这道疤，
她都已经恍惚了。
她和他曾经真的手拉着手，
逛遍五福市的大街小巷……

许连臻此刻坐在阳台上，一眼望去，不远处依旧是沙滩和蓝蓝的海水……唯一不同的是，热带的阳光，辣辣地射在身上。

据说这个是私人开发的岛屿。近处是椰树、沙滩、海水，还有一栋一栋独立的白色小屋……远处是深蓝色的大海，洁白的海鸥不停掠过，还有白色船只，碧色岛屿……确实是一个惬意放松的度假之地。

那次吃饭后的第三天，贺君就安排了车子来接她。她进候机楼贵宾室的时候，他已经到了。她倒是第一次见他穿得这般随意，白色的休闲衬衫，领口微敞，米色的裤子，黑色的H型皮带，手腕上搁了一件米色的风衣。她只瞧了一眼，便移开了目光。

蒋正璇和叶英章乘了另外一趟飞机，比他们晚到半天。

她和他一栋小木屋。而蒋正璇和叶英章，自然是另一栋。这个她想反对也无法反对。而他只淡淡地看了她一眼，轻描淡写地道："做戏也要做全套的。"

小木屋里本身就是公寓式的风格，有厨房、餐厅、客厅，而且有两间房间。那个时候她坐立不安地站在客厅里，一直到服务人员进来，将两人的行李物品分别安置在不同房间，她才松了口气，提着的心也略略放下了些。

蒋正楠在门口轻敲了一下，这才推门而入。对坐在露台上出神发呆的她吩咐道："换上泳衣，我们去游泳。"许连臻默默地收回了远眺的视线，站起了身。

一拉开柜门，整个人被定在了衣柜前，这几件泳衣，少得可怜的布料，这能穿吗？想想都觉得尴尬，转身，发现蒋正楠已经不在门口了。

她现在所有的衣物都是他派人购置的，连行李也是他派人打包的。到了这里后，又有这里的专人负责这些事情。所以，她在这一刻前从没有看到过自己要穿的泳衣。

没有办法，她只好挑了一款布料相对最多的，但穿上后站在镜子前面一照，还是被瞬间石化了。左思右想，最后唯有在比尼基外头套了件加长款的白衬衫，这才出了屋子。

叶英章和蒋正璇早已经在游泳池边上了。一出去， 叶英章的目光就落在了她身上，复杂难言。许连臻不着痕迹地别过了头，只当他是陌生人而已。事实上，他也只是陌生人而已。

蒋正楠已经在泳池游泳了，倒看不出来，动作优美流畅，几乎可以与专业运动员媲美了。

蒋正璇穿着两件式的玫红色缀蕾丝的泳衣，上身是抹胸式的挂脖，下面是一条短裙样式。靓丽的颜色将她衬得越发娇俏动人，这般望去，袅袅似一枝桃花，正是韶华最盛之际。

此时正坐在泳池边，漂亮均匀的双腿不停地拍打着水花。蒋正璇见到许连臻，笑吟吟地抬头，招呼她道："连臻，来，一起坐。"

她身边的叶英章似乎明显一僵。许连臻轻轻一笑，依言在蒋正璇身边坐了下来。叶英章站在两人的斜对面。

许连臻的目光忽地顿住了，落在了叶英章的手臂上。一个白白的圆形伤疤，在他古铜色的肌肤上，显得异常突兀。

这是枪伤。是她射出的枪伤！

她永远记得。那天她求他，哭着求他。可是他怎么也不肯放过父亲……她不知道怎么的，摸到了地板上的一把枪，颤颤抖抖地举了起来，泪眼模糊地对着他："英章……你放了我爸爸……放了他吧……"

就算她再不懂法律，她也知道，若是父亲被他抓走的话，轻则终身监禁，重则枪毙。她在赌……赌他还是有一点点爱她的……

可是他就是不肯。他缓缓地摇着头，目光坚定如斯："不。连臻，你应该懂得分别黑白是非……"她不要什么黑白，也不要什么是非。她只要她爸爸好好的，他好好的，她和他什么都不曾改变，什么都好好的……

可是，这一切都不过是她的奢望而已。

他那般的大义凛然："就算你开枪，我也不会放你爸爸走的。"她的眼泪"吧嗒吧嗒"地直掉，她胡乱地伸手擦干，然后站起了身，凭着自己的那股委屈傻气，举枪指着他道："你放不放……"

门外传来了又杂又乱的脚步声，有人在叫："快！不要让许牟坤跑了……"她望了他最后一眼，满满的都是乞求……可是他慢慢地别过头去……有人在撞门，她不知道怎么扣下了扳机……一切似乎都跟做梦一样，一直到现在那瞬间对她来说还是一片空白。

她只知道她意识恢复的时候，鲜血从他的右手一滴一滴地滴落了下来……有人从后面重重地袭击她，夺了她手里的枪，将她一把摁在了地上……

如今，居然隔了三年多了。他手臂上的枪伤，也早已经成了一个疤……

时光已将所有故事凝结成了过往。

什么叫做恍然如梦？大概这就是吧。如果不是这道疤，她都已经恍惚了。她和他曾经真的手拉着手，逛遍五福市的大街小巷……

手挽着手，喝过同一杯珍珠奶茶，一起品尝过街边的各种小吃……

那一个疤，或许是他们曾经一起走过的最后证明。

不过那一切也是他做的戏而已，他奉命与她谈"恋爱"，一切都是奉命而已。

蒋正楠游了过来，朝她伸出手来，面色沉沉，似有不悦："来。"她不解地望着他，数秒后才想起了现在所扮演的角色。下一瞬，她的手被蒋正楠握住。蒋正楠的手掌，湿却灼热……在她还愣着的那一瞬间，他却用力一拽，一把将她拉下了水……

白衬衫瞬间湿透，如同第二层肌肤般紧紧地贴在她身上，勾勒出她纤柔绝美的线条。叶英章明显倒抽了一口气。因白色面料稀薄通透，一眼就能看见许连臻居然只穿了一身蓝白红条的比基尼，纤细却玲珑的身材毫无保留地呈现在了众人面前。

蒋正楠的眸光也不由得一怔。他自然知道这女人瘦归瘦，身材却是不错，特别是腻白的肌肤，在水下隐隐发光。手碰触之处，温嫩柔软得不可思议。

他的身体湿热，气息强烈，许连臻不期然地就闪过那日的情节，她极力想逃避，却总是会想起。耳畔如同火烧了一般……挣扎着想要摆脱那紧搂着她腰肢的手，可那罪魁祸首却一点点地俯低了下来，在她耳畔，热呼呼地轻吐了几字："演都演了，总得入戏。"

他的手宛如游蛇，一寸一寸地滑了下去，拉住她的白衬衫往两边一扯，白衬衫瞬间离她而去。她除了比基尼遮住的地方，几近全裸……他搂着她细小腻滑的腰肢，很慢很慢地俯身下去……

两人这般暧昧，连四周的空气都在一瞬间火辣了起来，就算是蒋正璇亦能感觉到。她忙别过了头，起身拉着叶英章的手，讪讪地说了一句："我们去拿饮料吧。"

叶英章被动地跟着蒋正璇离开，转过身的最后一眼，瞧见蒋正楠的唇落在了许连臻的唇上，辗转缠绵……

叶英章忽生了一种想甩开手的冲动，想把所有的一切摊开……正想行动间，却听蒋正璇道："你觉不觉得我哥好像很喜欢连臻？我看我哥看她的眼神好缠绵哦。我的鸡皮疙瘩啊……"边说边做颤抖状。叶英章瞧着她白皙的侧脸，只觉嘴里一片苦涩，想张口，却什么话都说不出来。

蒋正璇转头朝他盈盈一笑："你不觉得吗？"

叶英章烦躁之极，随口道：“蒋哥这么多女朋友，哪一个不是他喜欢的啊？”蒋正璇转头瞧了泳池里头正上演着火辣香吻的两人，忙不迭地收回视线，神秘兮兮地道：“告诉你一个秘密哦，这是我大哥第一次这么正式地跟我介绍他的女朋友！以前我哥可从来没有带过什么女的在我面前出现过……”

叶英章闻言，脸色更是发青，心中越发烦乱阴郁：“蒋哥会跟她认真？蒋哥的老婆最起码也要跟你们家门当户对吧。”蒋正璇却没有瞧出他脸色的异样，径自道：“你又不是不知道我哥的脾气。我妈私底下早跟我唠叨过了，她是管不了我哥了。只要女方各方面大致过得去，就成了。”叶英章听了不语，眉头却蹙得更深了。

两人回来的时候，蒋正璇见大哥和连臻已经隔开了距离，各自游得正欢，便拉了叶英章的手，道：“我们也下去游吧。”

叶英章身手矫捷地下水后，游了数圈。蒋正楠似笑非笑地提议道：“英章，要不，我们来一场？”叶英章扬了扬眉，不置可否。

蒋正楠转头朝自己妹子笑道：“你来做裁判，胳膊肘可不准向外弯！”

蒋正璇脸上飞红，害羞道：“哥……”

两人下水后矫若游龙，前几圈一直不分轩轾，一直到最后才略有差距。最后的比赛结果倒令在一旁观战的许连臻有些惊讶，居然还是蒋正楠赢了。

叶英章只是含着淡淡的笑意，坦然接受这个结果：“还是蒋哥厉害！”

蒋正楠含笑望了自己的妹子一眼：“还好，璇璇还算公正。”蒋正璇抬了抬下巴：“哼，人家的公正程度堪比奥运会。”

许连臻攀着扶手，望着那笑容满面的三人，一下子觉得自己就如突然进错房间的孩子一般。他们才是真正的青梅竹马，两小无猜长大。别的人，永远只是旁人而已。

蒋正楠朝她游了过来，嘴角的笑意若有似无。她想起方才暧昧时刻，他的唇肆意放肆……脸一下子又热了起来，她清了清喉咙，才低声道："我有点累，不想游了……"

蒋正楠轻"嗯"了一声，倒也好似良心发现，只顾自己游泳，也没见给她任何眼色表示反对。

许连臻回房淋浴了一番，换上了一条拖地小碎花的长裙。她在房间待了许久，看了两集无聊的电视，就是不愿意出去。后来隐约听到蒋正楠回房的声音，她在一个人的房间，反锁了门，却还是觉得莫名不安。望着窗外的蓝天白云，舒爽得似一种无边诱惑，在不停地对她招手。

草坪上有人比她出来得还早，似在等人，而且很明显是在等她。

叶英章凝望着她，目光里似有千言万语。叶英章截住了她的去路："连臻，你怎么会跟蒋正楠在一起？"

许连臻蹙着眉，选择了漠视，想转身回屋。

叶英章上前，一把抓住了她的手臂："你……你真的跟蒋正楠在一起？"许连臻挣扎着想把手臂扯出来，叶英章握得很紧，她挣脱不出，手掌勒得她发疼。

"你知道蒋正楠是谁吗？你知不知道自己在玩火？"

许连臻终于抬头对上他的视线，目光冰冷，连语调亦是："叶警官，请问这与你有关吗？"叶英章似被人狠狠打了一掌，脸上渐渐发白："是与我无关……"

顿了顿，叶英章才问道："连臻，你不会以为蒋正楠他真的会跟你在一起，跟你结婚吧？"许连臻垂下眼帘，水眸掩在长睫之下："这是我的事。不劳你费心！"

闻言，叶英章急道："你疯了吗？你知道他有过多少个女人，你以为他会对你动心？他和你不过是玩玩的。连臻，你玩不起这种游戏的！"

却见许连臻好像听到一个宇宙间最好笑的笑话一般，哈哈地大笑了起来，身体都不停地发颤。

许连臻抬头，目光紧紧地锁着他，一字一字地道："蒋正楠他对我再不好，也不会将我和我爸爸送进监狱里的。叶警官，你说是不是？"

她的话字字锋利如刀，割得叶英章体无完肤。叶英章的脸上似被人一下子抽去了全部血色。他不能自已地后退了一步。

许连臻的嘴角依旧挂着淡淡的笑意："请问叶警官现在可以放开我了吗？"

叶英章依旧拽着她不肯放，凝视着她道："连臻，你不会不知道的，我是真的爱你的。我当初也是迫于无奈。你父亲是罪犯，我是警察……"

她一直在笑，只是那笑意似浮冰没有到达眼底，却辗转于眉梢："叶警官，我已经没有任何利用价值了，你就不用再演戏了。这大过年的，累不累啊？"她脸上的笑意冰凉如水，转身而去，把他晾在了原地。

他是警察，她父亲是罪犯，他抓她父亲确实是他的职责。可是，这中间呢，他骗她的呢？

她曾经全心全意地对他，而他呢？

许连臻失魂落魄地回了屋，双手捂着脸，颓然无力地在客厅的沙发上坐了下来。

空气里安静得似有种异样，许连臻猛地抬头，只见蒋正楠站在不远处的窗前。方才的一切，想必他都看在眼底了。

晚餐是在露天草坪上进行的。有厨师在旁边为他们烹调美食。抬头便是黑蓝色丝绒一般的天空，无数星星如碎钻般点缀其中，光华灿烂。

蒋正楠切着手里的鱼排，抬头朝许连臻微笑："来，尝一口我的鱼排。"说着，已经将鱼排递到了她嘴边。许连臻发现他极有演员天赋，此刻深情款款的温柔模样，比情人更像情人。

许连臻不敢正眼瞧蒋正璇和叶英章的神色，只觉此刻暧昧尴尬，忙张嘴含住。偏偏蒋正楠兴致极高，喂食之后还饶有兴致地在等她的评价：“怎么样？”

许连臻点头以表示不错。蒋正楠嘴角露出诱人的笑容，眼角的弧度亦十分柔和：“你的小羊排看起来也很不错。”

许连臻不得不承认，这个人笑起来的时候，眉眼熠熠生辉，令人无法直视。蒋正楠话里的暗示十足，她就算再笨也还是知道要怎么做的，便低头切了一块，缓缓地递给了他。

两人这般的甜蜜，蒋正璇在一旁看着，不由得朝叶英章眨眼微笑，以表示果然不出自己所料。浑然没察觉叶英章紧握刀叉的双手，因用力而青筋突起。

叶英章自然觉得碍眼之极，可他偏偏又什么都不能说，什么也不能做。白瓷盘里的现煎牛排还冒着诱人的丝丝热气，他却什么胃口也没有。切了一块吃在嘴里，仿佛沾了醋一般的发酸，牙根都软了。

大约是第一天，又搭乘了飞机转了游艇的缘故，晚餐后的蒋正楠没有提议别的活动。

许连臻这下才略松口气，却见蒋正楠起身，探了手过来圈住了她的腰。她身子反射性地一僵，蒋正楠自己也察觉到了，手臂用了几分力，将她牢牢地箍在自己怀里。

蒋正楠刻意地俯下身，嘴唇几乎蹭着她的耳垂：“我们回房吧。”感觉到怀里的身体犹如小兔般地一颤后随即僵硬如石，蒋正楠含笑抬头，与妹妹和叶英章告别。

许连臻一进门便挣脱了那只箍在她腰畔的手臂，后退两步，极度地惶恐不安，战战兢兢地说了一句：“蒋先生，晚安。”说罢，也不敢看蒋正楠的反应，忙不迭地回了自己的房间。一直到将房门落锁后，她悬着的心才总算放松了点。

蒋正楠一动不动地坐在客厅，倒了一杯红酒，也不饮用，只闲闲地摇晃着杯中绯红诱人的液体。许久后，他的目光落在了她的房间门上。他将杯子送至嘴边，缓缓地抿了一小口。

他的嘴角本挂着淡淡的笑意，可只一瞬间，这淡淡的笑意便彻底地收敛了起来，双眼微眯，似无底深渊。

他拿起了搁在手边的电话，拨通了个号码："我等下过海，你今晚安排什么好节目？"

许连臻因晚上提心吊胆，到了快天亮才睡过去，所以起来的时候已经很晚了。梳洗好了之后，她也不想出去，索性就在阳台上看海。窝在大大的藤编沙发里，烤着暖暖的太阳，她似一只猫，连伸伸爪子都觉得慵懒无力。

一直到下午也不见蒋正楠出来，才知道他不在。接近傍晚时分，蒋正璇打了内线过来问她要不要去沙滩逛逛。既然他不在，她妹妹和叶英章邀请的活动，她应该就可以选择不参加了，因为领导没有指示。于是，许连臻便客气地表示自己有点累，不想出去。

这一天的许连臻，过得还算是蛮悠哉的。她心里巴不得蒋正楠永远不回来。

晚上八点多的时候，她刚在客厅里坐下来用餐，便听见大门门锁"叮"的一声清脆的解锁声。许连臻抬头，便见蒋正楠一身休闲的打扮从外面进来。四目相交的时候，她发现他脸上似乎有种晦涩的暗沉。许连臻手里的叉子就顿住了，所有愉悦的气氛顿时一扫而空。

蒋正楠面无表情地斜睨了她一眼后，径直去了房间。

许连臻不由得微松一口气，可原本美味可口的晚餐此刻却已经如同鸡肋般食之无味了。她胡乱地吃了几口，正准备回屋，可他居然出来了。看样子是刚洗了澡，穿了一件浴袍，腰带松松地系着，头发微湿，有几缕落在了额前。

蒋正楠取了一份报纸，在她对面闲闲地坐了下来。许连臻一抬头就看见他浴袍下露出的赤裸胸口，她顿觉客厅的空气莫名地压抑了起来，忙站了起来，讪讪地道："我饱了。蒋先生，你慢用。"

蒋正楠似未听见，目光落在报纸文字间，如被吸引住一般。许连臻微微松了口气，正欲抬步，只听他的声音淡然地传来："明天的飞机，回洛海。"

许连臻的脚步略顿，没有回头。

上了飞机才知道只有她和他回洛海，叶英章和蒋正璇还会在那里多待几天。只是这一切都与她无关。许连臻侧头凝望着一团团棉絮般的云海，只是祈祷着这一切早点结束。

回了洛海，一切又恢复原状。许连臻在海边别墅继续她的生活。

这一日，蒋正楠翻看文件的时候，脑中不期然地闯入一个成语："无声无息"，不由得微微一笑，她倒还真是无声无息！

隔了不过几天，蒋正楠就接到了妹妹蒋正璇的电话："哥，最近怎么样啊？"这个妹妹难得良心发现来主动关心他，蒋正楠心情甚好地点头道："还能怎么样啊！就一个忙字。"

蒋正璇在另一头轻笑："那今晚有没有约啊？"他在文件上签下了自己的名字，这才道："怎么？有事？说吧！"

蒋正璇道："嗯，是这样的……叶大哥说了，礼尚往来，想请你和许小姐吃顿饭！"蒋正楠的眼神蓦地一冷，顿了顿，语气未变地道："那自然好啊。不过我得先让秘书查一下今晚有没有预定的行程。"

挂了电话后，蒋正楠面沉如水，修长的手指缓缓地在桌上轻扣着。看来叶英章确实在乎这个姓许的女人，甚至比他认为的还要在乎。那天他在屋子里看到叶英章拽着她的手说话，后来叶英章便似受了打击一般。他又刻意地在他面前演了数场的亲热戏，他以为叶英章总有点死心了吧。看来他还真低估了他。

脑中不由得闪过了许连臻的容貌，五官倒也算精致，但绝对不算惊艳，清清淡淡，也不过属于中上。不过化点妆，打扮一下倒也能上台面。

性子有点倔，估计还不止一点点。他低下头，望着手上淡淡黑迹般的齿印，有一瞬间的怔忪。他向来也自傲得很，加上容貌、家世出众，从小就多的是女孩子围绕，更不用说现在了，那样的事情也是第一回。大约是这样，所以他每次看到她，心里总是觉得有种说不出的感觉。

过了片刻，他拿起了手机，回给了蒋正璇："今晚大哥有事，你跟英章说过几天吧！" 蒋正楠挂了电话，缓缓地靠在椅背上，他倒想看看，到底叶英章有多少耐心。

探手按下了内线键，贺君的声音传了过来："蒋先生有何吩咐？"

蒋正楠淡淡地道："把那个电脑给我拿过来！"贺君应了声"是"，便挂了电话。

不过一分钟，贺君便拿了笔记本电脑过来。蒋正楠的视线静静地落在银灰色的笔记本电脑上："你出去吧。"

贺君出去后，蒋正楠双手环抱胸前，懒懒地靠在了高背椅子上。视线却一直没有移开过电脑，审视一般地又盯了许久。

最后，他缓缓地伸手，用鼠标点开了别墅的监控系统。

只见她又在他书房里画画了，这回是国画，正在聚精会神地上色。那只泰迪狗则懒懒地趴在她脚边，阳光淡淡地从窗边探入，一副安宁静谧的家居图。

叶英章终究没有多少耐心，不过又隔了几天，又通过蒋正璇的口来邀请他们。这一次，蒋正楠便答应了下来。

在车里见到许连臻的时候，蒋正楠倒是明显一愣。与电脑里看到的休闲居家风格不同，她今天穿了件姜黄色的裙子，外套了一件黑色圆领小外套，一双黑色的长靴，长过肩膀的头发垂顺地披散着。脸上的妆淡淡的，只擦了睫毛膏，连最基本的眼线眼影也没有，干净清爽地衬出了唇上的一抹莹润亮红。

可这般简简单单，却好似有股光，总让人忍不住注目。

她一直目不斜视地看着前方。坐得离他很远，好像就怕会沾惹到他似的。不知道是因为空间小还是其他什么原因，他总觉鼻尖隐隐有种清清的香味萦绕。

心里有种难耐感缭绕，就跟喝醉后的那晚一般，似有微弱的火在心底炙烤。似乎每次与她接触，都有这种火燎的难耐感，且有越来越严重的趋势。

蒋正楠转过了头，凝神望着车窗外的景色。好半晌，这种难耐感好像并没有消失，反而在体内乱窜。

他猛地开口吩咐道："开点音乐。"不过几秒，空间里已经流泻着轻柔婉转的音乐之声。他深吸了口气，凝神细听。

车子最后在望湖路的一家餐厅停了下来。蒋正楠下车后静站着，等了片刻，却见她依旧保持了下车后的姿势，一动不动地望着街道对面。

此时街灯已亮，从他的视线望去，分明是一家咖啡馆。那幢小洋房建于民国初期，已有百年的历史了，外头爬满了藤蔓。此时因为季节的缘故，外头的藤蔓浓翠浅绿中还夹了枯黄。咖啡馆里的灯光倒是晕黄昏暗，隐约透着朦胧的浪漫气息。

蒋正楠上前几步，握住了她的手："走吧。"隐隐察觉到她的身子似有轻微一颤，但她这次倒很是温顺，低头便跟着他的脚步。

叶英章的包厢订在三楼，整片的落地玻璃，可以望见璀璨流动的热闹街景。

两人推门而进的时候，蒋正璇也正赞叹着对面的咖啡店："叶大哥，对面新开的咖啡店好像不错，要不等下和大哥一起去坐坐？"

叶英章怔怔出神了一会儿，才回头道：“好啊。等下问一下蒋大哥的意思吧。”

蒋正楠这时一进来，蒋正璇就拍手而笑：“说曹操曹操就到。大哥，我们正说你呢！”蒋正楠牵着连臻的手，嘴角轻露笑意，不甚在意地道：“你又说我什么坏话啊？”

蒋正璇吐了吐舌头：“我们哪敢啊，我和叶大哥正在说对面的咖啡馆不错，要不要等下去坐坐？”蒋正楠转头，含笑望着连臻询问：“怎么样？”

许连臻抬眼看他，想知道他的指示是让她说YES或者NO。但是蒋正楠的眸子黑亮耀眼，里头并没有告诉她答案。

她垂下了眼帘，清清一笑：“随便！”这大概是最保险的回答吧。蒋正楠轻扯了嘴角，似笑非笑地凝望着她：“那就是答应了。”

蒋正璇撅嘴，半开玩笑半认真地撒娇道：“哥，我现在越来越觉得自己没地位了。我要提出抗议！”蒋正楠含笑不语，眼光微扫，便瞧见叶英章脸色无比僵硬的笑容。便又加了一句：“只要你在某人心里的地位越来越重要不就行了，大哥这里，无所谓的。英章，你说是不是？”

这下倒轮到蒋正璇娇羞不语了，不依地跺脚道：“哥，你欺负我……”

叶英章无力地勾了勾千斤重的嘴角算是回应。许连臻从进来到现在，目光都未扫过他所在的位置。

菜一道一道上来，因是老店了，所以口味相当正宗。

五福市最有名的是一道清蒸鱼，姜葱切得细如发丝，黄绿相间地铺在鱼身上，浇上了滚烫的热油和特制的鲜美酱油，煞是好看。吃起来，味道自然也是一绝。

许连臻从小就可以就这菜吃满满一大碗饭。父亲许牟坤平日不会下厨，但每逢她生日还有过年，都会亮出自己的这道拿手绝活。

每次围在餐桌边，父亲总是会将第一块鱼脸肉夹给她。按父亲的说法，这是鱼身上最好吃的部位。因为是最好，所以要给最宝贝的宝贝吃。

这是她这三年多来第一次看到这道菜。隔了这么多的日子，她居然已经连想碰的念头都没有了。

因为她知道，这辈子大约再没有一个人，会把鱼脸肉夹给她了。

包厢里的空气安宁静谧，只偶尔有蒋正璇的清脆声响传来，许连臻胸口一直闷得发紧，吃了数口便推说要上洗手间。那包厢里头原本也有个小洗手间，但是她还是推门而出，一直到了转弯处的大洗手间里，方才能喘上一口气。

她望着镜子里的自己，木然呆滞的脸似戴了一张面具。似乎已经习惯了这样子的日子，生活再无可以令她大悲亦无可以令她大喜的事。

别人还在大学里的美好年岁，她却什么都经历过了，甚至连监狱里都进去过了。很多很多年轻人该有的甜美喜悦，光鲜明媚，都已经离她远去，再不会回来了。

可这一切，是因为谁呢？

许连臻出来的时候就看到了走廊上的叶英章，明显有话要说。他的脸上暗幽，望着她，表情严肃：“连臻，听我一句：离开蒋正楠！”

许连臻止了脚步，冷冷而笑：“我为什么要离开他？你凭什么？”如果不是叶英章，她现在会如此吗？人为刀俎，她为鱼肉，任蒋正楠为所欲为。

她的声音字字如珠，一颗颗如冰雹地朝他砸来：“他对我再不好，也不会送我和我父亲进监狱的，叶英章！请你不要再来纠缠我了，我跟你没有任何关系。”

她父亲许牟坤判的是无期。无期呀！

叶英章怔怔道：“连臻，你恨我，你一直在恨我，对不对？”

许连臻抬头直视着他，无声冷笑：“我当然恨你。叶英章，你不会到现在才明白我恨你吧！你知道吗……”她放缓了声音，深深地望进他眸子里，一字一顿地道："叶英章，你听着，如果可以，我希望我从来没有认识过你。"

她再没有看他一眼，径直离去。她穿了一双高跟靴，每走一步，便会有轻微的"嗒"一声传来。可叶英章此刻只觉世界静至寂然，唯有这一声又一声的"嗒""嗒""嗒"之声传入耳中，太阳穴一抽一抽地疼。她的每一步都像似踩在他内心的最脆弱之处。

她恨他！一直以来都恨他！一直以来都毫不掩饰地恨他！

唯一不同的是，这一次她将恨意说出了口！

许连臻凭着胸口的那一口气走出了转角，在转过走廊的那一刹那，那口气吁了出来，便觉身子像一下子被抽去了所有的力气似的，双腿酸软如泥，几乎撑不住自己了。

只要想起是他亲手将她和父亲送入监狱之事，每每都会痛彻心扉。如今这般说出来，当真如剜心一般。当年那个对自己柔情蜜意的人，自己心心念念的人，一切都不过是演戏！

她唯有扶着墙才不至于使自己跌倒在地。

深吸了一口气，忽然觉得异样，抬头，只见蒋正楠正站在不远处，目光锋锐如刀，一动不动地望着她。

这么近的距离，很显然，他听到了她与叶英章所有的对话。

饭后，由于蒋正璇兴致高涨，其余三人也都附和，便去了咖啡馆。

原木的小桌上烛光摇曳，昏昏暗暗的光线将四人的面容照得浅淡不一。

蒋正楠一手搁在许连臻的椅背上，一手轻叩着节拍，敲击着桌面。而许连臻则低了头，在搅拌咖啡。杯子温热，捧在手心，干燥温暖，似能驱逐指尖每一处的寒冷。

两人这样的画面，在叶英章看来，却是这般静谧动人又赏心悦目。

许连臻向来喜欢这样的咖啡馆。以前，两人在M市逛街的时候，她最喜欢的流连之处，便是安宁静逸、隐隐透着低柔音乐的小咖啡馆。

他曾经问过她毕业以后想做什么。当时的她，哪里有什么崇高理想啊。犹记得她捧着热热的咖啡杯，轻饮了一小口，眯着眼睛，舒服地叹气。

许连臻一直没有说她有什么理想。他有一次就笑呵呵糗她："你不会是混吃混喝等死吧？"她皱着鼻子，嘟着嘴道："你才混吃混喝等死呢！我以后啊，要开一家这样的咖啡馆。小小的房子，四周绿藤缠绕，一年四季鲜花盛开……"

他用手支着头，那个时候只是随便听听，不置可否……岁月不绻，余烬犹温，却是现在想回也回不去的美好光景了。

叶英章一直记得，那个时候店里的客人并不多，除了他们，还有一对情侣，空旷得有点冷清。那对情侣在一头喃喃细语，不知道说了什么。

后来，那个男子站了起来，走向了咖啡店中央摆放钢琴的位置，坐了下来，回头朝自己漂亮的女伴温柔一笑。

漂亮生动的音符在他的指尖慢慢滑出，弹的居然是一首普通的生日快乐歌，可每个声音，每一个婉转跳跃，都似有生命般，在所有人的心底荡起涟漪。

那男子和唱的生日快乐歌也十分好听，一字一字，珠圆玉润，从他口中浅浅地流泻而出。那人一边唱，一边含笑望着自己的女伴，旁若无人一般，目光里隐约闪动着脉脉爱意。这一画面，连他们这些路人观众都觉得美妙之极。

一首曲罢，那男子走向女伴，蓦地屈膝跪了下来："宝贝，嫁给我，好吗？"

那也是许连臻活了二十年来第一次看到别人的现场求婚，场景当真如同好莱坞电影里一般唯美浪漫。她捂着嘴，兴奋吃惊之余又觉得这般美好，好似天底下除了这一瞬，再无其他更美好的事了。

她永远记得当时她抬头望向叶英章的时候，他也正凝望着她。两人视线一胶着，便迅速弹开了。她的脸，一直到脖子处都热辣辣地烫。

此刻的音乐声轻柔低缓，似与记忆中的重叠在了一起。许连臻只觉得自己在回忆的深海里载浮载沉，痛苦酸涩几乎要将她溺毙其中了。

许连臻缓缓放下了手里的杯子，转头朝蒋正楠低声道："我想回去了。"蒋正楠的目光落在了她脸上，犹如寒夜里的星光，丝丝分明。顿了顿，含笑着道："好！"语音甚是低沉，轻轻地响在耳边。

出门的时候，蒋正楠拖着她的手回头问道："我们先回去了。璇璇，你们呢？"蒋正璇转头望着身边的叶英章，似乎在等他回答。可一旁的叶英章心不在焉，根本无任何反应。

蒋正楠瞧了一眼手上的腕表，十点也还未到，便淡淡一笑，提议道："要不，你们也一起来。难得今天这么高兴，我开瓶好酒。"许连臻心头一颤。她今晚一点也不想再看到叶英章了。

蒋正楠的话音刚落，叶英章已经抬头，答应了下来："好啊。反正时间还早，蒋哥家里又多的是好酒。"

蒋正楠含笑着转身，没有人看到他的目光在转身的瞬间迅速冰冷了下来，笑容亦是，倏然不见。叶英章为什么会答应，蒋正楠心知肚明得很。

叶英章和蒋正璇一辆车。而蒋正楠的车子里只有司机一人，贺君显然已经下班了。又是一片窒息的静。许连臻一坐上车，便不着痕迹地抽出了自己的手，紧挨着自己这边的车门而坐，尽量离他远远的。他的目光注视着前方，面色阴冷，给人很沉重的压迫感。

这是她第一次到他居住的地方。大而高深的客厅，精致的欧式设计，居然还有壁炉。

蒋正楠转身招呼他们："你们坐，自己招呼自己。我去换一下衣服。"低着头在许连臻耳边轻声道："跟我来。"热热的男性气息吹拂而来，许连臻侧头想不着痕迹地躲开。殊不知在别人眼里，这般的细语喃喃，真的犹如一对热恋中难分难舍的男女。

她的眸光里有着明显的拒绝，甚至有隐约的害怕。蒋正楠含着笑，语气低而冷地命令道："上来。"语音未落，蒋正楠拉着许连臻的手，一起上了楼梯。走到转弯处，含笑着转头，朝大厅里的两人道："璇璇，你们自己去吧台的酒柜里挑吧，随便哪一瓶都可以。"

蒋正璇"嘻嘻"一笑，调皮地道："哥，是不是你珍藏的那几瓶心头好酒也行……" 蒋正楠含笑不语，拉着许连臻消失在了楼梯处。叶英章抬头怔怔地望着出神。

这也是许连臻第一次进入男人的卧室，当然这男人中得除了她爸许牟坤之外。黑白灰的设计，流线型的线条，很符合所谓精英男士的风格，但是在女人眼里看来总归是太硬朗了些。

他从两扇自动移门进入了更衣室。许连臻站在门口处，一动不动地杵着。不过片刻，蒋正楠出来了，换了一件白T恤和黑色V字领的毛衣，穿了条米色的裤子，配了H型的黑色皮带。很休闲的打扮，一下子令他少了几分严肃，多了几分年轻。

他边整理着袖口，边走了出来。抬头，朝许连臻道："把外套脱了。"许连臻有些不解。蒋正楠上前几步，站在她面前，直直地看着她。他的眼睛深邃，嘴唇的形状优美，就这么轻轻一抿，淡淡地道："你好像太僵硬了，一点也不入戏……"

他的头一点点地俯低了下来，不知道是不是她耳朵出现了问题，她觉得他连声音亦低沉了下来："这样不行的……"

他的脸放大似的出现在了她面前，许连臻忽然一惊，那日的记忆一下子涌了上来，她害怕了起来，猛地往后一退。他的手伸了过来，一把搂住她的腰，唇毫不迟疑地落了下来，封住了她微张的唇……

许连臻迟了半拍才反应过来，她试着推他的胸膛，也推不开去。他激烈地吸吮着她嫩嫩的唇瓣，甚至是咬住她的下唇，逼迫她张口，与她唇齿纠缠……

最后，他放开了她。她一扬手臂，挥了过去。蒋正楠一手握住了她的手，另一只手的指尖在她脸颊处轻轻刮过，深沉的黑眸闪着微亮的光芒，似黑夜里的星光点点，语气极低："做戏也要做全套的。你以为你这点小伎俩就能轻易把叶英章骗过去？"

她茫然地抬眸望着他。蒋正楠冷笑了出来："你也不想想，叶英章是什么人？堂堂警校毕业的高材生！"

她站在那里，身体冰凉，可唇齿间纠缠的热度依旧还未散去，灼热异常。

后来下了楼，许连臻明显感觉到蒋正璇和叶英章的目光若有似无地停顿在她的唇上。蒋正楠自然也看到叶英章的视线，更留意到他眼里一闪而过的痛苦。他满意地顺着望了许连臻一眼，唇畔红肿，脸上明媚嫣然，留着他方才放肆的痕迹……

他心情大好地倒了四杯酒，取了一杯，递给了许连臻。含笑着凑了过来，又在她唇上轻啄了一下，嘴角勾着诱人的浅笑："来，尝一口。"

叶英章的目光又落在了她身上。许连臻不经意地抬眸，与他的视线撞在了一起，只一秒甚至更短，她已无波无澜地移开。叶英章眼里有万语千言，但最后还是如火般慢慢熄灭了下去。

她举起了酒杯，与蒋正楠伸过来的酒杯轻轻一碰，饮了一口，唇齿间尽是苦涩。

五福大学校园里有一片很著名的树林，在学生中昵称"爱情森林"。傍晚时分，总有许多的男女在那里成双成队地出入。

那天，叶英章与她坐在角落的长椅上聊天。他很突然地止住了话语，她很是不解地转头看他。却见他的目光尴尬地落在不远处，有对情侣正在热吻。他似乎想找话题，蹭地一下转了过来。她避之不及，他的唇轻轻地刷着她的唇而过……两人都明显一震，不约而同地别过了头……

那个时候，她心里如同几千头小鹿乱撞乱奔，却又是那么地欢喜快活。这是她的初吻，来得这么措手不及，仿佛身处云端，望见了世间的一切，只觉得漂亮得那般不真切。那一切，只因那个人是叶英章。

初吻的滋味是什么？她早不记得了。但那种紧张忐忑，却是一辈子都无法忘怀的。就如同一个人永远忘不了那个初恋的人一样。

可是她的却不同，因为一路都是叶英章在演戏。然后现在风水轮流转了，轮到她了。可就算是现在所有的一切，也都是拜他所赐。

叶英章或许真的和她有缘分的，但百分百的是孽缘。

沉浸在回忆里的许连臻无意识地握着杯子，慢慢地饮了一口又一口。

蒋正楠又给她倒了一杯，目光沉沉，若有所思地落在她身上。

蒋正璇拉着叶英章的手，在角落的架子上挑唱片。清清的旋律悠悠而来，是蔡琴的《被遗忘的时光》：

是谁在敲打我窗，是谁在撩动琴弦。

那一段被遗忘的时光，渐渐地回升出我心坎。

记忆中那欢乐的情景，慢慢地浮现在我的脑海。

那缓缓飘落的小雨，不停地打在我窗。

只有那沉默无语的我，不时地回想过去……

蔡琴低深的声音波澜不惊地低回歌唱，如细雨般一丝一丝地渗透入耳。

许连臻的眸光落在整片的玻璃墙上，那一对精致的人儿就这样印在上头，蒋正璇不时抬头，轻声细语地与叶英章交换意见，从她的角度望去，当真说不出的登对，好似生来就应该如此的。旁的人再多，亦不过只是点缀而已。

许连臻仰头，将杯子里的酒一饮而尽。头重重的，心沉沉的，不知道是歌声还是酒意，惹得她的鼻子和眼睛酸意弥漫。

她摸着头想起身，搁在一边的杯子被她一带，跌落在了地板上。一声清脆的声响，如落花般飘零在地，四散开来，一地亮晶晶的碎片。

许连臻昏昏地蹲下去，手才碰到地板，叶英章的声音忽远忽近地传了过来："当心手！"她倏地抬头，坠入了一双乌漆漆的眸子里，却是蒋正楠，那般黑，似黑夜精华凝练而成。

叶英章的脸也是如此，这般近，却又那般远。有人握着她的手腕，将她拉了起来。转头，是叶英章，脸上似有着掩饰不了的焦急。蒋正璇的目光也落在了她的指尖。

她缓缓地低头，是刺目的红，慢慢地从她莹白的几根指尖渗透出来……那是血!

她的肠胃自动生出了反应，捂着嘴，跌跌撞撞地跑进洗手间……她望着水龙头里潺潺而下的水，任温热的水冲刷着手指……酒劲开始上来了，头越来越热，越来越昏沉了，四周开始旋转，世界都是模糊的一片。

似乎很久以后，有人进来，扶住了她。她靠在那人身上，迷糊地说了句话。那人似将她推开，然后又出去了。

再后来，她被人扔进了浴缸里。水温舒适，她在里面浮浮沉沉……她舒服到低低地叹了口气。

那个秋日，气温也是如此，凉爽温柔得刚刚好。市博物馆里展出了一批清朝后宫妃子的首饰。她与他约定了时间去观看，说好了："明天八点半，不见不散。"

她那天早上，兴冲冲地到了博物馆门口。手表显示8点20分，她背着一个斜斜的大挎包，站在门口……不时踮起脚，伸长脖子远眺……

时间一分一秒地过去，8点30分，他没有来……8点40分，他还是没有来……9点，还是没有……九点半，还是没有来。太阳一点点地移动，她等得都不耐烦了。打了他N个电话，总是不通……她又惶恐害怕了起来，怕他出意外……担心得连心都提了起来……

可是谁会知道，就在那一天的下午她被人戴上了手铐，行尸走肉一般地被他们推攘着上了警车……

在车里的时候，她呆滞地望着窗外……或许从那时起，她知道了，她终于知道，他不回来了，再也不会来了。曾经说好的不见不散呢？都是假的。她这辈子怎么也等不到他了！

她恨他，叶英章。叶英章。叶英章。

似有只手抓住了她细嫩的脖子，声音像冰冻过一般，冷冷地传入她虚空的脑中：“你说什么？”她的泪缓缓滑过眼角，落了下来：“叶英章……”我恨你三个字还未说出口，她的唇就被堵住了。

有人重重地吻着她的唇，吻得她都痛起来，强迫她张嘴，肆虐的舌勾弄挑拨着她的……

朦朦胧胧间，似有人说了一句：“你下次再在我床上叫这几个字试试……”

所有的一切似乎都是在做梦。她被他压在身下，翻来覆去的，不停地重复，好似永远没完没了。

她好像睡了很久，又好像没有。脑中茫然一片，虚虚空空的。昨晚居然没有做那个恶梦，但好像做了其他的……以至于现在头涨欲裂，身体酸痛。

许连臻倏地睁开了眼，捂着被子坐了起来。陌生的房间，陌生的摆设，陌生的床……她的手，紧紧地抓着被子，昨晚旖旎的梦境一点一点地回笼，慢慢真实了起来。她反应了过来，这应该是蒋正楠别墅的某一间客房。

她愣了许久，摊开手掌，右手的三根手指上都贴了OK绷。呆呆地凝望了半晌，才起身。

下了楼，蒋正楠不在。无丝毫表情的别墅英式管家古古怪怪地瞧了她一眼，但瞬间已经敛下了，客气冷淡：“许小姐，蒋先生吩咐我送你回去。”

许连臻点了点头，木然地坐上了车子，木然地回到了自己的房间。

幸好，还有小白。她抱着它，无力地蜷缩在窗帘背后：“小白……小白……”

为什么会这样？为什么事情会成这样！

她到底把自己陷入了什么样的泥潭之中啊？

Chapter06

苍白的假装

窗外流光溢彩的夕阳在海天一线处一点点地隐了下去，
最后像是黑的发蓝的幕布缓缓拉起，将一切都笼罩在其中……

蒋正楠又是一长串的出差。因为在最南边的七岛市投资的项目正是最紧要的关头。等他回来，已经又是一个月后了。

中间倒是接到了妹子蒋正璇的几个电话，说想要许小姐的电话。他不动声色地问她，要来干吗。蒋正璇心无城府，只是俏皮地说："大哥，我还蛮喜欢连臻的。我想约她出来陪我逛街吃饭！"

蒋正楠淡淡地道："她现在不在洛海市，跟我一起在出差。你要约她逛街，等我们回来。" 蒋正璇听了，一愣之后兴致大增地问道："大哥，不会吧！你居然连出差也带着。这么看来，这位许连臻小姐是不是很有机会成为我大嫂啊？"

蒋正楠在电话那头只笑不语。蒋正璇似乎很认真，跟他说："哥，不知为什么，虽然我才见许小姐几次面，但我觉得她跟现在的很多女孩子都不一样。"

他把玩着钢笔，颇感兴趣地问了一句："怎么个不一样法？" 蒋正璇沉吟了一下，才道："具体我也说不上来。我就是觉得她的眼睛，干干净净的，没有一点杂质在里头。而且啊，我觉得她好像对身边的一切都很无所谓，当然，除了大哥你之外。那天，我看你牵她的手，她耳朵都红了。"

蒋正璇兴致颇高，絮絮叨叨地讲解她的"蒋正璇理论"："这年头，牵个手脸都红的女的，那真的是稀有动物了。再说了，你也是时候给我找一个大嫂了。爱情万岁，千万不要听爸妈的，找什么门当户对的。人生这么无聊漫长，一定要找一个自己很爱很爱的，然后一起度过，对不对？”

找一个自己很爱很爱的……蒋正楠心中微动，不知怎么的就怔了怔。蒋正璇还在电话那头给他加油打气：“哥，我支持你哦！”

蒋正楠倒是第一次发现自己的妹子居然有八婆的潜质，哑然失笑：“是吗？我会好好考虑你的建议的。你呢？最近跟你的叶大哥怎么样？”

蒋正璇在电话那头支支吾吾了起来：“嘿嘿，我才不跟你说这个呢……我挂了哦！拜拜！”然后就真的挂了他的电话。在这个世界上能这么肆意挂他电话的，大概也就他这个妹子了。

蒋正楠不置可否地拿着手机，瞧了片刻，然后搁在了一边。

脑中不期然地掠过许连臻的容貌。五官普通，只是组合在一起，感觉顺眼而已。那双眼睛，倒是真如璇璇所说的，黑白分明，如水般清透纯净，无一丝杂质，眸光流转间，盈盈动人。

但那也只是一瞬间的事情，下一秒，蒋正楠便打开了文件。

一直到贺君的电话进来，蒋正楠才从文件里抽神：“什么事？”贺君道：“叶英章已经查到海边别墅了。但是被保安拦了下来……许小姐……应该还不知情！”

蒋正楠声音冷了几分：“我这两天就回来了，一切等我回来再说。”

贺君说：“是。”

想不到叶英章居然这么锲而不舍，倒是小看他对那个女人的感情了，看来是动真的了，这个世界大概就有动真情的男人才会有这般没脑子的疯狂。

蒋正楠冷冷哂笑。他倒要看看叶英章怎么跟他斗。

蒋正楠的酒量到底如何，贺君也是不知的。一般聚会场合，蒋正楠只要一句淡淡的话：“不好意思，量浅，海涵。”别人便懂得意思了。就算连赶几个场子，贺君也不过见他微醺而已。

但这晚倒确实喝得差不多了。打他电话的时候，听得出来，舌头也快打结了。他进那私人俱乐部的时候，果然见到他老板蒋正楠按着眉头，松了领结，阖眼斜靠在沙发上。

他的其中一个发小楚随风，手里拥着个美女懒懒地直笑："蒋正楠，你这小子，怎么越活越回去了。今天这里这么多美女，燕瘦环肥，居然没一个能入蒋大少的眼的。聂重之，你看你安排的什么聚会？我看你现在去面壁思过，好好反省吧。"

聂重之轻晃着手里的杯子，嘴角扯了一抹笑意，玩味十足："这确实是兄弟的不是，一定要好好自我检讨。但怕的是，有人人在心不在。"

楚随风挑了挑眉毛，不动声色地望着蒋正楠。蒋正楠只是眉头一挑，轻描淡写地道："兄弟们体谅，一早的飞机回的洛海。今天算是我的不是，我把手里的这满杯喝了，下次由兄弟我做东，给大家赔罪。"

说罢，一仰头，将杯中之酒一饮而尽。然后举着干干净净的杯子向众人扫了一圈："兄弟们继续！"

进了车子也没什么异样，解开了领带，斜斜地靠在皮椅上闭目休息。贺君在前面专心致志地开车。

很突然地，蒋正楠的声音传了过来："右转吧，去海边。"贺君一瞬间的愕然，但很快隐了下去，应声："是。"

许连臻是浅梦中被小白的叫声唤醒的。一睁眼，就看到了自己的卧室里多出了一个蒋正楠。她惊吓着拥了被子坐了起来，声音发颤："你……你怎么在这里？"

蒋正楠脱了外套，随手扔在了沙发上。那只泰迪狗不识相地冲他"汪汪"地叫。蒋正楠脸色一沉，伸手拎起了小狗，往门外一掷，"啪"的一声合上了门。

许连臻忙从薄被里起来，想要下床去找小白。

她穿了一件黑色的小背心，下面是同材质的宽松短裤。可那黑色的小背心露出精致的锁骨和肩部，一片的凝白，柔嫩得似能掐出水来。平平无奇的一套家居睡衣，穿在她身上，居然有说不出的诱惑力。

蒋正楠的眸光一沉，从后头一把抱住了她……许连臻大骇，挣扎着道："放手……不要……你……你住手……你住手……我……我有话跟你说。"

他的唇落在她耳畔，热热地呼吸，酒气熏人。许连臻只觉得全身克制不住地发抖，连发出的声音亦是颤抖不已的。她咬着牙，战战兢兢凭着一口气道："蒋先生……我跟你的协议里，并没有这一条。而且……而且我想以你的条件，肯定不缺女人……"

蒋正楠闻言却只低低地笑，连臻只觉得脖子肩膀处的肌肤传来一阵又一阵的战栗，敏感之极……四周都是他的味道，浓烈的男性气息，还夹杂着醉人的酒气……她不由得哆嗦了一下。他的身体出奇的炽热，他的声音含糊不清，偏偏又满是暧昧："都做了好几次了……"

他一手抱着她，一手探到她的胸前，唇却依旧在她脖子和耳畔间挑逗。他的所到之处都在她身上燃起了一团又一团的火焰。他的声音里有浓浓的情欲："晚了……"

"不……不要……" 她拼命地推开他，可是他硬如钢板，纹丝不动。他低笑着压了下来，一只手将她的两只手握住，固定在上方，另一只手渐渐地往下滑去……

她只好蜷缩着身子，躲避他的碰触。可是无论怎么躲，总是躲不开……

第二天，蒋正楠在办公室里狂打喷嚏，只签了几个文件，最后连会议都不得已取消了。家庭医生看过了，问道："是不是接触到一些过敏源啊？比如猫狗之类的。我先给你开点抗过敏的药，先用点鼻顺通看看，应该一两天就会好转。"

临走时微笑着说了句："要避免，就尽量不要接触这些过敏源。严重的话，会造成过敏性鼻炎，甚至哮喘的。"

蒋正楠脑中闪过的话却是："人真的不能太好心。"早知道当初就不同意她养那只狗了。

不知怎么的，眼前涌起了许连臻清新淡雅的那张脸。他突然之间又觉得烦躁难耐了起来，自己从来不会勉强女人的。毕竟女人对他来说，那可真是多了去了。可为什么会这样？这个女人到底有什么魅力，居然能让他情不自禁？他已经很刻意地避免与她接触了，可是昨日喝多了，半醉半醒间的唯一念头就是去她那里。

那样的事情他又做了第二次！

他疯了不成！

蒋正楠面色极阴地撩被而起，进浴室冲洗。

窗外流光溢彩的夕阳在海天一线处一点点地隐了下去，最后像是黑得发蓝的幕布缓缓拉起，将一切都笼罩在其中……

许连臻颓然地坐在椅子上，双手无力地捂着脸。

她到底什么时候可以出去？那样的事情她到底还要忍受多少次！

又过了许久，她忽然想到一事，后天是30号，是父亲许牟坤五十五岁的生日。

许连臻猝然站起了身，走了几步又猛地止住了。她咬着唇犹豫了半天，最后还是决定下楼去打电话给贺君。

贺君敲了门，进了蒋正楠的办公室。蒋正楠抬头道："什么事？"贺君这才道："许小姐说想去见她父亲。"

蒋正楠的目光落在了文件里的数据上，片刻之后才淡然地道："你去安排一下。"贺君有丝担忧地道："可是……"许小姐的性子，贺君多少知道一些，总担心会出事。

蒋正楠知道他想说什么，但还是道："去吧。"贺君担心的事情，他自然知道。

他对她做了这么多的事情，她倒现在还是哑忍，只是因为她的致命软肋被他握在手里，那便是她的父亲。不管她愿意与否，他残忍地享受她所能给他的一切，包括身体！

他忽然茅塞顿开了起来，反正他已经享受过她了，既然觉得对胃口，就多多享受，何必压抑自己。反正碰都碰了，一次跟一百次都是碰了。想来过不了多久，他多半也就厌烦了。看来自己这段时间的忍耐还真是多余得过分！

念头闪过后，蒋正楠顿时自省般地觉得外头传说他的“不择手段，雷厉风行，甚至冷酷无情”竟然一点也没有错。

他松了松领带，嘴角轻扯出了一个弧度，残忍又迷人。

许连臻其实对贺君提的想去看望父亲，本只是提提而已，并不抱多少希望。可是贺君后来居然回复可以，她倒有一瞬间的惊讶。

第二天，她带了满满一大包东西，在玻璃墙外望着一个个的陌生人各自找到相应的位置一一坐了下来。可是这么多的人，就是没有她父亲……

她失魂落魄地望着自己面前空空如也的椅子。原来父亲上次跟她说的是真的，他真的再不会见自己了。

她就这般地泫然欲泣地呆呆坐着。连旁人都觉得诧异，纷纷投来异样的眼光。

一直到狱警通知时间到了，她才条件反射般地抱着自己的包，一手擦干了默默流下的泪水，茫然地走了出来。外头艳阳高照，可是天大地大，这整个世界却似乎空空荡荡地只剩她一人而已。

贺君站靠在大门的出口处，见了她：“许小姐。”只见许连臻似没有听到，神色悲怅，游魂般地进了车子。

贺君其实已经从监狱方面知道他父亲不肯见她的情况，不由得低下了眼，不忍看她脸上凉凉的悲哀。沉吟片刻，贺君走到一边，摸出了口袋里的电话：“姜狱长，你好。我是盛世的贺君。”

电话那边传来客气的声音："贺先生，你好。"

几句话之后，贺君挂了电话，走到车边，敲了敲车门："许小姐。"司机很熟练地按下了车窗，许连臻略略抬头，从贺君的角度依稀可以看到她微红的眼圈。

"许小姐，请到这边来。"说罢，贺君拉开了车门。

监狱里的那个小领导模样的人对贺君很是客气，一直带着他们到了一间会议室。指着窗外一片操场一样的地方，道："这是犯人们放风的地方。狱长吩咐了，让11091号今天先出来放放风。"

许连臻一震，11091不就是父亲的编号。想不到贺君居然如此神通广大。

正思绪起伏间，只听那人道："看，他出来了。"许连臻定睛细看，果然是父亲许牟坤。隔得远，只瞧见一个侧面。可就算那么远，她还是觉得酸涩地想哭。

她眼睛眨也不眨地望着父亲的身影，也没有留意到贺君他们轻轻地退了出去。

心里默默地道："爸爸，生日快乐！"

自她打懂事开始，每年父亲生日，都是她亲自去蛋糕店订的蛋糕。在外头吃过饭回来，她总是会捧着蛋糕对父亲说一句"老爸，生日快乐！"

可是如今……许连臻低头望了一眼手里的小蛋糕，眼里酸得发涩。

虽然知道这蛋糕按规定是没有办法送进去给父亲的，可是她还是买了，是父亲最喜欢的咖啡味道。

不远处的父亲做了做伸懒腰的动作，半晌又仰头看了看天……许连臻的泪水，终是止不住，珠子般簌簌地滚落下来。

也不知道在窗口站了多久，一直到父亲的身影最终消失在了门后面……许连臻又贪恋地在房间里站了许久。

进了车子里，许连臻的情绪才慢慢平复，真心诚意地朝贺君道："贺先生，谢谢你了。”

贺君望着前方的车流，只淡淡地道：“许小姐，不用这么客气的。你应该知道，我只是奉命行事而已。”

她知道，贺君只不过是听命行事罢了。听的是另外一个人的命令而已，但是这一瞬间她还是很感谢贺君的。如果不是他，她知道自己今天绝对不可能见到她父亲的。

可与此同时的这一瞬间，她也更清醒悲哀地意识到，她父亲在监狱里的日子是相对的天堂还是绝对的地狱，那个人真的只需费吹灰之力。

她真的得罪不起！

这日他又派贺君来接她了。许连臻以为还是与他妹妹、叶英章一起。她在包厢里等了许久，才见一身正装的蒋正楠推门而进。

蒋正楠懒洋洋地脱下了西服外套，只着一件白色衬衫，在她对面入座。许连臻瞧见了袖口的一对蓝宝石袖扣，黑黑幽幽地如同他的眼。

他亦不说话，只是按铃招来了侍应生，点餐。奇怪的是，他只点了两人份的。

那么，今天不会就她和他两个人吧！

许连臻一抬头，只瞧见蒋正楠简洁有力地吩咐侍应生：“一份要五成熟，一份七成。”

两人从未这般的用过餐，许连臻如坐针毡，觉得这样的场面着实怪异得很，也实在不大明白为什么今天会没有他妹妹和叶英章。

蒋正楠一直沉默，神情淡淡，不动声色。许连臻不知不觉地捏紧了手指。两人相处多半如此，彼此之间从来无话，安静到了极致。

服务生很快将他点的两份牛排送了上来。白的发亮的瓷盘，鲜嫩多汁的牛排，边上还点缀着一朵鲜花，含着水滴，好似刚从枝头摘下，隐隐能闻到漠漠悠远的香气……

蒋正楠取过刀叉，优雅地切了一块，放进嘴里。抬头，只见她依旧一动不动地盯着瓷盘。他淡淡地道："不合口胃吗？"

许连臻猛地站了起来，捂着嘴快步拉门而出。蒋正楠好似未看见，依旧闲适地吃自己的牛排。许久，还是不见她回来。

他放下了刀叉，目光落在了七成熟的牛排上，隐有血迹渗出。招来了侍应生："撤下去，再上一份全熟的牛排。"

许连臻望着镜子里的人苦笑。她现在已经见不得血腥了，每次一瞧见，肠胃便会自动生出剧烈反应。

她进去的时候，他头也没有抬，依旧在享受自己的晚餐。许连臻低头，突然发现自己面前的牛排似乎有点不一样，已无一点血丝的痕迹。

许连臻怔了怔抬头，只见他优雅地端起高脚酒杯，饮了一口，目光并没有落在她身上。

吃好饭，蒋正楠去取车，许连臻静静地站在门口。有一个人影很突然地挡在了她面前，许连臻本能的一避。

那人许是喝了很多的酒，脚步漂浮地一把拽住了她的手。许连臻一惊，挣扎着大声道："你做什么？快放开我。"

那人嘿嘿一阵笑，说话的时候浓重的烟酒气扑鼻而来，令人闻之欲呕："哟，这不是原来在盛名工作的许小姐吗？穿得这么漂亮风骚，在这儿等谁呢？该不会知道我今天在这里，所以特地在等我的吧！"

盛名是她刚出狱时工作过的酒家，在洛海市颇具名气。许连臻抬头，发现这个喝醉酒的人居然就是她在盛名的时候一直纠缠她的那个吴明。

当初她在盛名的时候，一开始只在大厅负责点菜的工作。大半个月后，经过粗略培训又转为了服务生。在大厅工作一个月后，又被调到了包间。她就是在那里认识这个吴明的。

一开始他还是暗的，在她摆弄餐具，递热毛巾的时候，有意无意地摸摸她的手，揽揽她的腰。许连臻怕得很，但又怕得罪人，什么都不能做，每次只好面无表情地闪到一边。

某次，吴明宴请一批人，被她这一躲，大约觉得自己下不来台，没面子了，恼羞成怒，叫来了经理，当着众人的面破口大骂："什么货色，笨得连服侍人也不会？你们这个饭店怎么招的服务员！"

胡经理就是当初招她进来的那人，在这行待久了，也知道这个姓吴的不好惹，忙连连赔不是："吴总，不好意思，实在对不住。我代她向您道歉。既然她笨手笨脚的，这样吧，我另外调两个伶俐的人过来。您看怎么样？"

盛名背后的老板，在洛海市混的哪个不清楚。吴明也是不敢真惹的，见那胡经理给自己这般小心翼翼地赔笑脸，给足了自己面子，吴明也知道自己该下台阶了。

吴明冷哼了一下，斜睨着许连臻道："知不知道老子看上你是你的福气？别给脸不要脸！"许连臻低着头，看着自己脚上廉价的黑皮鞋，不吭一声。

那日之后，她见了那吴明更是能躲则躲。胡经理也知道她的情况，也没有为难她，只道："连臻，你应该明白的，我们是服务行业，难免会碰到一些难弄难缠的客人。这样吧，我去关照一下，以后这个吴明来的时候，尽量将你调到其他包厢。"

许连臻那个时候还是不懂，为什么是尽量。因为三层楼的包厢，好几十个了。只要胡经理一句话，她就不用再碰到那个色迷迷的吴明了。

后来她才明白，越是像吴明那样的人越是不知道廉耻的。他一而再，再而三地点名要她服务他的包厢，甚至手脚也越来越放肆。胡经理虽然暗地里一再地护着她，可明上也不好做得太过。吴明某次就对他皮笑肉不笑地"提点"道："小胡，我也是看你一点点的到如今这个经理位置的。不容易啊！你应该明白，这个世道，不该管的事情不要多管。"

许连臻听其他服务员在私底下说过，这个吴明是某个建筑承包商，在洛海市也算小有名气，手底下养着很多人，大半不是善类。

许连臻知道如此下去，事情必定难以善了，后来便下定了决心，跟胡经理辞职。胡经理也明白，只轻叹了口气："连臻，你到这里也好几个月了，做事一向勤快又有分寸，我一直很看好你的。你这么辞职，我也觉得可惜。不过……不过我也就不挽留你了。工资方面你明天来结清吧！"

胡路在这一行待久了，看到的事情也多了，这样的事情若是两厢情愿，他也装作不知道。但吴明这么下作的……他倒觉得连臻这么一走，对她或许也是件好事。

许连臻点了点头，感激地说了声"谢谢"。胡路又叫住了她，欲言又止，最后只说了一句："连臻，这个行业的工作你还是不要找了。"许连臻"嗯"了一声，然后离去。

想不到，隔了一年多，竟然会在这餐厅门口遇到了。许连臻挣扎着想从吴明的爪子下抽出自己的手："你干什么？放开我！"

吴明眯着一双金鱼泡泡眼，肥胖的脸油光闪亮，带着漫天酒气一点点地凑近了她："在这里等哪个小白脸呢？当初要是跟了我，现在你就吃香的喝辣的，多好啊……"

许连臻一直不停地往后退，一直碰到了身后的浮雕大圆柱，实在退无可退了："吴总，请你自重。"

吴明色眯眯地伸手想要抚摸她那嫩白的小脸，淫笑连连："我就不自重，看你拿我怎么样？"对于女人，他向来是越得不到越想要。

许连臻扭头直避，无奈地眼看着吴明胖乎乎的肉手一寸一寸地接近。

忽然之间，有另外一只手斜斜地伸了过来，干净修长的手指握住了吴明的手腕。吴明吃痛，大怒着转头："哪个乌龟王八蛋，敢管你爷爷我的好事……"

竟然是蒋正楠，盛世集团的蒋正楠！有一瞬间，吴明以为是自己看错了。大力地摇了摇喝得有些迷迷糊糊的脑袋，定眼再细看，这不是蒋正楠是谁？！

吴明虽然只在某些场合远远地见过蒋正楠几面，但这么一个气势逼人的人物，他绝对不会眼花的……他更是知道这个人他绝对不能惹，也惹不起……

吴明一下子吓得酒都醒了，额头开始冒汗。忙点头哈腰地赔笑着道："蒋先生，您好。"胖胖的脸上堆满了谄媚恭敬的笑容，"您这是来这用餐吧，打扰您的雅兴了。这不，我在教训我的女人呢？"

蒋正楠的目光冷冷地落在他那只依旧拽着连臻的手上，脸上凝冻住了所有的表情。闻言，嘴角轻轻一勾，弧度锋利地吓人。他眉头一挑，似笑非笑地道："你的女人？"

吴明满脸讨好的笑："是啊。这女人忒不懂事，让蒋先生见笑了。"

许连臻低垂着眸子，这样望去只见羽睫轻颤，瞧不清眼底什么神色。蒋正楠又望了一眼吴明那张滑稽可笑的脸，终于难以克制地笑了起来，嘴角轻轻一勾，说不上动怒，却也绝非轻描淡写："那真是好笑了。"

转头朝许连臻挑眉而笑，语音低缓轻柔："我倒想知道你什么时候成了这位先生的女人？我这只不过是去停车场取了辆车子。"

吴明如触电般放开了许连臻的手，额头上的冷汗刷刷地直冒："啊……这个……这个蒋先生……对不起，对不起……我喝醉了……我眼花……不……不……是我眼瞎了……"

他见蒋正楠的神色，喜怒不辨，吴明在洛海混得久了，自然是个看惯眉眼额头的人。他明白这次的事情可大可小，忙用手打自己的脸，哆嗦着道："蒋先生……您大人有大量……您大人不计小人过……饶了我这一次。"

蒋正楠如刀锋一般的眼神冷冷扫了他一眼，吐出了一个字："滚。"吴明如得大赦，忙不迭地跑开。因速度过快，甚至踉跄了一下，差点摔倒。

许连臻上了车子，不经意地转头，只见蒋正楠的脸色依旧阴沉得很。只是这里的详细情形，他显然不会问，她自然也不必多说。

车子一路开去，最后竟到了他的家。一直到车子熄火，蒋正楠才紧抿着唇，转过头瞧着她，冷声道："那种情况下，你不会大叫吗？就任由人家吃豆腐？"说罢，他推开了车门，头也不回地进了屋子。

许连臻进客厅的时候，他已经上楼了。她不得已，只好坐着干等，好半天也不见一个人。一直到后来才知道，别墅里的其他人，晚上10点后，包括专业管家在内都是不会出现的，除非按铃召唤。

一直到很晚很晚，蒋正楠一直没再出现。许连臻觉得坐在客厅里也不是办法，只好轻手轻脚地上楼找了一间客房，她记得他的房间，所以找了一间离得最远的。

在客房的浴室里洗了澡，擦着湿湿的头发出来，忽然一愣，他居然在她房间里。不知道是不是灯光的关系，她只觉他侧脸深邃，脸色似乎比下车的时候还黑。

许连臻不由得后退了一步。

蒋正楠一身浴袍，腰间的带子闲闲一系。靠在门边，也不走近，面无表情地看了她一眼，只一眼，便转身摔门而出。

许连臻只瞧见他那高大的背影，僵硬之极。

第二天，他没有再让贺君像上次一样送她回去。许连臻也只好在他的屋子就这样住了下来。蒋正楠每天都很晚回来。许连臻也不知道自己怎么注意到了，或许是因为换了个新环境，再加上没有小白的陪伴吧，她总是辗转反侧，难以入眠。

他的别墅里有固定电话。大约他料定她也不敢用，所以才任她在别墅里自由行动。

是的，她确实不敢用。她何德何能敢跟他作对，就算不考虑自己，总还得顾虑监狱里的父亲吧。

所以此刻许连臻盯着客厅里“丁零丁零”作响的电话，只能静静地站在一旁。不知道是不是别墅里的人都出去了，电话一直没有人接。

许连臻踌躇了许久，这才提起了电话，只听对方道：“你好，我找许小姐，许连臻小姐。”这个声音熟悉得很，她在第一时间就反应了过来，是叶英章。

许连臻捏着话筒，杵在了原地。叶英章在那头像是反应了过来：“连臻，是你，对不对？我找你很久了……可是蒋正楠一直拦着我跟你联系……这通电话我打了很久，一直有人挡着，说没有这个人。”

一切当然是蒋正楠安排的。他怎么可能让叶英章联系到她呢！否则也不用将她软禁起来。

叶英章的话语很急促：“连臻，你知不知道，我费了多大的劲才能联系到你。我始终不相信你会真的跟蒋正楠在一起。你跟我说清楚，这到底是怎么回事？”

叶英章一直就对蒋正楠跟许连臻在一起的事情很是怀疑，无论是许连臻的辞职还是消失，甚至是出现都十分的突然。可就算他跟许连臻见了几面，但由于蒋正楠总是不离许连臻左右，他根本就没有办法也没有机会跟她好好说话。可越是这样他越是怀疑，他私底下动用了公安系统的跟踪系统。

许连臻半晌之后才道：“叶警官，我不明白你说的是什么。我很好，我只能说很谢谢你的关心。我真的不知道你要怎样才会死心，但我真的真的请你以后不要再跟我联系了，我们两个连朋友也算不上。”说完，她挂上了电话。

如果叶英章在她当初被关之时联系到她，是不是所有的事情都会不一样呢？她不知道！

只是现在，一切已经偏离了所有的轨道，早已经回不到那时了！

既然回不去了，那么她现在只希望快点结束这一切。

叶英章的放手，就是对她最大的帮助！所以叶英章，请你放手吧，就当放她一条生路!

这通电话以后，想来叶英章的怀疑又会降低很多吧。

许连臻苦笑着转身，却见别墅的阿姨神情紧张地小跑着过来：“许小姐……”许连臻瞧了她一眼，缓缓道：“你什么也没有看到，什么也没有听到，是不是？”

那阿姨愣了愣才反应了过来，点了点头，转身离开。

这天晚上，她一个人吃饭。空落落的餐厅，长长的餐桌，顶上是奢华闪烁的水晶吊灯，照得四周光影流离。她本是习惯了一个人的时光，可在这一瞬间，忽然觉得一个人吃饭孤单得可怕。特别是在这么大的地方。

原来一个人，真的会很寂寞。

有一天晚上，应该是很晚了，许连臻隐约又听到了车子驶入的声音。她翻个身，找了个舒服的姿势，渐渐地蒙眬了起来。

迷迷蒙蒙中，似乎有人出现在了床边，也不开灯，掀开了薄被，直接钻了进来。她忽地如条件反射般清醒了过来。这个人身上带了酒气，可是却不是她熟悉的气味。不是他!

许连臻吓得惊叫着坐了起来，“啪”一声打开了灯。是一张陌生的脸，虽然棱角分明，五官亦端正俊气，但却不是他。

许连臻又发出“啊”一声凄厉尖叫，手忙脚乱地抓着薄被跳下了床。那人掀了掀眼皮，醉眼惺忪地摸着头，皱着眉头也缓缓坐起了身。

“啊……你……你是谁？怎么会在这里？”她惊惶失措地盯着那个人，一直退一直退，一直到了角落。

那人盯着她，虽然皱着眉头，颇有醉意，依旧盛气凌人：“你是谁，奶奶的，蒋正楠这里怎么会无缘无故多一个女人出来呢？”

门口传来了杂乱的脚步声，有两个人推了门进来，一个是他，另一个她并不认识。但感觉就是蒋正楠这一圈子里的，那种气质不是一般人能有的。

床上的那人大约被这变故一闹，酒意也醒了几分，瞧了一眼蒋正楠脸上幽暗不堪的神色，忽地挑了眉，邪邪一笑："蒋正楠，你的招呼倒越来越周到了嘛！给我准备了这么一个大惊喜。"

说罢，将目光在许连臻脸上身上来来回回地扫了好几趟，嘴角一勾，不怀好意地笑道："样子身材都还不错。好吧，我今晚接受你的好意。"说罢，朝许连臻魅惑似的一笑："来吧，宝贝。"

蒋正楠一语不发地上前，怒气隐隐地挡在她身前。许连臻瞧见他一身浴袍松松地连带子也没有系，头发湿漉漉的，犹在滴水。想来是还在洗澡却被中途打断而来的缘故。

蒋正楠斜睨了楚随风一眼，冷声吩咐道："还不给我回房间去。"许连臻忙不迭地抓了薄被，立刻离开这个是非之地。

才出了门口，听到那人在说话，隐隐有种调笑的意味："怪不得，你这小子最近对美女一副兴趣索然的样子，原来私底下藏了这么一个。啧啧啧，你以前不是从来不带女人回这里的吗？说什么玷污自己的窝？最近转性了啊？"

又听一个陌生却带了戏谑含笑的声音响了起来："楚随风，我建议你少说两句，否则我真的很难担保你可以四肢健全地从这里出去。"

那个楚随风"哈哈"地大笑了起来，快意十足："那是……那是……"

后面的话就再也听不清了。

好半晌后，他才推门而进，脸色铁青，表情冷淡至极。见她还是抱着薄被，傻傻地杵在门口处。蒋正楠愈加不悦了，声音里都透着寒："还不去洗澡……"

许连臻被他咬牙切齿的神色一惊，后退了一步。她这才放开了紧握着的薄被，露出了里头棉质的家居服，一件短袖T恤还有配套的短裤。

这样的打扮虽然居家，但就算出去逛街也是OK的。

蒋正楠的神色不知不觉地缓和了些，但口气还是不大和善："快去洗澡，把衣服给我换了！"

许连臻洗得很慢，站在花洒下，冲了一遍又一遍。然后再吹头发，极慢极慢地吹，左左右右，前前后后……可到最后，终究还是什么都好了。

他的浴室里自然只有他的浴袍，她穿在身上，宽宽松松的直垂到地上。她紧紧地系好了腰带，这才拉开了门。

蒋正楠靠在床头，扫了她一眼。

她的眸子真的犹如黑色水晶，流转之间，如水般清清盈盈。据说只有心境明澈的人才会如此。

蒋正楠慢慢地走向了她，一举一动在微暗的光下仿佛鬼魅。许连臻不由自主地往后退，一直到后背抵住了冰凉的墙面。

蒋正楠停住脚步，只是盯着她，似锁住爪下的猎物，极缓极缓地俯下身来。

他高大的身影将她完全笼罩起来，唇一点点地压了下去。她已经退无可退了，唯有将头一侧，他的唇落在了她的嘴角。他一笑，声音低沉，气息暧昧："你能逃到哪里去？"

下一刻，他就在唇畔热烈婉转地吮吻，最后重而深沉地吻进了她的唇内……

蒋正楠搂着她，不知道怎么的就脱口而出了："他碰你哪里了？"许连臻似有些不明白地抬眼望着他，眼神迷茫无辜地如同小鹿，嘴角微开，细细地喘，像是花瓣一般，娇嫩无边。

蒋正楠只觉心里似被人用绒毛小手在细细地抚一般，痒得难受。便又不由自己地吻了上去……一点点地往下，再往下……

第二天，许连臻醒来的时候已经是中午时分了。她茫然地望着陌生的卧室，陌生的摆设。她拥着被坐了起来，半晌，双手捂着额头，呆呆地出神。

回了自己原先的房间，一瞧，还是昨天她离开时的模样，看来后来那个人也没睡在这个房间。她虽然没有什么洁癖，但是由于曾经在监狱里过过一段毫无私密可言的生活，所以如今是极抗拒与人分享自己卧室里的私密的，见那人没有睡过，便觉得整个人放松宽心了许多。

便在自己房间附属的浴室里沐浴，还在擦头发，别墅里的阿姨在门外敲门道："许小姐，饭菜已经准备好了。"她站了起来："好的，谢谢。"

许连臻换了居家的休闲服下楼，在餐厅门口便愣住了。他这个大忙人居然没有出去，已经端坐在长长的餐桌前了。别墅的管家也侧身站在旁边。

许连臻从来没有在这个时候看到过他，且又是第一次在亲密后的第二天见到他，不由得感到说不出的异样，只想转身离去。

蒋正楠的神色如常。她只注意到他一直到她坐下来后，才摆手让管家安排人上菜。

可两人从来没有这样在他家吃过饭，一直以来，她都是一个人的。今天这样，倒真是觉得异样之极。仿佛两个人是正常的情侣，极平常地在家用餐而已。

两人之间也无言，只静静相对，偌大的餐厅里只有偶尔传来的碗筷相撞发出的清脆之声。

从那日开始，许连臻很惊讶地发现蒋正楠有时候会很正常地上班下班，早九晚五。然后她可以在餐桌上看到他，比如现在，两人又在一起用晚餐。

大约是在一起吃饭的次数增多，她也已经不像开始的时候觉得不舒服。大约是已经习惯了一个人的寂寞，能有个人坐在对面陪着她，也是好的。

可是唯一不好的便是两人之间的亲密关系……

许连臻烦躁无力地合上了书。一切到底怎么会发展成这样的呢！

而她每天除了画画、看书、看电视，另外现在又加了一个上网外，实在想不好该怎么打发时间。日子就这么浪费着一天天地过下去吗？

某天她遇到了来取文件的贺君，便跟贺君说，她想继续未完的大学课程，就算在家里学也OK。是否可以？

其实当时在服装店里的时候，她就有打算存点钱，然后上个电大或者夜校什么的，拿个大学文凭。现在这个社会，大学文凭是找一份好工作最基本的配件。没这个，什么也别谈。

她不知道现在的这一切何时会结束。但是，她知道，总有一天会结束的。与其每天这样浑浑噩噩地过日子，还不如学点东西，以后也好在社会上生存。

可是，以后何时到来，以后到底会怎么样，她一点也不晓得。这样的患得患失，就跟她在监狱里的日子一般，不停地期盼，却有些隐隐地害怕。

但是，再差也不过跟出来的那时候一样，去酒店端盘子。

许连臻正望着餐桌上的鱼发怔，坐在餐桌对面的蒋正楠忽然开口："贺君说你想要继续念书？"许连臻抬眸，轻"嗯"了一声。

蒋正楠道："你想念什么专业？"许连臻默然了半晌，方道："还是我的室内设计吧。"她当初学室内设计唯一的原因，除了因为从小学过画画外，另一个便是想以后亲自设计自己的咖啡小店。

如今想来，也没有其他好学的，再说她到底也学过一年，总归打了些基础，也就没有必要再重新换了。她已经浪费太多时间了。

蒋正楠淡淡地道："好。"

第三日，贺君便安排了人过来教学。许连臻捧着崭新的课本，一时间感慨万千。以前是不知道的，每日里看到都嫌厌烦的书本，某一天居然会觉得如此可爱迷人。这大约是失去过的人才能懂得的吧。

三年多了，她居然重拾课本了。时光如流水，她一点点地摊开自己的手掌，除了空气，她的掌心里什么也没有留下。

由于是蒋正楠的关系，来跟她教学的王老师告诉她，已经将她以前在五福大学的学籍转到了洛大，以前修的学分他们学校都认可。还说了可以安排她单考，只要学分修足，一两年就可以毕业。

这大约是这三年多来最能令她开心的事情吧。许连臻算了一下，若是她这半年能选修七门的话，那么她下个半年只要再修六门就可以将学分修足了。

那负责安排私人教学的王右明自从由学校安排来教学，自然是得过学校领导嘱咐的："是盛世那边的要求，我看不过是应名点卯而已。你视情况而为，该怎么办就怎么办。"

大家心里都明白得很，盛世那边每年都捐出一大笔款子给学校，就算开口要弄个文凭，也不过是一句话的小事。如今这样教学的小小要求，自然要全力配合满足的。

所以那个王右明等人见到别墅里的许连臻，自然更是了然了，知道这不过是有钱人哄小女人高兴的手段之一，真真正正的名义上的教学而已。

听许连臻说要选七门，他便笑笑说可以啊，但在心底却极度地不以为然，暗暗地想："你就算一门也不选，这个文凭还是得给你的。再说了，你实际也用不着这文凭。现在的教学也不过是蒋先生想哄你高兴罢了。"

可不过一个多星期，根据其他老师以及王右明他自己连日的观察，就讶异地发现这个面容姣好的女孩子居然极其用功地在学习，不只在课间认真听课，还在课前准备好所有课目的预习。王右明不由得诧异，渐渐地另眼相看了起来。

而对许连臻来说，在这彷徨茫然的日子里，大约这便是唯一的光热。

她一直记得，她曾经答应过父亲，这辈子一定会找一个对她好的男人，不需要太帅，不需要太有钱，只要对她好，她也觉得合适，然后安安稳稳地过日子，幸福地过一辈子。

只是找一个人，一起过日子。最后到底会不会幸福？谁也不知道！估计连老天也不知道！

只是她欠父亲那么多，所以无论如何，她一定要完成答应过父亲的事情。或许，这也是唯一一件她能为他做的事情。

她经常会抱着抱枕，一个人无声无息地埋在里头。她这样的人，不知道还会不会拥有这样的幸福。

可有时又禁不住会想，一辈子这么漫长，她终归是可以找到的吧。

Chapter07

残忍的虚妄

所有的过往终于是彻底结束了，
犹如帐幕彻底落下，
将往昔隔断。

初夏的夕阳温柔地照在人身上，慵慵懒懒的。

原本温婉低柔的声音此刻却娇俏薄怒："许小白，不许躲。"

转瞬间，声音转为了低柔诱哄："乖啦……乖啦……许小白……洗好澡……给你吃好吃的……"

威胁十足："许小白，你再躲……再跑试试……"

赤裸裸地威胁："许小白，你再这样，等下我给你吃竹笋炒肉哦！"

无奈地威胁："还跑……好了……你的竹笋炒肉逃不掉了！"

蒋正楠一下车，就听到屋后草坪传来的声音。他当然知道这个声音是谁，只是他从来没有听过这么俏皮百变的。

蒋正楠站在原地，忽然记起，她只比璇璇大两岁而已。朝着那声音的方位走去，只见她捏着水管，赤着足在草坪上追着小狗洗澡。她穿了一条嫩黄色的裙子，V字领中袖的最简单款式，奔跑追逐间，倒似一朵朵的花，翩然盛开。

追逐了许久之后，总算是洗好了。许连臻取过搁在一旁的毛巾，帮小白温柔地擦拭起来。低着头的模样甚是认真关注，令人莫名地都有些嫉妒那只小狗。

大约是擦拭的时候小白因为舒服，听话地趴着，不停地伸舌头舔自己爪子上的毛。她的侧脸弧度精致柔和，露出一截弧度优美的白皙脖子，不停地揉着小狗的脖子，嘴角一抹温柔的笑意。

许是阳光下层层碎裂着的炫目波光，蒋正楠不由得眯了眯眼睛，一瞬间的怔忪了。再睁眼，只觉得金黄的光线铺天盖地将她笼罩其中，满目初夏明媚。

蒋正楠这个时候是不知道的，这画面后来会一直铭刻在他脑中，再无法抹去。

许连臻抱着小白，茸茸的毛发轻柔松软，还散发着淡淡的橙香味。她轻嗅了一口，将小白这般抱在怀里，只觉得安心妥帖。这世间，大约只有小白是她的伴吧。它知道她对它的好，不会轻易离开她。

也不知道过了多久，许连臻无形之中只觉空气异样，缓缓转身，只见那个已经出差将近一个月的高大人儿就站在不远的身后。许连臻反射性地一僵，脸上的笑容顿时止在了嘴角。

从蒋正楠的角度，却正好瞧见她嘴角含着的甜美笑意如同雨打后的杏花一般慢慢地委顿了下去，到最后，终不可见。

或许屋子里空旷冷清得久了，一下子多出了个大活人，许连臻还真不习惯。她抱着小白进了自己一直住着的客房，心想着自己是雀占鸠巢，如今主人回来了，也应该将她打发回海边了吧。事实上，他出差后，她也问过贺君是否安排她回海边，可贺君只说了句，等蒋先生回来再说。后来倒是把小白给她弄了过来。

下楼吃饭的时候，许连臻倒有片刻微愣，蒋正楠居然已经在餐厅了，似在等她。一直等她入座后，他才拿起了筷子。

他亦无话，整个屋子里只有骨瓷用具间偶尔轻触发出的“叮叮”的清脆声响，似水波般在寂静的空间涟漪开来。

他倒是一副惬意自如的样子，端着骨瓷碗在喝汤。厨师熬的广式煲汤确实很够火候。她一如往常地吃了一小碗，放下了筷子。

半夜的时候，她猛然惊醒。有人俯了下来，一点点地在亲她的唇，呼吸灼热……

他早上起来的时候她就醒了。他似乎有些不对劲，不停地打喷嚏。许连臻一直听到他车子离开的声音，这才起床。

这一日，贺君很早来接她，把她带到了某个地方类似私人会所的地方，交给了一个明艳照人的女子："舒小姐，麻烦你了。"

那舒小姐微微一笑，便有一种艳色咄咄逼人而来："麻烦说不上，我这种小本生意的，可是希望你们蒋先生多多来麻烦我。"贺君含笑不语，神色甚为客气。

那舒小姐和几个人将她带上了二楼，进了一间精致的房间，然后上上下下左左右右打量了她一番，随即利落地吩咐道："去，将前两天新到的那几款礼服拿来。"

各种的款式，各种的颜色，如画卷般一条条地在面前铺呈展开。许连臻只负责静静地站着，恍若局外人，看着舒小姐轻蹙眉头，仔细思量的模样。原来，这样的大美人，连皱眉也这般好看。

最后那舒小姐抬头，似下定了决心："小薇，来，帮她试穿玫红那款小礼服，然后再试那款白色单肩款。"

那个叫小薇的可爱女子，拿了礼服，朝许连臻微笑："许小姐，这边请。"引她进了宽大的更衣室，装点得舒适精致。

许连臻觉得尴尬，朝小薇笑了笑："我自己来就可以了。"小薇点了点头，放下手里的礼服："好的。我就在外面，有什么事就叫我。"

许连臻出来的那一刹那，那舒小姐倒是怔了怔，然后缓缓一笑："这礼服不错，很适合你。"

其实这条淡玫红的抹胸小礼服款式很普通，长度在膝盖略上，但腰间点缀了宽宽的黑色，腰侧用精致的蝴蝶结轻轻一收，立刻将她纤浓有度的身材勾勒了出来。她的皮肤本就白，被玫红一衬，更显莹润细腻。

许连臻又进去换了第二件，是单肩的白色轻纱的拖地礼服，缀满了无数的梦幻水晶，好似水滴，顺着裙摆，蜿蜒流淌而下。

出来的时候，小薇等人都不约而同地赞道："许小姐穿了真的很好看。"那舒小姐似也很难决定，最后只含笑着问她："许小姐，你的意思呢？"

许连臻垂下了眼帘，淡淡地道："我听舒小姐的！"

舒梦自然是个人精，转身就给蒋正楠打了电话："试了两件，每件都漂亮得很，我都下不了决定。"

蒋正楠轻笑了一声："她的意思呢？"舒梦跟蒋正楠也熟，直截了当地道："她跟你以前带来的那些完全不一样，冷淡得很，到现在没跟我说上三句话，对什么都不感兴趣，一副随便我处置的样子。"

蒋正楠轻"哦"了一声，不置可否。舒梦笑了出来："你转性了啊，从来没见你有过这样子的女伴。难不成玩够了，真的想定下来了啊？"

蒋正楠在电话那头轻笑，语气懒散："你说呢？"舒梦啧道："我才没工夫管你是不是，我只管收钱。说吧，你想你女人今天穿白色还是玫红色？"

蒋正楠一笑，随意地道："我一向相信你的眼光。"舒梦可有可无地"哦"了一声，反正大老板无所谓，她就更无所谓了。才正准备挂电话，只听蒋正楠的声音顿了顿："玫红的吧，另外把白色的也打包了。"说罢，电话已经挂上了。

许连臻自然是不知道里头的故事，只晓得那个舒小姐后来过来，笑盈盈地吩咐小薇她们带她去做全身SPA，然后又做头发又化妆的。

最后，一个眉目如画、衣着精致的女子娉娉婷婷地站在了落地的大镜子前。

许连臻望着落地镜子里的自己，有一瞬间的晃神，这个风情万种的女子，真的是一年多前还在监狱里的自己吗？

贺君来接她的时候，反应几乎与她如出一辙，明显地吃惊。

贺君随即送她去了目的地，是个宴会。她随着贺君下了车，步入了别墅的大厅。

大厅的水晶灯璀璨夺目，长桌上铺着洁白精致的蕾丝桌布，各式银光闪烁的器皿，食物精美，酒水缤纷。

蒋正楠正站在一群人中间，贺君上前在他耳边说了一句，他握着酒杯，缓缓转身。

似所有的光线都聚在她身上一样，她挽了个礼服小包，盈盈地站在他身后。已经过肩的长发微卷，撩人一般地披在肩畔。

玫红的颜色果然很适合她，这件礼服将她精致的双肩和锁骨，还有纤细优美的双腿展露无遗。

蒋正楠走向了她：“跟我来。”她随他沿着蜿蜒的楼梯，一直到了三楼的最里头的一个卧室。他取出了一个丝绒盒子，递了给她。

许连臻抬眸，蒋正楠正凝视着她，嘴角的笑意若有似无：“打开看看。”

一般按电视或者电影里的剧情，这一打开，肯定是份珠宝。果然，一打开，入眼的是一串璀璨的孔雀项链，钻石缀成的羽翼晶亮闪烁，犹如星辰串就而成，飘浮在半空之中，点点闪烁。

蒋正楠轻缓地伸手将珠宝从盒子里取了出来，替她挂在脖子上，触感冰凉。许连臻心底苦笑，想不到第一次带这种顶级珠宝的她，唯一的感觉只是冰凉而已。

蒋正楠的目光落在钻石上，微笑单薄，良久不语。最后才道：“今天是璇璇的生日。在宴会上，双方的家长会宣布彼此联姻的消息。”

许连臻杵在原地，该来的总归要来的。她的指尖微动，尽量地稳定自己的呼吸，让自己看起来与往常无异：“那我做什么？”

蒋正楠微微勾唇，凝望着她笑了笑：“我什么也不需要你做。”

订婚了！就离结婚仅一步之遥了！

她是不是该拍手庆幸啊！甚至放烟火庆祝自己即将解脱呢！

许连臻跟在蒋正楠身后，一步一步地往楼梯走去。头脑清醒又模糊，那种感觉就好像自己的灵魂已经出窍了一般，在上方冷冷地瞧着自己现在的一举一动。

她咳嗽了一声，滞滞地道："不好意思，我想去一下洗手间。"蒋正楠点了点头："我在楼下等你。"

许连臻又回到了方才的房间，在洗手间里待了许久，久得让她觉得再不下去，有人就要派人进来找她了。她其实不知道自己为什么要待这么久，她其实也并不觉得特别难受啊什么的，叶英章早跟她没半分关系了。只是觉得一切都是虚幻，麻麻木木，似在一片虚境之中。

她只是用手掐了掐脸，嗯，还是会疼。她抿了抿嘴唇，试图扯出一个微笑。

出来的时候，她已经觉得一切都在慢慢恢复之中了，空气里有清新跃动的音符，有嗡嗡的人声，甚至还有食物的香气……

一切的一切纷至沓来……

走廊转弯处的房间有扇门虚掩着，有一个熟悉的声音传了过来，大约是三楼极安静的缘故，所以就算隔了门，还是被她听得一清二楚："妈，你们怎么这样子。你们怎么能不问问我，就要在晚会上宣布呢。你知道的，我跟璇璇从小一起长大，在我心里，一直把璇璇当自己妹妹……

"妈，我不爱璇璇。我不能跟她订婚，你明不明白？"

"英章，妈不止明白，妈心里明白得跟镜子一样。你不爱璇璇，你爱的是那个叫许连臻的女人，是不是？"

如此突然地从别人口中听到自己的名字，许连臻不由得停住了脚步。

房间里好一阵子没有声音传来。

"英章，那妈问你，你觉得你跟那个叫许连臻的可能吗？且不要说爸妈不会同意你跟她在一起，就算先不说这个，你觉得那个许连臻愿意跟你在一起吗？

“她爸和她可是你亲手抓了送进监狱的！英章啊，你难道就不能好好想想，你跟她可能吗？”

叶英章干涩沙哑地道：“可是，妈，我真的只爱她。”

许连臻的心在那一刻狠狠地抽搐，剧烈疼痛。她扶着墙缓缓地蹲了下来。

叶英章的母亲似长长地叹了口气：“英章，今天订婚这件事情，就算现在没有宣布，但今天出席的人哪个不心知肚明，只差没点破而已。你若是不答应，你让你爸爸和蒋伯伯怎么下台？璇璇是我从小看着长大的，心地善良，长得也好看……你怎么就……唉……英章，就当妈求你了……你看妈的病份上……你就让妈看一眼自己的孙子吧……”

房间里再没有声音传出来，似没人一般。

许连臻后来就站在角落，看着宴会上一幕又一幕的高潮迭起。当然，最大的高潮，就是司仪宣布叶英章和蒋正璇的订婚。

当叶英章和蒋正璇交换了订婚戒指后，蒋正楠才将她拖出了角落，十指紧扣地拉着她的手，端着酒杯，亲自来到叶英章面前：“妹夫，恭喜你啊。对了，连臻要亲自跟你说声恭喜呢！”

叶英章的脸色隐隐发白，手指动了动，但还是有礼貌地伸出了手：“许小姐，谢谢你。”许连臻屏住了呼吸，垂下了睫毛微笑：“叶先生，恭喜你。”转身，朝蒋正璇道：“蒋小姐，恭喜。”

蒋正璇甜甜一笑，似夏日盛开的蔷薇，无比娇艳，拉住了她的手，眸子深处满满的幸福笑意。一笑的时候，那幸福更是如水般盈盈的要从眼中溢出来：“连臻，谢谢。你今天真漂亮啊。你这件礼服的设计我很喜欢……”她的话一句接着一句的，许连臻插不上嘴，只含着笑意任她拉着手。

蒋正璇今天穿的是一身白色的及膝蛋糕裙，越发显得清纯娇嫩。这般的年纪，这般的容貌，这般的家世，真真是叫人羡慕。或许，也真的应该被人守护的，守护这片未被污染过的纯净！

许多人的目光都不时地扫过来，有一些明显是长辈，包括蒋正璇和叶英章的父母，纷纷落在了她的身上。许连臻清楚得很，这很大程度肯定是因为蒋正楠与她十指紧扣的关系。不知道是不是自己角色的戏份告一段落了，身边的这个人今天难得大发善心，又待了一会儿后，嘴角含笑着低头询问道："要回去吗？"

在回去的车上，两人又是如往常的静默。许连臻望着窗外如流萤般一闪而逝的街灯，许久之后，才开口问出盘旋在心头许久的问题："蒋小姐的婚期定在什么时候？是不是很快会结婚？"

明明是很普通的问话，可是蒋正楠却一直不语，车里的空气莫名其妙的窒息。她只觉两旁的街灯往后退的速度似乎快了许多。

车子最后发出了"嗤"一声长长的刹车声，她的身子不由自主地往前冲，若不是系了保险带，早已经往前撞上去了。

蒋正楠的脸隐在黑暗中，头也不回地道："下车！"

许连臻愣愣地下车，等回过神来的时候，蒋正楠的车子早已经无踪迹了。她回了房间，也没有开灯，放任自己在无边的黑暗里。

叶英章终于是和蒋正璇订婚了。所有的过往终于是彻底结束了，犹如帐幕彻底落下，将往昔隔断。

叶英章与她本就不应该有任何纠结的。这样的结果，是不是回归到生活的原点呢？

她不知道，真的不知道。

当她抱膝望着窗外的天色一点点由黑转白的时候，她终于清醒地认识到，新的一天又开始了。

一切真结束了！

这个世界离开谁，地球照样转动，太阳还是会照常升起的！

穿了礼服裙在窗帘后面坐了一个晚上的结果，便是感冒了，整个人头重脚轻的，意识模糊。大夏天的夜晚，其实是燠热异常的。

许连臻蜷缩在被子里，只觉得自己像只被天地遗忘了的小动物，多余之极。全身又忽冷忽热地打摆子，不要说起床，连抬腕的力气也没有。许连臻昏昏沉沉地想着，她昨晚明明没有觉得冷啊，怎么就感冒发烧了呢？

后来迷迷糊糊中好像有说话的声音，然后有人喂她吃药，水温温凉凉的，她似干渴的小鹿，凭着本能咕咚咕咚地喝了个精光。眼皮似有千斤重，她挣扎着张开，可总是无力。

额头上覆了冰冰凉凉的东西，她舒服得想叹息。可整个人渐渐地热了起来，她又坠入了一波昏昏沉沉。

蒋正楠坐在床畔凝视着许连臻，大约是做梦的缘故，两条细长秀气的眉毛紧锁着。想不到，叶英章才跟正璇订婚，她就生病了。难道就算她因为叶英章蹲监狱，可到现在却还是对叶英章一往情深吗？

许连臻的身子不停地发颤，眉头紧蹙，大概是在病中，很难受。蒋正楠的心底涌起说不出的感觉，隐隐约约的似怜似惜，亦或者两者兼而有之。伸出手，修长的食指缓缓地盖住了她的眉心，一点一点地打圈，仿佛这样就可以将她所有的烦忧消去……

这般轻柔地抚摸凝望，也不知过了多久，只见她嘴唇隐隐约约的在动……

他俯低了头，凑到她嘴边方才听见："英章，求你了……"蒋正楠的姿势就这般地僵住了，半晌才抬头，望着许连臻的目光渐渐透凉……

蒋正楠转身就走，自然也不会听见许连臻在噩梦里不断地哀求叶英章："英章，求求你，求求你……求求你放过我爸爸……求求你……"

蒋正楠在书房里待了一会儿，坐下又起来，起来又坐下，心头有股怎么也按捺不下的阴霾不爽。拉开门，大步而出，准备出门。可才跨了第一级楼梯，脚不知怎么的就顿住了，心头像被无形之手揪住一般，莫名地发紧。

他终究不放心，还是回了房。她脸色病态潮红，眉头紧皱。蒋正楠几不可闻地叹了口气，取过冰桶里的冰块包在毛巾里，搁在她额头……

许连臻醒来的时候，已经是第二天的清晨，金色的阳光隔了纱帘，还是耀眼夺目地射进房间。她发觉自己额头覆着毛巾，转头，入眼的便是搁在床头柜上的水杯和药。

起床后，特地向别墅里一直照顾她的那位阿姨躬身道谢。可那阿姨却一副茫然不知所措的样子："许小姐，你弄错了，不是我。管家先生没有吩咐过我，所以我昨晚很早就睡了。"

许连臻静静地站在房间里，视线落在了几上搁着的某本商业杂志上，不知不觉，停顿了数秒。

蒋家大宅的兰姨一见蒋正楠回来，便笑吟吟地迎了上去，道："少爷，夫人在后头的玻璃花房。"

蒋正楠点了点头。穿过走廊，果然看见母亲正在修剪花枝。陆歌卿远远地看到他过来，便放下了剪刀，取下手套洗手。

蒋正楠俯首在母亲大人脸上轻吻了一下："妈，你找我。"陆歌卿在花房的铁艺小椅上坐了下来，倒了一杯茶给他，淡淡地道："最近手头很忙？"

蒋正楠坐了下来，闻言，忽觉好笑，双手闲闲地抱在胸前："妈，你想说什么？"母亲绝对不会因为他工作忙而把他叫来安慰他的。

陆歌卿雍容一笑："我想你肯定知道我今天找你为了什么事。你也不要怪妈多事，只不过那样子的宴会，你第一次带女孩子出席，难免有些长辈会问及的。"

蒋正楠怔了怔，闪过许连臻永远波澜不惊的那张脸和那晚低低唤着叶英章的模样，不知道为何，只觉一股薄薄的恼意瞬间失控地涌了上来。

抬头，便瞧见母亲陆歌卿审视的眼神，蒋正楠淡淡地道："妈，只不过一个聚会而已。"

陆歌卿闻言，自然已经会意了，端起精巧的骨瓷杯，轻饮了一口，方含笑道："妈对你一直很放心。"

陆歌卿缓缓放下了杯子："明天有个慈善晚会，妈想让你陪我参加……"

蒋正楠似有片刻的怔忪，最后扯了一个微笑，简简单单地答道："好！"

陆歌卿将话题转向了叶家："你叶伯母的病……不知道具体情况怎么样了。"

蒋正楠沉吟了一下，道："要不要建议叶伯父送叶伯母去国外治疗？"

陆歌卿叹了口气："我估计你叶伯母只肯保守治疗……"又道，"她前几日还与我通话，说唯一的心愿便是想看到璇璇和英章早点结婚。你知道的，像我们这个年纪的人，哪个不是想孙子想得快疯了。她如今有了病，更是日思夜想的。我跟你叶伯母说了，只要英章和璇璇同意就行，我们是乐见其成的。"

蒋正楠听得出母亲的话里话，默不作声地取过杯子，饮了口茶。

陆歌卿瞧了他一眼，幽幽地道："这人哪，真是万般皆有命啊。你看你叶伯母前段时间还好好的，如今却……唉！我比她啊，还大上两岁呢！"

陆歌卿自然知道什么是点到即止。此话一出口，见自己的儿子蒋正楠还是沉默不语，便也不再多说了。只笑了笑："今晚就在这里吃饭吧，让兰姨做你最喜欢吃的鱼。"

蒋正楠答应母亲陆歌卿出席，自然也知道会发生什么。果然，到达会场几分钟，便有不少贵妇携着各式的美女而来。

他站在母亲边上，嘴角勾勒出浅浅的笑意，优雅地不停颔首致意。

"正楠，这是顾伯伯的侄女，刚从国外回来，去年还参加了国际名媛舞会呢……"

"正楠，这是李世伯的小女儿，在基金会工作……"

一个一个，都是面容服饰精致到极点的女子，家世背景相貌都十足的傲人。平时抱着任务观点倒也还好，但今日不知道为什么，蒋正楠只觉得烦躁不安。实际上这种场面他经历多了，早就练就了一副从容态度了，怎么样的得体微笑，怎么样的言语应对，他驾轻就熟。可今天却觉得莫名的烦心了起来，只是想回家。

正所谓知儿莫若母，陆歌卿自然也察觉到了蒋正楠完美表情下的不安。她也不想逼儿子逼得太紧，该见的又都见过了，以后怎么样也得以后再说，便含笑道："你有事情就先回去吧，等下司机会来接我的。"

蒋正楠自是求之不得，从会场出来后，便在停车场取了车子准备回家。可车子才发动，脑中便闪过她闭着眼、蹙着眉，喃喃地叫着叶英章的画面。

他涌起一阵失控的焦躁，心烦意乱地抬手松了松领带，犹不解气，右手扯着领带结，将领带从脖子上一把扯了下来，扔在了副驾驶座上。"吱"一声急刹车，在路边停下了车。

蒋正楠一动不动地望着后视镜里有些眉目陌生的自己，而后视线又落在了凌乱横陈的领带上。

下一刻，他已经掉了头，往聂重之的会所而去。

聂重之见了他，倒有一丝惊讶："怎么现在这时候有空过来？"

会所里原本就有一层楼包括最顶级包厢和各式的房间，是特地给他们这群自己人而设的。

蒋正楠进了包厢，熟得就跟自己家一样，径直从吧台里取了一瓶酒，倒了满满一杯，仰头一饮而尽。

聂重之见状也不说话，闲闲地啜了一口，方道："我打个电话给楚随风他们吧。"蒋正楠又倒了一杯，不耐烦地道："不用了，我喝点酒就走。"

聂重之闲闲一笑："真的不用我给你安排节目？"蒋正楠面无表情地斜睨了他一眼，木然冷淡地拒绝他的提议。

早些年，贪图新鲜与刺激，他也很会玩。如今也不知道是玩腻了，还是岁数大了，对这些莺莺燕燕倒真没以往的热情了。

难道他真的已经收心，想定下来不成？可就算要收心，也得有一个人吧。

他脑中不知道怎么的就出现了许连臻的脸。

蒋正楠猛地摇头，看来他真的疯了。他要什么样的女人没有，用得着对这种身材姿色都一般，脾气又倔得要死的女人留恋！

他将杯子里的酒一饮而尽，“霍”地起身道：“我走了。”说罢，也不等聂重之出声，自顾自地甩门而去。

因喝了酒，便打了贺君的电话，让他来接。

贺君在蒋正楠身边也久了，自然也察觉到了这些日子蒋正楠的异状。脾气阴晴不定不说，连行为举止也有些怪。当然，最怪的就是那位许小姐在蒋先生别墅已经住了将近几个月的事情。

蒋正楠的别墅很多，但是就他目前居住的这个地方，是从不带任何女人回去的。连蒋正楠他自己也曾说过，人总是需要一个能让自己彻底放松的地方。对蒋正楠来说，那是他的一个专属禁地。

所以，上次许小姐能在别墅过一夜，他已经觉得诧异了。但这次这么长的时间，贺君自然早已经瞧出了不对劲。蒋先生上次出差的时候，许小姐联系他说要回海边。他自然挂了电话就告知了蒋先生，可蒋先生只说知道了，沉默了半天，却只吩咐他把小狗带给许小姐。当时他就已经觉得惊讶万分了。如今这么久的时间……

贺君甚至隐隐觉得，自己老板的不对劲估计就是跟那位许小姐有关的。

不止是贺君和其他的相关人员，连蒋正楠自己也察觉到了自己心浮气躁。比如此刻，他带着微醺的醉意烦乱地又在解衬衫的扣子。他自己也不知道为什么，许连臻这个女人会对他这么有影响力呢？真是奇了怪了，自己又不是没上过她，而且这个女人又生涩得没有任何技巧可言，实在想不通有什么能让他留念，甚至让他失控的呢？

难道就因为她喜欢别人，因为她不像别的女人会缠着他，就是因为她冷冷淡淡的，对他毫无任何非分之想。若是可以，更是巴不得离他千里万里远，所以他反倒觉得有味道不成？

蒋正楠百思不得其解。可是越想越烦躁不堪，只恨不得把她给生生弄死。可念头才一转，又觉得莫名地不舍。

他真的是疯了！犯贱了不成！

许连臻在昏昏沉沉中惊醒了过来，蒋正楠的脸放大的出现在面前，隐隐有醉人的酒意……

她张嘴刚要发出个“不”字，可他却趁势而为，舌头灵巧地探了进来，忽轻忽重地诱惑她与他共舞……下一刻，她已经察觉到自己的赤裸……

随即是炽热的温度纠缠了上来，凶狠的冲撞，将她溶成了一摊水，如同往日那般，不管不顾地要将她燃烧殆尽了……

叶英章当年利用她的时候，至少还规规矩矩的，从不碰她。而他呢，每次就像头饿狼似的，哪次不把她拆卸成几块才肯放过她。

许久之后，许连臻缓缓地在薄被里蜷缩起了自己无力的身子，身子濡湿酸软却又那般的怪异满足，好似不是自己的一般。

泪，极大的一颗，从眼角慢慢地滑落了下来，似发出一声“嗒”的轻响，滚落在了柔软的丝缎床单上……

这样的日子到底还要多久？她害怕了起来。

第二天，许连臻醒来的时候已经是中午了。许连臻拉开窗帘，阳光一点点地透进来。夏日的阳光带了一片灼热，可她却只觉得一片寒冷。

这样的日子，到底什么时候会结束？

好在是星期日，她不用上课。用过午饭，许连臻正在小阳台上看书，设计原理、概论之类的最枯燥了，她本就有些静不下心。远远地听到车子驶来的声音，她抬头，从她房间小阳台的角度只瞧见他的座驾已经进了大门。

她不想与蒋正楠见面，索性就不出去。心想着他这么忙的人，多半一会儿又出去了。

可是等到晚餐的时候才知道他没有出去。

厨师的菜一向清淡，她因是生病的缘故，所以这几日本来就觉得嘴巴淡，吃到嘴里更觉寡淡得了无味道。才吃了数口，却见对面的他放下了筷子，吩咐道："再去做两道菜，口味重些的。"

管家以为菜不合他的口味，忙不迭地答应，转身出去安排。

不过一小会儿工夫，菜就热气腾腾地端了上来。只见他并不说话，眼神飘落在她几乎未动的碗上。

许连臻看了菜色，口味重了些，还有一道蜀地香辣虾，热辣辣散发着诱人的气息。她瞧着就觉得食欲大动。往日里，她是不大喜欢吃虾的，觉得剥壳实在麻烦，此刻也不顾得这些了，就着极入味的虾胃口大好地吃了整整一碗饭。他倒是胃口不错，吃了一碗后又添了一碗吃下。

大约便是从那日开始，厨房里开始清淡之中夹杂一个重口味的菜式。而他似乎又开始正常的上下班了。

最让她觉得不舒服的是，蒋正楠好像对她越来越热情了。以往次数不多，她还能忍受，可是现在……大白天的，许连臻只觉得脸上发热，她已经快忍受不了了。他难道就没其他女人了吗？

她真的很想问他，可是这种问题她无论如何也是问不出口的。她有时悲哀地想到，自己的角色到底是什么，情妇？床伴？

可是问题是以蒋正楠的外表和财势根本不缺女人啊！就她见过的舒小姐，在美貌方面就已经甩她几条街了，更何况这个世界最不缺的就是美女。现在的女人，只要动动刀子，然后再加上如今神奇的化妆术，几乎就没有不漂亮的。

Chapter08

无奈的彷徨

很多时候，
你不得不承认，
生活中确实有一部分人从出生开始就被上天所眷顾……

这天早晨醒来，许连臻拥被懒懒地坐起身，视线忽地落在了床头柜上，那里放了一部崭新的手机……还有一张银行卡。

她无声苦笑，是因为叶英章和蒋正璇订了婚，好事将近的缘故吧。他现在居然允许她与外界联系了。

她呆呆地看了半天，也不想去触碰。她有谁可以联系呢？同学？以前是有一两个相对要好的，可是早已经失去联系了。同事？在饭店里的时候，由于自己那个时候自闭的缘故，自然没有交到什么比较要好的朋友。在服装店的时候，孟静店长、燕然应该可以算是朋友吧，可是她平白无故地失踪了，如今又联系她们，解释都是个问题。

正在她胡思乱想间，手机铃声猛地响了起来，她盯了半晌，终于是滑开解锁键接听了起来。竟然是蒋正楠，第一次隔着电话听到他低沉的声音，竟觉得陌生如许："璇璇说要约你一起逛街，我已经把你的号码给她了，她等下就会联系你。"

许连臻轻"嗯"了一声。蒋正楠的声音微顿："你把卡带着。"

挂了电话后，连臻起身梳洗。她也没有多瞧那张卡一眼，一直到后来才知道，这张是他的附属卡。

刚梳洗好，连衣服也还没有换，蒋正璇已经打电话过来了："连臻，我是璇璇。有空吗？陪我去逛街吧，我已经在过来接你的路上了。"

一连串的话语，也不容她说不。

后来，她就被蒋正璇拉着逛了一家又一家的店。蒋正璇年轻貌美身材好，任何款式的衣服穿在身上都漂亮之极。很快的，手里也被大包小包给塞满了。

蒋正璇兴高采烈地发表言论："女人啊，无论什么时候都要对自己好点。所以无论开心或者不开心，都一定要逛街的。开心呢，就买衣服庆祝。不开心呢，是买衣服发泄。"

她见许连臻逛了许久一件收获也没有，便笑嘻嘻地道："你啊，也不用帮我哥哥省钱。他啊，什么都不多，多的就只剩钱了……"

蒋正璇娇娇的声音停了下来，视线落在了许连臻身后。许连臻转头，看见了一个衣着彬彬的男子与几个人站在不远处。那人也正望着她们，正是蒋正楠的好友之一，那天半夜闯入她房间的另外一个人，如今阳光下仔细一看更显得霸气隐隐。

那人缓缓地走了过来，举手投足间自有一种气势："璇璇。"蒋正璇甜甜一笑："聂大哥，好久不见啊。"

聂重之淡淡地道："逛街呢？逛好没？我送你们回家。"

蒋正璇嘟着嘴道："还没有，我们还要继续呢。"聂重之嘴角微勾："那好吧，你们慢慢逛。"转头朝许连臻客气颔首："再见。"说罢，上了自己的车子离去。

蒋正璇挽起了许连臻的手道："我们走吧，去那家吧。"

逛啊逛的，就逛到了连臻以前工作的品牌衣服店。许连臻隔了马路，远远遥望，隐约可以看到孟静店长和何燕然的身影。

蒋正璇见许连臻怔怔的神色，道："连臻，你喜欢那家店吗？我们去瞧瞧。"许连臻浅笑摇头："还是算了，不去了。"她实在不知道怎么跟孟姐、燕然她们解释为什么很突然地不做了之类的。

蒋正璇拉起她的手，笑意可人："来啊，走吧。"许连臻见她盛意拳拳，倒也不好意思拒绝。除了不知道解释外，她倒真的挺想见见孟静店长和燕然她们的，就算李丽丽，她这段时间也会经常想起。

蒋正璇兴冲冲地拉着她的手，也没有注意到左侧行驶而来的车子。许连臻发觉不对的那一瞬间，条件反射一般地一把将蒋正璇推了开去，她自己则眼睁睁地看着那辆车子直直地朝她冲了过来。

只听“哧”一声长而尖锐的刹车声，有张娇艳动人的脸探出了车窗，怒道：“你们找死啊！没长眼睛啊！没看到红灯啊！”

许连臻定了定神，这才发现自己的身体离斜着的车身不过十来公分的距离。她本来脑中一片空白还不觉得什么，此刻一回神，就觉得自己双脚酸软如泥，无法支撑自己。她双腿一软，便跌坐在了地上。

蒋正璇脸色雪白地跑了过来，搀扶起她，亦自惊魂未定：“连臻，你没事吧。”连臻摇头，表示没事。

那汽车上的美女也不下车，盛气凌人地道：“你们还不让开！好狗不挡道！”

蒋正璇慢慢抬头盯着那女子：“你再说一遍！”

那美女侧着头斜睨了她一眼：“我说我赶时间，还不给我让开。你凶什么凶啊，是你们自己闯红灯。”

围着她们的人群叽叽喳喳地说了起来。

这个说：“没闯嘛，刚刚是绿的。”

那个说：“好像又是红灯。”

有的说：“那宝马车开得也太快了……”

有的说：“反正大家都没有受伤，算了算了，和气生财。”

也有的说：“打110报警吧。这种事情还是让警察处理比较好……”

许连臻也知道这事情也极难说清楚，她们方才走的时候是绿灯，可走了几步跳成了红灯。一般车辆遇到这种情况，自然也会让行人先通过。但显然这位香车美女不能列入一般人的行列。

许连臻也不想多生事端，想着息事宁人算了，拉了拉蒋正璇的手臂，低声劝道："算了，算了，反正我们都没事。"

蒋正璇冷冷地道："这位小姐，我看你人长得好看，但素质实在不怎么样。以为开了一辆好车，人就高尚了吗？我们可能有不对的地方，但是交通规则表明，车子在过十字路口的时候，一定要减速。但是看你刚刚的速度，绝对超过70迈，不是吗？怎么样，要不要我们叫警察来评理？"

许连臻第一次见到这样板着脸的蒋正璇，居然有几分像面无表情的蒋正楠。不愧是亲兄妹啊，这么看去，冷然高傲，倒真让人觉得不可小瞧。

那美貌女人见状，忽然"嗤"声冷笑，推开车门，款款下车："这么说，还是我的不对吗！这里可是有好些人能够证明刚刚你们两个闯了红灯！再说了，我是开好车，我开好车犯着你了吗？"

许连臻此刻已经从方才的心惊肉跳中恢复了过来，劝蒋正璇道："算了，多一事不如少一事。难不成你真准备拿这么多东西去交警大队啊？何况我们也没受伤之类的，就算去了，处理的人多半也是让我们和解的。算了，我们不要跟她一般见识了。"

蒋正璇本来也不是计较的人。刚想答应，却见那女的仰着头，朝她挑衅似的一笑："到底要不要报警？"蒋正璇勃然大怒，咬牙道："报警！"说罢，拿出了电话，准备要拨110。

周围的人也跟着起哄："报警……报警……"

"这个宝马女也太嚣张了……"

"看来爸爸多半是李刚……"

"我看不像，长得这么漂亮的，倒像个二奶……"

那美女见群情愤怒，蒋正璇动真格地找出了手机，又见两人的衣着包包，那散落一地的衣服袋子，也不是一般的LOGO，口气便软了下来："好了，我赶时间，这次就算了。就像你说的，大家都有错，行了吧？"

被这么一闹，蒋正璇购物的好心情自然也没了，便打了电话给司机来接。

好在两人除了被吓到外，也没怎么受伤。

蒋正璇上了车后，回想方才发生的一切。要不是连臻在紧要关头推开她的话，有可能她已经进医院了。心下感激，拉着连臻的手，诚挚万分地道："连臻，刚才真的谢谢你，你对我可是有救命之恩啊，以后有机会我会好好报答你的。"

许连臻不由得哑然失笑，将垂下的碎发夹到耳后："哪有你说的这么严重，没事就好。"她当时推开她纯粹属于条件反射而已，在那一瞬间根本就没有想到其他什么。

蒋正璇只是望着她甜甜而笑，用力握紧了她的手。很久之后，轻声道："连臻，你喜欢我大哥吧？我会帮你的。"

许连臻不知道她怎么跳跃性地想到了蒋正楠，只好低头不语。看在蒋正璇眼里，倒仿佛是含羞。

蒋正璇眼睛一亮，以为被她猜对了。她非常主动地跟许连臻说了许多蒋正楠的事："我哥啊，你不要看他冷冷的，不喜欢说话，其实啊，他人很好的……我哥小的时候啊，全家就这么一个小孩子，自然都宝贝得不行，所以我妈有我的时候，我哥哥就是全家最不开心的那个人了。可是我一生下来，我妈说，他却成了全家最宝贝我的那个……

"小时候无论在大院里还是在学校，大家看见我都绕道走，因为他们都怕我大哥，那个时候我特别爱哭鼻子……有时候做游戏输了也会大哭，我大哥可不管三七二十一，反正谁惹我哭就去找谁算账……结果，害得我从小到大，都没有什么朋友……因为谁也不敢跟我交朋友了……"

许连臻却悲哀地想："正是因为你的大哥太宝贝你了，所以才会造成我现在的局面。"可是面对这个可爱的罪魁祸首，那张甜美动人的笑脸，许连臻却怎么也怨恨不起来。

很多时候，你不得不承认，生活中确实有一部分人从出生开始就被上天所眷顾，而蒋正璇就是那样的人。

不长不短的车程就在蒋正璇的说话里结束了。许连臻下车的时候，蒋正璇还拉着她的手不肯放："连臻，过两天我们再去逛那家店哦。"

许连臻点了点头，开口道："你记不记得以前说我很面熟吗？"蒋正璇点了点头。许连臻道："其实以前我在那家服装店上过班，也见过你……"

蒋正璇猛地眼睛一亮，恍然大悟："怪不得，我老觉得在哪里见过你似的。可是……那时你明明好像不认识我大哥啊……"

蒋正璇顿了顿，侧头瞧着许连臻调皮微笑："我不会是你们的红娘吧！"许连臻微笑不语。

蒋正璇摇晃着许连臻的手臂："快说，快说啊！"

许连臻浅笑着低头："也没什么可说的……"不着痕迹地转了话题道："哦，对了，我一直想说你这个手表很好看……好潮的豹纹……"

蒋正璇抬着手腕，呵呵笑道："好看吧？我也觉得很不错。这个牌子有款米字旗的也很不错……我上网搜图片给你看哦……"

搜到后，兴高采烈把手机递给了她："你看，这款也可以嘛。"

后来，许连臻发现蒋正璇一直不停地主动跟她联系，约她吃饭逛街，乐意接近她，多半是由于那次"红灯"事件的缘故。

这天晚上，听见蒋正楠的汽车回来的时候，她正抱着手提电脑在自己的房间复习V-Ray软件课程。

蒋正楠静静地在房间里的沙发上看文件。这种情况也日渐增多，许连臻也已习惯，大家各顾各的。

好在她很快结束了，便揉着僵硬的脖子想摸水杯喝水，可是摸了半天也没摸到，一扭头，自己那杯子正搁在某人手边呢，而杯子里的水却只剩杯底一点点了，见状，许连臻也不好意思再喝了。

索性起身去洗澡，出来的时候视线落在床头柜上，倒是一愣。那上头放了满满一杯水。

许连臻瞧了蒋正楠一眼，只见他正凝神看文件。流线型的台灯，光线轻柔，淡淡地洒在他如刀锋般的侧脸上。

许连臻垂目良久，最后还是端起杯子喝了一口。

第二天一早醒来，蒋正楠已经出去了。她懒懒地伸了伸手臂，忽觉得脖子上有些冰冰凉凉的异样。

她伸手触碰，摸到了一条链子。坠子是很精致的字母J，上面缀了几颗粉钻，小巧之极。与上次参加蒋正璇订婚宴会的那套首饰，在价值方面估计不可同日而语。但是论可爱度，这个绝对取胜。

许连臻在镜子里看到的一刹那，便是想解开了。可是手一抬，最后还是无力落下。她隐约记得蒋正楠临走时曾在她耳边说过："不许解下来！"这几个字。可是当时在睡梦里，没有在意。现在想来，那五个字便如在耳边刚说完一般的清晰。

她怔怔地望着镜子里许久，还是抬手想解脖子上的项链。在脖子上将链子绕了不知道多少圈，抬手又放手的，最后还是放弃了。

她既然惹不起，不如就多一事不如少一事，就当没这个东西吧。

将坠子藏在衣服里头，外面看不出一点痕迹。唯有走动的时候，因为晃动碰触，隐隐约约的清凉。许连臻觉得有种说不出的感觉，她探手碰了碰坠子，又再度放开。

就算不去想，也总觉得脖子处有种被束缚圈住之感。一直过了好几天，大约是习惯了，这种感觉才好点。

这日，蒋正璇打了电话约连臻吃饭。

两人约在一个购物广场见面。许连臻到的时候，蒋正璇已经在那里了，微笑着朝她招手："连臻，这里这里。"

许连臻一坐下来，蒋正璇便从包里取了一个盒子推到她面前："连臻，给你。你看看喜不喜欢。"

方方正正的一个小礼盒，第一眼看上去觉得挺像是手表盒子的。许连臻拆开了包装，果然跟她所料的分毫不差，一打开，入眼的赫然是那天她称赞过的那块豹纹手表。

蒋正璇在对面晃着手腕朝她盈盈微笑："我们是姐妹表啦。"

许连臻垂下长而密的睫毛，推还给了蒋正璇道："这个太贵重了，我不能收。"蒋正璇嘻嘻一笑："呵呵，哪里贵重啊。就戴戴玩玩而已。"见连臻还是不肯收，便促狭地笑道："放心啦，这点小钱，我会去跟我哥敲诈回来的。"

说罢，便取了手表自行给许连臻戴上，然后抓着许连臻的手端详了一下，连连赞道："你的手腕又细又白，戴了这个，真的很好看。"

想来是蒋正璇有心了，连表链大小都正合适。

许连臻瞧着她明媚如四月春光的笑脸，心里头一点点的温暖了起来："我们点菜吧。你喜欢吃莴苣对不对？"

蒋正璇点头道："嗯。是不是发现我还蛮好养活的？这点啊，我就像我爸，不挑食，基本都爱吃。我大哥呢就像我妈，只要有异味的，洋葱、香菜、芹菜，胡萝卜之类的都不吃……"

见许连臻低垂着头不作声，便笑盈盈地道："是不是和我有同感啊……我哥这个人超级难伺候！"

好在服务生过来写单了，正好结束这个话题。

蒋正璇与她在一起每次都是兴高采烈的，说起了叶英章，更是会满心欢喜地停不下来。

"连臻，偷偷告诉你哦，这间餐厅是我的幸运餐厅哦！"

许连臻不大明白蒋正璇所谓的"幸运餐厅"的意思。蒋正璇便解释给她听："我跟叶大哥两人虽然从小在一个大院里，可后来，叶大哥的爸爸去了五福市工作，我们也就很多年没见了。一直到叶大哥在洛海这里工作后，他才到我们家来。那一次，我才发现叶大哥跟我小时候印象中的完全是两个样子的……"

蒋正璇羞涩地停顿了一下，又道："有一天，我在一个人逛街后来这里吃饭。付钱的时候突然发现钱包被偷了……我……我知道叶大哥就在隔壁一条街的公安局工作，所以就打电话给他……"

蒋正璇回忆后，甜蜜一笑："后来……后来我们就发展成了现在的样子……所以啊，我一直觉得这是我的幸运餐厅。如果不是那次钱包被偷，如果我没有打电话给叶大哥……或许一切都不是现在的样子……"

说到这里，蒋正璇半开玩笑半调皮地道："所以啊，一直以来，我还蛮感谢那位小偷的哦。"

那天，蒋正璇诉说着浅浅的心事："人与人之间真的好奇怪。有时候仅仅是一眼，你就知道那个人就是他了。我对叶大哥，就是这种感觉……虽然他从不轻易迁就我……可是我就是喜欢他……连臻，你知道那种感觉吗？就是一种希望和他永远在一起，跟他一起看日出日落，坐着摇椅慢慢变老……"

许连臻一直默默听着，望着蒋正璇一脸的甜蜜幸福，良久才轻声低语："或许，这就是所谓的缘分吧。"

是你的，总归是你的。不是你的，强求也不会是你的。

她以前总觉得蒋正璇喜欢叶英章或许只是青梅竹马一起长大，然后因为习惯了的那种感情。现在才知道不是的，蒋正璇真心地爱叶英章。

蒋正璇灿烂地笑："是啊，我跟叶大哥有缘分，你跟我大哥也有缘分啊，我们彼此都有缘分，否则也不会在这个大千世界相遇啊。"

许连臻怔了怔，没有说话。下面是车如流水的繁华街道，对面是林立的高楼，极远处亦是高楼，似与天相接。

人生每一条分叉线，只要走的时候选择另外一个方向，那么每个人最后也就发展成了另外的一个自己。可是为什么，那么多的路，还是走到了现在呢？

许连臻想不明白。所以她现在也渐渐开始相信缘分、命运了。

有时候她也会自嘲，心态越来越好了，快深得阿Q真传了。可是不这样，她还能怎么样呢？

来到店门口的时候，正好轮到何燕然在迎宾，她见有两个衣着精致的美女过来，忙热情地道：“欢迎光临。”正想给她们介绍，忽见其中一人微笑着跟她打招呼道：“燕然，你好。”

何燕然不由得一愣，听这声音不是连臻是谁？忙抬头，定睛一瞧，果然便是连臻，纤巧轻盈地站在面前，笑容靓丽。

何燕然喜道：“连臻，你去哪里了，这么久了也不来看看我们？呀！最近变漂亮了。”上下打量了连臻一番。只觉得连臻如今这么一打扮，清雅脱俗，漂亮得令人不敢直视。

许连臻笑着跟她问好：“最近大家都好吗？孟姐呢？”何燕然忙扬声唤道：“孟姐，有人找你。”

此刻是下午一点多，正是每日下午最清闲的时候。孟静正在指挥店员给模特儿换新款服装，闻言便走了过来。

却见一个美女朝她欠了欠身，笑吟吟地唤她：“孟姐，你好。”孟静吃惊地停住了脚步：“连臻……”

下一瞬便回过神来，上前拉着许连臻的手，喜道：“连臻，可想死我们了。怎么说不做就不做，这么匆忙，连工作也是你朋友给你辞的。对了，我这里还有大半个月的工资没给你呢。”

中间的事情这么多，既不能说也说不完。许连臻只有避重就轻地道：“那时候发生了些事情，就辞职了。”

孟静在这品牌服装店里久了，见多识广，一见连臻的打扮便知道都是高级货，连包包也是“香奈儿”的，心下不由得暗暗诧异。她听连臻说得不清不楚的，自然知道里头有不为人知的故事，连臻原本就是个有故事的人，所以也就不再多问了。这世上，谁没有一丁半点的难以诉说的事情呢！

她素来喜欢连臻，如今看连臻的样子显然过得不错，倒也放下了些心："顺利就好。"

两人聊了片刻，店里渐渐忙碌了起来。孟静道："连臻，有空多来坐坐，我们大家相处了半年多，这就是缘分。你辞职了以后，连李丽丽都偶尔会提起你，更不用说燕然她们了。"

许连臻心下感动："孟姐，我也经常想起你们。"她环顾四周，虽然店内装修略有变动，但依旧熟悉得好像昨天才离开一样。

许连臻低声道："孟姐，我一直想要跟你说声谢谢，当初要不是你收留我，我……我……"

当初孟静是知道她的经历的，但还是把她招进店里。如果当初没有找到这份工作，她或许还是在盛名酒家工作，也或许逃不开那个恶心的吴明……

孟静轻拍了一下她的手，宽慰她："连臻，谁没有过去呢？既然都过去了，就把它忘记吧。人是要向前看。记住，人一生不过短短数十年，活得开心最要紧。"

那厢的蒋正璇正由何燕然陪着试衣服，大约是穿了不错，就在唤她："连臻，你看这件怎么样？"

许连臻抬头，便见蒋正璇穿了一件裸色的及地长裙，纤巧地站在大大的试衣镜前。一般人很难把裸色穿出味道来，但蒋正璇的肤色白，再加上气质清新，穿了裸色的衣服，倒真有种说不出的纯净清透。

许连臻点头赞许："真的很漂亮，很适合你。"

忽见蒋正璇的视线虚虚地越过她，定格在了她身后，眸光如碎钻般粼粼闪动，笑容更是说不出的甜美动人："叶大哥，好看吗？"

许连臻听见身后的声音缓缓响起："嗯，好看。"

许连臻恍恍惚惚地想起，去年重遇叶英章，好似也是这样的画面。可一转眼，居然都这么久了。以前在监狱里，每每想起叶英章都觉得痛彻心扉，难以自已。可如今可以不时地相见了，那种疼痛却似麻木了一般，竟再无初见时的揪心了。

原来时间真的可以治愈一切，包括伤口，无论是有形的还是无形的，也不管你是刻意的还是无意的。

在不知不觉中，有意的、无意的，一切都在改变。包括她自己！

叶英章付好了钱，问她们还想逛什么地方。蒋正璇逛了大半日，大约也累了，便挽着叶英章的手甜腻腻地笑道："不逛了，我们都累了。你看，我听你的，这次换了平底鞋逛街。"

叶英章面色有些不自然，见许连臻的视线落在远处，似根本没有注意到，这才觉得松了口气，提议道："要不去找个地方吃点东西，休息一下。"蒋正璇连连点头。叶英章的目光落在许连臻身上："许小姐，要不就去我们上次去的那家时光咖啡馆怎么样？"

许连臻还没有反应，倒是蒋正璇笑盈盈地道："好啊，那家的咖啡不错，上次吃饱了去的，这次去尝尝他们的榴莲芝士蛋糕，据说网上评价很高哦。"

后来跟孟姐、燕然她们告辞后，去了那家时光咖啡馆。因为不是周末，所以人不多，三三两两的数个。秋日的傍晚，天气依旧很热，他们便选在了最角落的窗边，透明的玻璃以及两层纱帘阻隔了灼热。这个幽静的角落空调清凉，抬头就是墙角一片摇曳生姿的颤颤花朵。

蒋正璇一连点了好几份蛋糕，喜滋滋地大快朵颐。每块尝过后，都会眯着眼大呼好吃。一边吃一边把自己的蛋糕推给连臻："连臻，你尝尝看，这个特别好吃。"又或者，"这个也不错。""不愧在网络上评价很高啊，真的都很好吃。"

最后还笑眯眯地举着小勺子，视线热烈地瞧着连臻面前的那一块蛋糕："连臻，要不我先帮你来试吃。"

这般娇美纯真，好似几年前的自己……那个已经飘然远去，向所有美好挥手告别的自己。

或许正是这样的原因，所以许连臻从来没有办法去讨厌蒋正璇。就算是她现在的境况，或多或少由她而起，但许连臻还是没有办法讨厌她。谁会讨厌曾经那个单纯美好的自己呢！

听她这么说，许连臻自然含笑道："当然可以啊。我等你评价，然后再开动。"

叶英章捏着咖啡杯，许久才饮一口。咖啡香浓又滑，甘醇可口……可到最后也只剩下他满嘴的苦涩而已。

许连臻入狱后，他为了方便每个探访日可以看到她，所以申请从五福市调到了洛海。也因为到了洛海，受了母亲之托特地前往蒋家拜访了蒋父蒋母，并在那里见到了好几年未见的蒋正璇。

过了没多久，他接到了蒋正璇的电话。他当时正在忙碌，一看陌生来电，抓起来夹在耳朵上："喂？哪位？"电话那头却传来了怯生生的女声："是叶大哥吗？我是蒋正璇，璇璇……"

"噢，是璇璇啊……什么事？"

"我在你上班附近的星辉广场的八楼吃饭，可是我刚发现我的钱包不见了……我……我没有办法结账！"

蒋正璇结结巴巴的声音泫然欲泣，叶英章忙道："你在八楼什么餐厅？我这就过来。"蒋正璇把店名报给了他。

叶英章便放下了手里的工作，急匆匆地赶了过去，帮她付了钱。蒋正璇红着脸，连声道谢。

过了几天，叶英章又接到了蒋正璇的电话："叶大哥，我是璇璇，今天是礼拜天，你有空吗？我把钱还你。"他自然连说不用，蒋正璇又说："叶大哥，反正你也一个人，我请你喝咖啡吧，就当谢谢你那天出手相助。"

那个时候，许连臻在监狱里怎么也不肯见他，连一面也不愿意。他待在监狱外面，心似在监狱里，能想的办法都想过了，但因父亲的重重手段，怎么都是束手无策。蒋正璇打电话约他的那个午后，正值他心情极度低落的时候。他勉勉强强地同意了见面。

蒋正璇与他约在一个广场的咖啡小店，点了奶茶和蛋糕，吃的时候一脸的满足喜悦。叶英章不经意抬头的时候，正好清楚地看到她唇畔的一抹满足笑意。叶英章怔了几秒，只因那笑容里有几分与许连臻相像。也正是那一抹微笑，让叶英章后来一直愿意陪蒋正璇出来吃蛋糕。

一次，两次，三次……渐渐地大家都以为他们在谈恋爱了。叶英章的母亲自然对蒋正璇满意至极，与叶父两人专程过来拜访蒋家父母，不时地打电话来三令五申让他多去蒋家，让他带蒋正璇回家，不管他怎么解释，总是不相信。他为了避嫌，一度不再与蒋正璇见面。可是，蒋正璇不时地打电话过来，有时甚至带了蛋糕陪他值班……

那清澈甜美的笑容，让他无法说出伤人的话，于是……后来……也不知道怎么的就到了现在这样的光景了。

叶英章偶尔回想，可总也想不明白。大约是璇璇的善良纯美、天真烂漫吧，让他觉得很多拒绝的话都无法说出口。也大概是那段时间是自己最低落的时候，觉得能有那么一个人微笑着温柔相伴，也是很好的……所以，一拖再拖的，然后就成了如今的样子。

蒋正璇去洗手间的时候，叶英章方有机会开口与许连臻说话，只是觉得喉咙干涩，似不是自己的一般："前段时间，我妈被查出来得了恶性肿瘤……"

许连臻脑中回忆起他与蒋正璇订婚那晚他与他母亲的对话，好像隐约提到过什么……许连臻的指尖缓缓地抚过热度渐退的咖啡杯。

叶英章道："我妈不愿意开刀……"后面便是沉默。顿了许久，才又道，"这便是我与小璇订婚的理由。我妈说最坏打算想在走之前，看到我结婚生子。"

许连臻沉吟良久，勉强道："祝愿伯母早日康复。但是你不需要对我说这些，而且这些都与我无关。"

叶英章怔了怔，静静地望着她。如果时光能倒流，叶英章知道自己还是会选择接受这个任务，因为会遇到她。可是如果可以，他肯定会以另一种圆满的方式来处理，比如劝许牟坤自首。那么，现在的她和他，是否又是另外一副光景呢！

因为人生不可能重来，所以他也永远不知道答案！

许连臻就坐在自己对面，短短的距离，触手可及。可是叶英章却是第一次真正明白地知道了，他永远无法触及了。很多事情过去了，真的是再也回不来的，无论他如何努力，也再也回不来了。

叶英章整个人虽然沐浴在阳光之中，但却隐隐有一种难以名状的悲凉。

蒋正楠过来的时候，见到的便是自己妹妹笑容满满地与许连臻在喝咖啡聊天的场景。蒋正璇正拿着手机在给许连臻讲解怎么用微信，咖啡店的那个小小角落，全是她清脆如风铃般的声音。而许连臻则手托着下巴、侧着头，嘴角的笑意温柔清浅，隐隐的似有花盛开。

傍晚时分，夕阳金黄，隔了玻璃，像在两人身上铺了一层绒绒的光线。

蒋正楠忽觉这样的光景，这样的画面，有种莫名其妙的美丽，仿佛一眼惊艳。

片刻之后，不经意抬头的蒋正璇瞧见了他，娇俏可爱地朝他招手："大哥，这里。"瞧了一眼许连臻，坏坏地笑，"大哥，你的动作也太慢了吧！连臻等你等得脖子也长了。还不快点来赔罪。"

蒋正楠大大方方地坐了下来，一手搁在许连臻的椅背上，似笑非笑地瞧着许连臻着："要我怎么赔罪？"蒋正璇乌漆漆的眼珠子一转，拍手而笑："这个嘛？你自然要问连臻的。"见叶英章接好电话过来了，脸色微怔地站在边上，便笑吟吟地问道："是不是？叶大哥。"

蒋正楠眼睛微微一眯，凑近了许连臻的耳畔，懒洋洋地道："你才跟璇璇逛了半天，她已经在帮你出头了。这样下去，以后可怎么办啊？”这样的亲近，他的气息强烈，暧昧扰人，不由得令许连臻想起每个晚上的炽热纠缠，她只觉得身子发热，唯一的念头便是想站起来。

蒋正楠伸手替她将碎发夹到了耳边，抿唇微笑，异常专注：“你想罚我什么？”许连臻自然知道在演戏，可是他微笑起来，眉目熠熠生辉，令她心底浮起了一种说不出的感觉。许连臻一愣之后才反应过来他问的是什么，随即下意识地摇头。

蒋正璇看着不禁叹气，怒其不争：“连臻，你罚他晚上不能吃饭也好啊！”蒋正楠哭笑不得，伸手在蒋正璇额头弹了个栗子：“胳膊肘越来越向外了，白疼你了！”又朝叶英章笑道，“英章，你以后可得小心了。这世道啊，唯女子难养也！”

这天下午，蒋正璇打了电话神秘兮兮地说要过来。许连臻也没有多想，便道：“我还有一节课才结束。”蒋正璇嘻嘻一笑：“那我过来的话，时间刚刚好。”

来了才知道，这位大小姐居然要学做牛排，而且是心形的那种。

许连臻一下子明白了过来，如果当初叶英章的生日日期不是假的话，那么应该是他的生日快到了。

果然，不过片刻，蒋正璇有些赧然地对她说：“不许笑话我哦。过几天就是叶大哥的生日了，我想在那天给他一个惊喜。我又怕我妈她们笑话我，所以就跑到你这里……反正啊，我大哥这几天不在，我们两个可以为所欲为。”

许连臻苦笑，想不到叶英章当时给她的日期倒是真的。见蒋正璇一副跃跃欲试的模样，只好道：“可我也不会，要不我们问问厨师会不会？让他教教我们。实在不行，要不你还是去上烹饪课吧！”

“让人教多没诚意啊！我可是要自学，自学成才的自学！”

蒋正璇“噔噔噔”地从包里取出了一本烹饪书：“这里有详细的步骤和做法……我们啊，就按这里学就可以了。”边说，边笑嘻嘻地凑到许连臻耳边说道，“等过几个月我大哥生日的时候，你也可以做给他。我啊，这叫肥水不流外人田，所以特地跑来跟你一起学的……”

许连臻的脸莫名其妙一红，起身道：“你爱学就学，我可没时间，我要去画画了。上次画的牡丹还没上色呢……”

蒋正璇一把拉住了她：“好啦，我不跟你开玩笑了……来，我们来看书上怎么写的吧。”

“一、牛肉不能太厚，要用刀背将筋和肉拍烂，用红酒加盐、鸡精、酱油，洋葱碎等腌一两个小时入味……”

“二、将腌过的牛排用模具切成心形。这个容易，我买了现成的心形模具……”

“三、在平底锅倒入适量橄榄油，下牛排，两面都须煎一下，以锁住肉汁。”

“四、若喜欢吃熟一点的，则用腌制剩的酱汁再焖煮几分钟，具体看牛排厚度而定……然后撒上黑胡椒等其他调味即成……”

蒋正璇兴致勃勃地拉着许连臻进厨房，并吩咐管家：“我们要暂用一下厨房，不要让别人进来。”

许连臻在一旁静静地望着一脸认真地在拍打牛排肉的蒋正璇，虽然手忙脚乱，但神情却出奇的动人。

蒋正璇抬头，撞入了她的视线，笑吟吟地邀请她：“连臻，要不我们一起做？不然我一个人好无聊哦。”

许连臻摇了摇头道：“我就不给你添乱了，要不我给你打下手，我来洗洋葱切洋葱吧……”

于是，两人开始分工合作。蒋正璇手忙脚乱地拍好了牛排，正按着书本在做酱汁、红酒、盐之类的按比例调制。想到了洋葱，便走近了许连臻："洋葱好了吗？"

却见许连臻双眼红肿，似哭过的模样。蒋正璇怔住了："连臻，你怎么了？"许连臻含泪恼道："这洋葱呛死了……早知道就不切了……"蒋正璇这才恍然："原来如此，我还以为你哭了呢……"

许连臻垂眼一笑，淡淡地道："快好了。你离远点……这洋葱太呛了……"

蒋正璇道："没关系，好姐妹嘛。有福同享，有难同当。呛就一起呛……"

许连臻一怔，抬头瞧了她一眼。

蒋正璇调好了酱汁，又用模具刻好了数块牛排，然后在平底锅里倒橄榄油，每一个步骤都小心谨慎，认真得仿佛在完成世间奇珍。

大约是想到了心爱的人，所以眼角眉梢都有一抹腻人的甜蜜。

许连臻正在怔怔间，却听蒋正璇"啊"一直传来，许连臻忙走了过去："怎么了，是不是烫到了？我去取药箱。"

蒋正璇一笑："不是，我只是看到油溅起来，觉得有点害怕。唉！谁让我从来不下厨，笨手笨脚的。"

许连臻第一次觉得一个男孩子若是被一个这样的女孩子喜欢的话，一定要好好珍惜，妥善珍藏。单凭蒋正璇如此地对叶英章，便已经知道叶英章是个有福的人了。

那天，蒋正璇做了很多的心形牛排，有的焦掉，有的太生，有的太咸，有的太淡，等等。不过最后，也还是有不错的一两块成品进入了两人的肚子。

虽然，后来管家进入厨房的时候，看到里头的惨状，终生难忘。当然，那是小事，不提也罢。

蒋正璇接连过来了几天，足足做了上百块的牛排，在叶英章生日的前一天，终于是大功告成了。每次出手，端出来的牛排都色香味俱全。

许连臻在隔一天的早晨是被兴奋的蒋正璇吵醒的："连臻，连臻晚上陪我去吃饭吧。"听上去语气兴奋。许连臻捂着发涨的额头想了起来，昨晚是叶英章的生日。听蒋正璇的语气，估计结果应该是很不错的。

果然，傍晚时分，蒋正璇容光焕发地出现在她面前。其实蒋正璇穿得一如往常，但那种从心底发出的甜蜜喜悦却让身边的人都感受到了她的幸福。

看来，某人的爱心牛排之宴圆满成功。

拉了许连臻去一连逛了数家男装店。休闲的、正式的，一套一套的服装展现在许连臻面前："连臻，这套怎么样？"

"连臻，这个皮带配吗？"

"连臻，这件配这件呢？"

许连臻坐在沙发里，望着蒋正璇兴致高昂地来来回回，如同一只彩蝶翩然飞舞。喜欢一个男子，就是喜欢从头到脚地装扮他吧。

许连臻觉得四周一片空落落的凉薄。

叶英章一转身，便有蒋正璇这样的好女孩珍之重之。幸福对他来说，唾手可得。

可是她呢？她父亲呢？

这一日，她第二次陪蒋正楠出席宴会，第一次是她妹妹蒋正璇订婚的时候。

蒋正楠不时停下来与众人寒暄，而她则静静地站在他身旁，偶尔对方的女伴找话题与她搭话的时候，她含笑回一两句。不知道这样是不是算称职，他没有告诉她，她亦不知。

一路下来，与很多人微笑。许连臻只觉得自己都快成标准微笑女王了。说不出的无聊发闷，便推说要去补妆。实在很不想出去，于是就尽量地在化妆间里拖延时间。

拖啊拖的，连自己都觉得进来太久了，这才不情不愿地出来。第一眼便看见了蒋正楠。

蒋正楠就在中央，一身定制的黑色西服，一如他平日上下班的穿着。可此时站在人群中，似乎所有水晶灯的光线都被他吸收了过来，聚拢在了他身上。那棱角分明的脸，高大修长的身形好似被笼在淡淡的光圈里，泛着珠玉的光泽，令人有种莫名其妙的感觉，难以直视。

许连臻在一瞬间有种恍惚，似晕非晕，这是一直在自己身边的那个人吗？她带着几丝迷茫地发愣。

“原来你就是蒋正楠的新宠啊。”

许连臻下意识地转头，入眼的是一个穿着裸色深V领礼服的美女，露出大片白皙的肌肤和精巧的锁骨。脸上更是精致万分，细长的眉，猫似的媚眼，高挺的鼻，还有清艳的橘唇，所有的一切都不浓不淡，恰到好处的精致妩媚！

许连臻抬眼，无声地望着她。那美女又走近了一步，淡淡的香气氤氲。仔细瞧了她几眼，那美女忽然缓缓一笑，橘色的唇有说不出的灿烂：“长的不过如此嘛！蒋正楠的品位越来越奇怪了。”说罢，便如蝴蝶般翩然远去了。

许连臻从来不知道在角落里也会如此受欢迎。来打扰她的第二个人，便是那日进错房间的那个人。只见他一身修身的灰色礼服，风度翩翩地站在她面前，彬彬有礼地道：“这位小姐，我想我欠你一句‘对不起’。”

许连臻望着他，微愣后才露出礼貌性的微笑。现在这么一看，这人倒也俊美不凡。那人微笑着解释：“那天晚上真是不好意思了……我喝多了，没想到就走错房间了……”

顿了顿却又道，“其实也不算走错。因为蒋正楠这小子的别墅是从来没有女人进去过的……所以……你明白的，我没有想到床上会有这么一个漂亮的美女在等我……”

“对了，说了这么久的废话，还没有好好介绍自己呢。你好，我是楚随风。不知道我有没有这个荣幸能知道美女你的名字？”楚随风含笑着边说边伸出了手。

许连臻只微微颔首：“你好，许连臻。”她并不想跟他握手，可是那个楚随风好像看出了她的意图，强行探了过来，一把握住了她的手：“许小姐，很高兴认识你。”

许连臻觉得极其怪异的同时又觉得很不舒服，这个人居然握着就不肯放了。她想用力扯出，可这个叫楚随风的就是不放。

正在这尴尬时刻，有一道声音忽然插入了两人的谈话，不紧不慢：“楚随风，我看你的好奇心也该满足了。”

正是那天与蒋正璇一起逛街遇到的那位聂大哥。那人礼貌性地朝她点头微笑，转头朝楚随风道：“如果眼神能杀人的话，你已经死了几万次了。兄弟，今天你有可能保不住你另外一只眼。我建议你好自为之。”古古怪怪的一番话说完，转身而走。

楚随风似根本不在意，依旧握着连臻的手，笑着与许连臻攀谈：“蒋正楠这小子整天一张冰脸，足以将十米以内的生物冻成冰块的。是不是？”

许连臻笑了笑，试图抽回自己的手。楚随风笑道：“跟人赔罪，没有酒怎么成呢？你等一下，我去取杯酒给你。”许连臻刚想说：“我不会喝……”楚随风已经放开她，转身而去了。

许连臻挽着礼服包，正想不好在这里等楚随风还是去蒋正楠身边的时候，又有人出现在了她面前。看清了来人，她不由得后退了一步，竟是最令她讨厌的吴明。

这次的吴明却客气至极甚至乎有些恭敬，站在离她一米左右处，耷拉着头，连语气也是低声下气的：“许小姐，是我不对，是我不好。我无耻我下贱……”

这人是自己认识那个霸道嚣张无耻至极的吴明吗？可无论是面容声音还是身型，都不可能出错的。

“许小姐，以前是我不对。请你一定要原谅我……”

“求你看在我跟你道歉认错的份上，替我跟蒋先生求个人情吧？”

“求你了，许小姐……”

许连臻目瞪口呆之余又丈二和尚——摸不着头脑，半天没有反应过来，实在不知道这个吴明在胡言乱语说些什么。

见她不语，吴明一步步地逼过来，脸上奇怪得紧。许连臻一惊，不由得后退。退了几步，一不小心，一个踏空，只听“咔嚓”的声音，她摔倒在了地上。

有双手扶起了她，四周有她熟悉的味道，抬头，果然是他——蒋正楠。

吴明见了蒋正楠，眼睛都在发光了，迭声道：“蒋先生，请你高抬贵手，放小的一马。我已经跟许小姐道歉了……”转头，慌张地望着许连臻求证，“许小姐，对不对？”

脚腕处传来熟悉的灼热痛感，许连臻双眉纠结，不会这么倒霉又扭到脚了吧。

蒋正楠察觉到了她的异状，低头询问：“怎么了？”见许连臻蹙着眉头的模样，便一个打横将她抱了起来。

此刻已经有两个保镖过来，摁住了吴明：“先生，请跟我出去。”

“许小姐……蒋先生……许小姐，请你帮帮我……”吴明好似想喊，但已经被保镖捂住了嘴巴，半推半架着出了会场。

他一直抱着她，最后在休息室的长型沙发上将她放下。

许连臻忽然愣住了。只见蒋正楠俯下身，单膝跪地，替她脱鞋，然后双手捧着她的脚轻轻搁放在他腿上，每个动作都温柔小心，仿佛他捧着的不是她的脚，而是世间最易碎的珍宝。

秋天的夜晚，夜风从窗户飘进，温柔地撩起窗帘。

他的指尖甚是冰凉，落在她的肌肤上，隐隐沁凉。可不知道为何，他手指拂过的每一个地方，她却觉得灼热异样。

蒋正楠问道："疼吗？"不知怎么了，在这安静的空气里，许连臻只觉心跳"怦怦"，急速跳动。她轻轻"嗯"了一声算是回答。他的声音极低，宛如这吹来的夜风，又轻又柔："都肿了……"顿了顿，咬牙切齿地喃喃自语："吴明那该死的家伙……"

许连臻正想问他到底怎么回事。

虚掩着的门被推了开来，大厅的音乐声一下子如水一般地流泄而进。来人见了两人的姿势，似愣了愣，脚步停在了门口处。

蒋正楠转头，也不起身，落落大方地打了招呼："宋先生，宋夫人。"倒是许连臻觉得不好意思，忙缩回脚，挣扎着想要从沙发上站起来。蒋正楠一把摁住了她："不许乱动，都已经成这样了。"

那宋夫人道："听说蒋先生带来的朋友脚崴了，我已经让人去取药箱了。不知道严不严重，要不要让家庭医生过来一趟？"

那宋夫人走过来一瞧，不由得失声道："哎呀，都肿成这样了？这可不成，我马上派人打电话给我们的家庭医生！"

许连臻瞧了一眼蒋正楠，道："不要紧，用药酒揉揉应该没问题的。"说话间，已有人将药箱取过来了，递给了宋夫人："太太，药酒、OK绷都在……"

蒋正楠接了过来："我来吧。"那宋夫人是个人精，退到一边，拉了拉丈夫的袖子，笑着道："那蒋先生有事就打发人来找我们，我们先去外头招呼一下。"蒋正楠也不再客套，只说："好的，谢谢宋夫人。"

宋夫人便拉着宋先生轻轻退了出去，还不忘体贴地将门关好。

蒋正楠将药酒倒在掌心，浓烈刺鼻的药酒味道在空间迅速散发开来。双手揉搓至发热，又俯身捏住了她光裸的脚腕。他的动作轻柔至极，许连臻只觉得脚上凉凉的，察觉不到一丝痛意。

他就这样隐在明暗不一的光影里，袖口一对白钻菱形袖扣，盈盈地折射闪烁的光。许连臻不知道怎么的忽然觉得呼吸发紧了起来，一种从未有过的窒息就这样撞上了胸口……她不敢再看，只得屏着呼吸。

蒋正楠轻声道："我要用力了，你忍着点。"她低眉垂目，极低极低地"嗯"了一声。下一秒，只觉得脚上剧痛传来，她不由得咬紧了自己的唇……蒋正楠自是听到她的抽气声了，手指不由自主地微微一动，几乎无法用力。但下一瞬想到若是不用力，怕是她要吃更多苦头的……

到后来，他总算是收了手，抬头的那一刹那，许连臻发现他额头上有一层细细密密的汗，如他的袖扣，在灯下闪闪烁烁。

那天晚上，蒋正楠抱着她从宴会里头的偏门出来。虽然是偏门，但还是有不少人看到了他们。许连臻只觉得不好意思，便低头埋在蒋正楠怀里。

大约是闭了眼，嗅觉却更加灵敏了，他的气息强烈地萦绕在鼻间。一步又一步，许连臻只知道有双温暖有力的臂膀将她抱着，那一刻，她忽然生出了一种安稳。有种强烈实在的安心。

回到别墅不过片刻，蒋正楠的私人医生李千圣也已经到了，仔细检查后，朝蒋正楠和许连臻道："不碍事的，只是小扭伤而已。这几天好好休息一下，注意不要二度扭伤就好了。"

蒋正楠道："要不要开点药？"李千圣转头瞧了他一眼，才道："我给她配点消炎药。另外每天让人用药酒给她揉揉，去去淤肿就行了。"

李千圣一边整理自己的物品，一边道："幸好扭伤的第一时间用药酒揉过了，我看揉得不错。你让人每天这么揉就成了。"说罢，便告辞了出去。

房内陡然陷入一种奇异的安静。

许连臻抬眼，却跌入了蒋正楠墨黑无垠的双眸中。她赶忙别过视线，试图从床上起身。蒋正楠拦住了她："你想做什么？"

自然是要去卸妆啊，难不成要让她顶着这张彩妆的脸休息不成，许连臻嗫嗫嚅嚅着道：“去……去浴室……”

蒋正楠也不说话，修长的身子俯了下来，许连臻下意识地想往后躲，他的手伸了过来，一个打横便抱起了她，径直朝浴室走去。放下她后也不走，径直抓起了牙刷开始自己的梳洗。

许连臻瞧了一眼镜子里头的他，取过自己的卸妆水，顿觉两人之间暧昧之极。

这样的场景，两人之间倒像是热恋的情侣。可现实……

许连臻掬了清水洗去了卸妆水，伸手去取牙刷。有根手指忽然轻轻地探了过来：“这里还有点脏……”许连臻身子一僵，忘记了反应。

蒋正楠取过搁在大理石台面上的蓝色瓶子，往食指上轻轻挤了一些。蒋正楠低下了头，抬起手指，一点点地靠近，温热的气息在她脸上蔓延。

他说：“这里……”

他的指尖轻柔地在她眼圈下打滑，像是有魔力一般，令她紧张地几乎要颤抖了。

许连臻不敢望他，她只觉空气里头的氧气莫名稀薄，似有种猝不及防的窒息。两人之间仿佛有东西慢慢凝聚……她不知道是什么，可是直觉让她害怕，本能的只想要逃避。

片刻，蒋正楠才满意地出声：“嗯，好了。”

许连臻偏过头，也不敢去看镜子里头的自己。

许连臻坐在阳台上，盯着自己已经恢复如常的脚腕，不由恍惚。也不知道怎么了，这几日蒋正楠每天很早回来。连李医生说的揉药酒的事情，都是他在为她做。

小白在她脚边“汪汪”地叫，许连臻回过了神，缓缓一笑：“小白，想洗澡了是不是？”

她把小白抱到了客房的浴室里，在浴缸里调好了水温，柔声道："小白，乖哦，不许乱跳……"

嗅了嗅小白，眯眼直笑："都好几天没给你洗澡了，都臭了……"小白发出"呜呜"的抗议之声。许连臻不由得莞尔："不臭吗？臭死了！"

小白抗议升级，发出"汪汪汪"的一阵叫声。许连臻含笑着把它放入水中，掬了水泼到小白身上，打湿小白柔软的毛发："好了，马上就会香香的了。"

小白扭头，朝浴室门口"汪汪"地叫了两声。许连臻下意识地转头，便瞧见蒋正楠正斜靠在门边，看样子大约已经来了一会儿。她也不知道与他说什么，便转过头只顾着给小白洗澡。

虽然洗澡的时间也不短，可身为大忙人的蒋正楠居然就远远地看着她帮小狗洗澡，将小狗吹干。

许连臻刚放下吹风机，便听蒋正楠的声音传来："该揉药酒了。"

蒋正楠在许连臻身旁坐了下来，抱过她的白皙如玉的脚搁在自己腿上，取了药酒倒在自己掌心，开始娴熟地揉搓。蒋正楠瞧着她小巧的脚，每根脚趾都如玉一般晶莹剔透的，说不出的浑然可爱。

他揉了半晌，缓缓抬眸，对面的许连臻垂着眼帘，长而浓密的自然睫毛如帘子般将她所有的心思覆盖住了。蒋正楠忽然一怔，自己每日里放了公事早早地赶回来，难道就是为她不成……

许连臻只觉脚踝处微疼，无意地望了他一眼，傍晚的夕阳透过纱帘洒进来，落在蒋正楠认真专注的脸上。她不知道怎么的，只觉心里某处生出了异样，忙别过眼，再不敢细看。

两人如往常般默默无言。蒋正楠很突然地问了一句："要不要出去？"许连臻以为自己听错了，抬头看着他，有些不大明白。

蒋正楠面无表情地垂着眼，手上继续在揉搓，轻描淡写地道："我要出去一下，你要不要跟我到外面去转一圈？"

许连臻还是直愣愣地望着他，没有反应过来。蒋正楠见她的神色隐约像是拒绝，便想起身就走。

人呢，总是由简入奢易，由奢入简难。以往许连臻被关在海边别墅，因为知道没有办法出去，所以也绝了出去的念头，一连半年下来也习惯了。可是如今她已经可以外出了，最近却因脚扭伤的缘故在屋子里待了一个多星期了，外头正是秋光烂漫，听了蒋正楠的提议，错愣过后免不了有些心动。

于是，望着他高大的背影，脱口而出道："好。"

蒋正楠顿住了脚步，眉目在一瞬间舒展开来。

蒋正璇由于家庭缘故，平时接触的人反而不多。一般同学见了她都是客客气气的，但却从不将她纳入她们的圈子。也有几个愿意和她一起的，说话行事却都处处讨好她，令她自己都感到讨厌，自然而然也就不愿意和她们成为朋友。

一开始进大学，她也存了心想交几个知心好友的，但是时间一长也就慢慢死心了。

像她这样家庭出身的女孩子，到了高中毕业，一般早出去留学了。但是蒋家夫妇中年得女，只有她这么一个掌上明珠，宠爱得紧，自然是一万个舍不得，再则也从没考虑过让她工作之类的，所以留啊留的就留在了国内念书。

蒋正璇其实自己也说不出为什么喜欢与许连臻相处，一开始的时候，她纯粹是由于大哥蒋正楠第一次带女人在她面前出现，所以对许连臻有些好奇，想多多了解。

后来呢，发现许连臻的脾气性子淡然平和的，从不会因为她是谁的女儿，谁的妹妹，就拼命巴结她。和许连臻逛街买东西，她好就说好，不好就摇头，没有半点的矫揉造作与虚假。她呢，也就喜欢和她一起。

那次逛街中的突发事件，更让她觉得连臻是很真心的对她。她从小到大都没有这样贴心的朋友，所以自然而然起了亲近之意，走动也更是多了起来。

这天她一得知许连臻的脚扭了，便约叶英章星期天双双来到蒋正楠这里。

“许小姐，扭的严不严重？”叶英章担心的是许连臻会不会因为上次的扭伤而造成习惯性。上一次，若不是他，她也不会扭到。

“应该不怎么严重吧？连臻说都差不多好了。”

因是星期天，蒋正楠也在。许连臻已经可以行走了。蒋正璇问她怎么扭到的，许连臻只笑了笑，说是自己不小心。

四人聊了一会儿，蒋正璇便提议大家玩牌。许连臻不会玩斗地主，就在边上观战。

叶英章见许连臻自然而然地在蒋正楠身侧的沙发上坐了下来，神色温柔地瞧着蒋正楠手里的纸牌。蒋正楠则回以一笑，将牌拿到她面前，好让她瞧个仔细。

叶英章心里泛起了微酸，视线垂下，落在了地毯上，却又是一愣。蒋正楠和许连臻两人穿了同款不同色的情侣家居拖鞋……

“叶大哥，轮到你了……你要不要啊？”

叶英章这才回神：“哦，要不起。过……”

三人的水平明显是蒋正璇最弱，打到后来，蒋正璇也没劲了，就聊起上次一起去玩的时候，说等连臻好了，找个时间再一起出去。

一时间就听见蒋正璇清清脆脆的声音，与许连臻讨论去哪里，国内还是国外，欧美还是澳大利亚……最后蒋正璇得出了个结论，赶来赶去的还是在海边待数天比较惬意。关于海，又聊起了是坐游轮还是什么……

最后还说起了蒋正楠和叶英章两人比游泳的事情。

关于上次游泳比赛的结果，其实许连臻到现在也觉得有些诧异的，怎么会是蒋正楠赢叶英章呢。要知道，像叶英章那种警察学校出来的，运动方面哪个不是十项全能啊。就算技术有高低，但体能是摆在那里的。

蒋正楠听了之后，倒来了兴致，放下手里的牌，朝英章含笑提议道："英章，要不我们再比过？"叶英章还未作答，蒋正璇已经站了起来，扬着下巴道："比就比，叶大哥对不对？"

叶英章淡淡一笑，不置可否。蒋正楠拉着许连臻站起身："走，择日不如撞日。"

蒋正璇拖着叶英章的手，给他加油道："叶大哥，这次一定是你赢。"蒋正楠好气又无奈地瞧了自己的妹子一眼，摇头叹息兼苦笑："唉，怪不得古人说嫁出去的女儿，泼出去的水。你啊你，有点出息行不行！你这都还没嫁呢！"

两人换了衣服后，就在室外泳池正式开场了，你追我赶的，泳池内一片水花飞溅。

蒋正璇对许连臻说道："其实我哥很小的时候就练过游泳，那时候他的启蒙教练就说他是个好苗子，说什么好好培养，以后一定可以拿冠军之类的。我哥也喜欢游泳的，可是我爷爷舍不得，说当运动员太苦，蒋家到这一代就剩这么一根独苗了……如果那个时候坚持练下去，说不定还真可以拿个冠军什么的……"

两人的实力不相伯仲，但最后还是蒋正楠略胜了半只手臂。

蒋正璇将手里的浴巾递给了叶英章，鼓励道："叶大哥，比上次有进步哦。下次你就肯定赢了。"

蒋正楠闻言，含笑着瞧着自己"吃里扒外"的妹子，也只剩摇头叹息的份了。一转头，却见许连臻的视线定定地落在叶英章的身上，似痴了一般。

蒋正楠神色一滞，一团无名的火气冒了上来，上前一把抓住许连臻的手腕："来，陪我去洗澡。"叶英章和蒋正璇就站在边上，他竟说得这般直白露骨。许连臻一张俏脸“唰”的一下滚烫了起来，顿觉说不出的羞恼尴尬。

蒋正楠嘴角勾出一个似笑非笑的弧度，抬头朝叶英章道：“你们随意，我先去洗个澡。”

蒋正楠脸色阴沉地拉着许连臻的手而去，在泳池边留下了叶英章和蒋正璇。

一直到楼梯上，许连臻才察觉到她的手腕处传来的痛意。蒋正楠依旧牢牢地拽着她，毫不怜惜地拉着她往前走。许连臻试图抽出手臂，可才一动，却见他转头，目光狠戾地望了她一眼。

这个人有点不对劲。

一进卧室，蒋正楠便“啪”一声用脚踹上了房门。她被他拉至身前，抵在了门上。

他压了上去，居高临下地看着她，盘旋在心头的话语不知道怎么的就脱口而出了：“你就没见过男人吗，这么盯着叶英章瞧……”

她不过看了几眼叶英章手臂上的疤痕而已……那个疤痕是她所有过去的终结证明……仿佛一切发生过，然后一切又都消失不见了。

许连臻茫然不解地望着他阴霾的表情，不明白他的脸色变得如此之快，明明方才还心情不错的……

她的眸子清澈，眼波如水，一片无辜的模样。蒋正楠愈发觉得心里头那种失控的焦躁和愤恨有越烧越旺的趋势，像是有团火在胸膛里乱窜，只想寻找一个出口。

视线一低，便瞧见她纤细的锁骨，白皙而脆弱。蒋正楠喉咙一紧，轻轻覆盖了上去。

许连臻身子一僵，本能地侧了侧脸，蒋正楠的唇落在了她的脖子处。他也不知怎么的一直维持着这个姿势，温温热热的呼吸，撩拨着她，好受又难受。

他到底是怎么了？可她还没有仔细想，蒋正楠的吻已经劈头盖脸地落了下来，双手在扯她的衣物……

似痛苦又似酸慰，那种灭顶的感觉又要来了……她捏住了他的手臂，绷紧了身子，似猫一般发出诱人的哀求：“不……不要了……”蒋正楠吻住了她的唇，愈发蛮狠用力。许连臻只觉眼前酸雾弥漫，她抓着他的手，用尽全部气力深深地咬了下去。他的动作略顿，但很快却更放肆地进出她的体内。

唇齿间弥漫着血味的腥甜……她将全身的力都用到那一点上去，更狠更狠地咬下去，似要咬下他的一块肉下来……

她越咬，他的兴致好似越高。他向来都很会折磨人，今天尤盛。反反复复地总不肯停止。

许连臻醒来的时候，房内黑乎乎一片，打开了灯，看了看手表显示的时间，不禁一愣，竟是晚上了。

床旁无人，房内极静。许连臻只觉得身子倦怠，只想这么懒懒地一动不动。可是肚子在抗议……

她极缓地下了床，赤足踩在了地板上，进了更衣室。随手取了一条白裙换上，这才准备下楼。也不知怎么地转头瞧见了一整面的更衣柜里头，她的衣服被整齐地收在一边，竟将他原来的位置占据了一半。

许连臻心里发怔，涌起了一阵幽微的异样。

在楼梯处，隐隐听见楼下传来蒋正璇的声音。

她和叶英章还没走。许连臻不由得止住了脚步，转身想回屋。她与他在楼上待了那么久，而她后来睡了这般久，叶英章他们又不是傻子，怎么会不知道其中发生的事情呢？一想到这里，许连臻顿时耳朵发烫，连眼神也不知道放哪里了。

于是，蹑手蹑脚地回到自己的房间，吃了点水果，继续再睡。也不知道是极累还是方才根本没有睡醒的缘故，竟然一夜无梦的好眠，到清晨的时候忽然就醒了。

心里有些模糊的异样，许连臻也没有多想，懒洋洋地伸手。可不知怎么的就碰触到了一物，她蓦地睁眼，终于知道自己为什么会醒来。蒋正楠的脸靠得极近，热热的呼吸，缓慢悠长地喷在她脖子处。彼此间的距离这么近，她可以听见他心脏跳动的声音，一下又一下，有规律极了，倒也像一种韵律。

平日里刚毅冷淡的脸，此刻线条弧度柔和温软，嘴角微翘，瞧来竟有种淡淡的孩子气。许连臻就这般怔怔地瞧见，第一次发现他的鼻子极高，线条分明，真的如同雕刻而成的一般。

她猛地移开目光，轻轻地移动身子。可视线一转，便瞧见自己这边的床头柜有一盅炖品。她缓缓地伸出手指，瓷盅冰冷，可是她心底却似滑过春光般的暖流。

Chapter09

转身的凝望

她这辈子从来没有那么的奢望过一件事情，
可是老天爷居然听到了她的乞求声。

蒋正璇这晚在给许连臻发微信，本想约去逛街的，聊着聊着就想到了其他的活动，兴致勃勃地提议道："连臻，我们这个星期五去骑马吧。这几天天气凉爽了，正是骑马的好时候。星期五下午你没课，我们两个可以好好玩，怎么样？"

许连臻倒是从未骑过马的，她虽然经历许多，但终归有几分少女心性，也不禁被蒋正璇说得心动："好。可是……可是我不会骑。"

蒋正璇在那头"耶"了一声，兴奋地道："不会骑没关系，骑师会教的。再不行，就拉我大哥去，我跟你说哦，我大哥骑术很棒的哦。来，你把电话给我哥。"

许连臻把电话递给了蒋正楠，只听蒋正楠回了一条过去："星期五我没空，星期四就要出差，去七岛。你们好好玩。"

又听蒋正楠发了一条："要不去聂家那个私人马场，我给聂重之打个电话。"蒋正璇在那头极快地否决了："聂哥那里啊，太远了，来回都要六七个小时，还是算了……我和连臻去近郊那个就好。"蒋正楠"嗯"了一声。

蒋正璇又发了过来问他去几天，蒋正楠道："估计要两个星期吧……嗯……就这样。"

挂了电话，蒋正楠从沙发上起身去浴室，临进浴室的时候，也没有转身，忽道："我明天要出差，两个星期后回来。"说罢，便"啪"一声关了门。

许连臻怔怔地瞧着床头的手机，有些没有反应过来。他这样算不算跟她交代行踪。这是以往没有过的事情。

第二天，她如常的下课，与老师道别后便与小白在草坪上玩耍。别墅的阿姨过来："许小姐，有家店给你送衣服过来……"

许连臻微愣："送衣服？"弄错了吧，她这个星期没跟蒋正璇逛街啊。

许连臻起身来到大厅。有一位美丽的女店员正等候着，见她到来，热情客气地微笑："许小姐，这是蒋先生跟我们订制的衣服，请签收？"

"许小姐，要不要试试衣服？如果不合适的话，我们可以为您调换。"

是两套女式骑士服。一套是黑色修身西服的款式，一套是休闲的针织款，连相应的马靴和手套都配备了。

许连臻瞧了瞧大小，便道："不用试了，谢谢你。"

"另外这是我们的最新款的衣服目录表，蒋先生说，请许小姐挑一些自己喜欢的。"

许连臻望了一眼封面上姿态万千的模特儿，淡淡地道："放这里吧，谢谢了。"

那店员见她神色淡然，便客气地告辞了："那许小姐慢慢看，有喜欢的就打我这个名片上的电话，我叫SARA。"

抱了衣服回房间，在更衣室里一换上，从头到脚都十分的合适，甚至连马靴的尺码也是刚刚好。西服款的英气逼人，休闲款也另有一种味道。

许连臻穿了一身的骑士服，怔怔地瞧着镜子里头那样熟悉又陌生的自己，久久恍然……

那份衣服目录表就孤零零搁在镜子旁的沙发上。忽然记起叶英章曾经说过的那句话："你知道蒋正楠有多少女人？"想来这样的事情，他也不是第一次做。

许连臻转身换下了衣服。

星期五的中午，蒋正璇便早早过来接她去了马场。马场在郊区，一片清新自然的空气。

蒋正璇骑术不错，上马跑了几圈。许连臻站在一旁，看她英姿飒爽的模样，唯有羡慕的份。她在骑师的帮助下上了一匹相对温顺的小马，由骑师牵着逛了一大圈。虽然不能像蒋正璇那样策马奔腾，但也已经觉得心满意足了。

小的时候，在课本上读到"天苍苍，野茫茫，风吹草地见牛羊"的时候，就想着以后一定要去草原骑马，见识见识"风吹草地见牛羊"的景致。后来大一点了，看父亲书柜里头的《天龙八部》，里头的阿朱和萧峰相约塞外牧牛羊，最后居然是萧峰失手错杀阿朱，塞外放牧总成了空许约的那段，她趴在书桌上哭得不能自已。

如今虽然牵着走了一段，倒也似乎完成了小时候的一桩心愿了。

"许小姐，你试着抓着缰绳，用腿夹着马肚子走几步怎么样？"许连臻点了点头。大约是马儿温顺的缘故，许连臻也不怕，便照着做了。

那位教她的骑师姓张，见状，不由得连连夸她："许小姐，你很聪明，一点即通。你只要多来几次啊，我保管你会跟那位小姐一样跑马了。"

蒋正璇正好跑了数圈回来，笑道："呵呵，连臻，我哥的骑术那才叫棒呢，只可惜他不在。下次啊，罚他带你去聂大哥家的马场玩。"

许连臻只笑不语。蒋正璇跟她并排着又走了两大圈，大约觉着累了，便道："连臻，累不累，我们去休息一下吧。"

好在是深秋了，阳光不强，清风爽面的，否则这半天下来，不热死也给晒死了。

两人去了贵宾休息室。许连臻从洗手间出来的时候，瞧见了一个背影正从转角处拐弯，她轻蹙眉头，这个胖胖矮矮的身形倒极像吴明。但那人影瞬间不见了，她想再看看仔细也不成。

许连臻很多时候都会想，如果没有叶英章，没有蒋正楠，她跟蒋正璇就跟普通人一般相遇的话，彼此或许可以成为很好很好的朋友。

可是如今……许连臻对蒋正璇伸出的友谊之手，是没有办法去握住的。她清楚地明白，只要此事一结束，她和蒋正璇这辈子都永不会再见。

这件事情一了，从此之后，她与他们这辈子都不复再见。

在贵宾室休息了半天，又去骑了几圈马，两人玩得开心，便与张骑师约定了下个星期五下午的时间。

许连臻回到家，人松懈下来，才知道骑马的厉害。洗了澡，窝在床上，只觉得全身骨头都已经散开了。小白趴在边上，用爪子不断挠她，“呜呜呜”的抗议，许连臻只好哄它：“小白乖，明天再陪你玩……”

阿姨请她下去吃饭的时候，她连爬起来的力气也没有了，懒懒地说了句：“我不吃了。”

大约太累的缘故，后来迷糊地就睡着了。睡梦中，隐约听见有一条微信提示，反正这世界上会发她微信的只有蒋正璇一个人，想来也不会有什么事情的。她又困又累，就跟两万五千里长征回来似的，只略略翻了个身，找了一个舒服的姿势，又再度沉睡。

醒来的时候已经是半夜了，她惺眼蒙眬地起来，小白趴在她的枕旁，“呼呼”地直喘气。意识一点点地回笼，身体还是酸疼无比，好像……

许连臻猛然脸红了起来，她怎么会无缘无故地想起蒋正楠呢。她是不是还没睡醒啊。

视线慌乱地落在了床头柜的手机上，想起好像收到过一条微信，便滑开屏幕。她蓦地一愣，居然是蒋正楠发给她的微信，是文字短信：“和璇璇骑马回来没有？”

许连臻翻来覆去地看那条微信，因为不能相信，所以还特地点开了他的头像。头像倒也看不出来，只是一个精致的咖啡杯的图片。

最后想着，估计是他发错了吧。可想想也不对，知道她和蒋正璇去骑马的也就只有他，而且显示的也明明是他啊。

看了看时间已经快一点了，这么晚了，许连臻踌躇再三，最后回了一个笑脸过去。没想到那边居然很快就回了一个语音过来："还没睡？"

许连臻"嗯"了一声，也不知道说什么，片刻，才又说了："刚睡着了……"又顿了半天，也实在想不出要说什么，便给他发了过去。

蒋正楠又很快发了一条过来："是不是骑马累了？"

从来没有微信过，他的声音低沉中带有沙沙的磁性，在静谧的深夜，许连臻只觉耳朵都在微栗。

许连臻又轻"嗯"了一声，道："璇璇说下个星期五再去。"蒋正楠回了一条过来："我第一次骑马的时候才七岁，那个时候看到马觉得兴奋死了，在马背上怎么也不肯下来，后来被我姥爷一把给揪了下来……"

许连臻忍不住傻傻地微笑。自己还犹自未觉，等察觉的时候，不禁发愣了起来。幸好他不在。

好一会儿，她回了神，抬眼望着小白，他若是在小白多半是被关在自己的小房子里的。望着手机许久，也不知道为什么，一颗心像是上了链条般，无端端地发紧。

隔了半晌，蒋正楠又发了一条过来："是不是又睡着了？"

许连臻听了语音后，怔了片刻，然后再重听一遍，又怔了很久很久，但却再也没有回过去，那头也再没有发过来。

很多事情开始了，习惯了也就成了常态。如同蒋正楠跟她发微信一样。第二天以后的每天晚上，他都会在差不多的时间，发一条微信给她："睡了吗？"

而许连臻则是会用格式化的回答他："要睡了。"然后蒋正楠会跟她说："晚安。"她也会发"晚安"给他。

一个星期的时间，每晚如此。

过了两日便到了星期五，许连臻和蒋正璇相约再次去马场骑马。

如同秋日的每一个午后，阳光灿烂，但热度却已经稀疏了。蒋正璇和许连臻在张骑师的带领下，边骑边聊天，不知不觉走进了树林间的一条马道。

在前面带路的张骑师望着不远处道："那里有丛野花开得不错……"顺着那骑师的手指，她们两人果然看到了树根处有一丛野生的菊花，开得活泼烂漫，充满生机之光。

蒋正璇眉眼弯弯地朝连臻道："我们下来走一会儿，这里正好适合散步……"说罢，矫健轻盈地翻身下马。那骑师则过来搀扶着许连臻。

蒋正璇摘了一朵，将帽子摘了，簪在发边，娇笑道："连臻，来，帮我照一张……"许连臻取出手机，正在寻找蒋正璇的最佳姿势，最美笑容，准备抓拍……

蓦地觉得异样，镜头里的蒋正璇身后出现了一个人……而下一秒，许连臻只觉得有只手捂住了她的鼻子和嘴巴，有股刺鼻的味道漫天盖地地席来……她陷入昏迷之前，听见的是蒋正璇的一声尖叫……

有冰凉刺骨的东西扑在了脸上，许连臻醒来的第一眼，看到的便是吴明放大的脸。许连臻晕晕乎乎地眨了眨眼，以为是在做梦。可意识渐渐地清醒了过来，脖子又僵硬又疼痛，就如同落枕了一般。她想发出尖叫……却被吴明一把捂住了嘴巴。

吴明将一团破布强塞进了许连臻的嘴里后，又重重地甩了许连臻一个巴掌，恶狠狠地威胁道："死娘们，让你叫！你再叫！"

许连臻惊恐地望着他，脸上又痛又热。她有种直觉，这次落到这个人手里，怕是劫数难逃了。许连臻缓缓环顾四周，这里似乎是个未完成的建筑场所，四周空旷清冷，昏暗裸露的灯光下，只见蒋正璇和自己一样被绑在混凝土承重柱子上……不过还好，蒋正璇还没有醒过来。没有醒，至少还不用面对这些。

吴明一点点地凑近，长期使用烟酒而形成的异味，浓且重地喷在许连臻脸上。许连臻本来就对吴明厌恶得很，此刻他这般靠近，肥大的身体几乎已经贴在自己身上了，许连臻恶心得只想呕吐……

吴明勃然大怒，抬起左手，又给了许连臻一个巴掌："臭娘们，以为自己是什么东西——还不是趴在床上任蒋正楠干的婊子……"说着，淫笑连连地低头嗅着许连臻，从上向下蜿蜒，一边嗅一边还发出啧啧啧的赞叹声："不错，不愧是蒋正楠玩的女人，身上可是又香又滑啊……来，今天我倒要看看你这臭娘们到底有什么手段，能让他为了你，封了我所有的路子……"

许连臻愕然之极，但根本没有时间思考，便惊恐万分地看着吴明色迷迷地凑了过来，湿腻的唇舌如同毒蛇的芯子一般在她脸上冷冷地打滑碰触……许连臻拼命地闪避，可是她的双手双脚都被绑住，下巴被吴明紧掐着，怎么避也避不开。

吴明大笑着，手往下探，拉扯着她的薄外套……许连臻拼命挣扎，她只觉得自己是猫爪下戏弄的老鼠，什么时候吃吞下肚，只看那只猫的高兴。

只听"呲"一声，许连臻身上的外套已经被吴明撕开了……吴明兴奋地哈哈大笑……他正准备探手的时候，只听有人在外头敲门道："老大，饭菜弄来了……"

吴明在兴头上被打断，不由得大怒道："他妈的，不是说少来打扰我！"外头的小喽啰"嘿嘿"地干笑了数声，道："老大，已经很晚了，您辛苦奔波了一天也累了。先来喝点酒，酒足饭饱后玩起来更带劲……嘿嘿……"

吴明瞧了许连臻一眼，见她五花大绑的，动也动不了，更不用说逃了。遂觉得自己的手下说得也有几分道理，便淫笑着凑了过来，摸了一把许连臻的脸，只觉温软如玉，滑不留手："看你这次还怎么逃？早给你说过了，你早晚是我的。看我等下怎么玩死你。"

许连臻又惊又惧，身子就像被浸在冰窟里，不停打战。瞧着吴明肥胖的身影渐渐远去。屋内一片空旷，只有一个小灯泡，光线昏暗，忽明忽暗。她转头，只见蒋正璇低垂着头，还在昏迷……

屋外几个男子的喝酒调笑声不停传来……时间一分一秒地过去，许连臻知道自己的处境越来越危险，她从吴明一出去就不停挣扎着想从捆绑的绳子里挣出来，可是这根本就是徒劳无功的事情。

手腕处火辣辣的疼，但是她却什么都无能为力……她惊惶无助地咬着自己的唇……因恐惧、因焦灼害怕，不知道怎么的她竟然可以听到秒钟嘀嗒嘀嗒的声音……

很快的，外面的声音越来越响，那群人大概快酒足饭饱了……许连臻贴着石柱，只觉手脚如泥般酸软，使不出半分力……

到底要怎么样才能逃出去呢?

喝得醉然然的吴明脚步踉跄地推开门，走了过来，身后还跟着三个手下。许连臻瞧他们一步步地接近，只恨不得自己能在此刻死去。

吴明的一个手下打了个酒嗝，瞧着依旧昏迷的蒋正璇，色迷迷地道："老大，把另外这个女的赏给我们吧！"

吴明朝蒋正璇走去，一把揪着蒋正璇的头发把她的脸提了起来，醉眼蒙眬地借着灯光打量了几眼："这个长得也不赖……好吧，看在兄弟们都辛苦了一天的份上，大家一起乐乐……"

许连臻摇头，发出"呜呜呜"的抗议声。吴明贼兮兮地直笑："怎么了，臭娘们，想男人了啊？"

许连臻只是"呜呜呜"地叫，吴明过来："怎么，知道怕了啊，来，今晚好好伺候我，让我好好爽爽。说不定，我以后就让你跟着我，吃香的喝辣的。"一边说一边扯出了塞在许连臻嘴里的破布。

那边的几个男人已将一勺子冷水泼在蒋正璇脸上，蒋正璇正在幽幽转醒……

许连臻望着吴明，颤声道："你们放开她……吴总……这不关她的事情……求求你……求求你放了她……”

她本想说蒋正璇是“蒋正楠”的亲妹妹。许连臻其实到现在还是不知道蒋正楠是干什么的，什么来头。但她清楚地记得上次在餐厅门口遇到吴明的时候，吴明那恭敬有加、战战兢兢的模样。还有后来的宴会，众人时时簇拥着蒋正楠的场面。她就算再傻再笨，也知道蒋正楠在洛海市绝对不是一个小角色。

但她转念一想，吴明明明是知道自己和蒋正楠关系的，还是将她绑来了。那么说明吴明穷途末路，一心想着报复了。如今再说蒋正楠三个字只怕会适得其反的。于是，别无他法，只好好言相求。

蒋正璇茫然张开双眼，望着眼前的几个陌生人，又闭了闭眼，这才又张开，最后视线落在被绑着的许连臻身上：“连臻……我们怎么在这里……”

但瞬间察觉出了四周的异状，挣扎着被绑的不能动弹的手臂：“怎么回事？”

“你们是什么人？你们绑我们做什么？”

那几人不怀好意地笑着，慢慢靠近。蒋正璇嗅出了危险的气息，急怒道：“你们要干什么？你们知道我是谁吗？”许连臻唤着蒋正璇的名字想阻止她。

可是蒋正璇已经脱口而出了：“我是蒋兆国的女儿，你们敢碰我！”

空荡荡的房间里夹杂了许连臻的叫声，吴明和手下的嬉笑声，但众人还是一清二楚地听到了“蒋兆国的女儿”这几个字。

有两个胆子小的已经后退了一步，愕然转头望着吴明，结结巴巴地道：“怎么办，老大，这个女人是蒋兆国的女儿，蒋正楠的妹妹……”

吴明倒也明显一愣，狞笑僵在了脸上，停下了动作。实际上连许连臻也不禁愣住了，蒋兆国，不会是W省妇孺皆知的那个蒋兆国吧！

可现在也没有时间细想这个，许连臻见吴明朝蒋正璇走去，一把捏住蒋正璇的脸……许连臻急道：“你……你们放开她……放开她……”

许连臻见这么多人，心里知道今日怕是在劫难逃了，她忽生绝望，扯开嗓子，嘶声大叫道："来人哪，救命……救命啊……救命……"

第三个救命还未喊出，就被吴明捂住了嘴巴。吴明将破布条塞入许连臻口中后，一扬手，重重地给了许连臻几个巴掌。许连臻被打得嘴角出血，头无力地歪向一边……

吴明嘴巴上强硬，心里头倒还是有几分七上八下，酒醉的脑子骨碌碌地转了几转。吴明在道上混久了，知道蒋正楠女人多，而他的事情便是由姓许的这女人引起的，所以想给她点颜色瞧瞧。想着蒋正楠这么多女人，少一个不见了，又没有迹象是自己动的手，他能拿自己怎么办！

可是蒋兆国的女儿，蒋正楠的亲妹妹……就算是借吴明十个胆子，他也是不敢的。最后道："你们把那个女的给我解下来，把手和脚绑了，把嘴给我封牢了，带到另一间屋子里头去。记住了，不能碰。"

那三个手下瞧了瞧许连臻，心痒难耐："大哥？"吴明狞笑道："放心，大哥不会吃独食的……等下少不了你们的好处……"吴明的手下嘿嘿淫笑着退了出去。

吴明从兜里摸出了一把小刀子，在许连臻眼前悠悠晃动："我现在有的是时间，我们慢慢玩……"许连臻眼睁睁地望着他手上的刀子一点点地下滑，来到了自己胸前……许连臻拼命摇头……

吴明手微动，小刀已经钩住棉T恤，轻轻一用力，"嗤"一声，T恤已经被勾破了，露出了若隐若现的高耸……透了那一条缝隙，隐隐约约的雪白，诱人至极……

吴明仰头"哈哈"大笑，一把扔下小刀，双手用力一撕……许连臻几近赤裸的上身显露在了吴明面前……

许连臻止不住地瑟瑟发抖，闭着眼睛拼命摇头，但一切都只是徒劳，她所能发出的不过是"呜呜呜"的声音，残破不全。

突然间，外头传来了"砰砰砰"的几声类似枪声的声音。吴明猛然停住了动作，僵了僵，而后又反应了过来，大步朝门口跑去……

门被人用脚踹开了，有几道身影窜了过来，吴明见来人，吓得身体都软了下来，“扑通”一声跪了下来：“蒋……先……生……”

蒋正楠转头吩咐道：“你们来料理他……”还未说完，就朝被绑着的人跑去。跑了几步，他已经远远瞧见许连臻的赤裸，一边跑一边忙脱了衣服，朝叶英章和聂重之喝道：“你们快去救璇璇……”

叶英章没有说话，他见蒋正楠一把用风衣盖住了许连臻，拔了她嘴里的布条……叶英章从来没见过蒋正楠脸上出现过这种焦急的表情……可他来不及多想，赶忙随着聂重之快步奔跑而出。

蒋正楠抱着软绵绵的许连臻，急道：“你怎么样？你怎么样？”

许连臻瞳孔放大，眼神涣散，像是在静待死亡。任他的摇晃嘶喊，只是直愣愣地望着，目光却无一点焦点。半晌，才认出了他，水光浮动的眼里透出了几丝喜悦宽慰和不可置信。渐渐地，她眼睛里的泪水却在一点一点地凝聚，缓缓溢出，悬在睫毛处，晶亮如钻。

蒋正楠心头一抽，只见那滴泪缓缓地坠了下来，沿着眼角而下，无声无息地洇到散乱的头发里。

蒋正楠从未见过这般楚楚可怜的许连臻，目光呆滞，神情惶恐躲闪，眼里满满的害怕。

泪流满面的脸上高高肿起，指痕红印清晰可见，嘴角血迹斑驳蜿蜒……

蒋正楠忽觉一种从未有过的心痛击中了他的心脏，让他有一种想杀人泄愤的冲动。

另外一间房里，先进房的聂重之三下两下地解决了两人，趁另外一人正与叶英章纠缠。聂重之赶忙扶着蒋正璇起来，取出了她嘴里的破布：“璇璇……璇璇……你没事吧？”

蒋正璇不可置信地望着他：“聂大哥……”聂重之来不及细问，叶英章已经撂倒了那人，三步并作两步地跑了过来。

蒋正璇一把扑在了叶英章怀里，“哇”一声大哭了起来：“叶大哥，叶大哥，我好怕……我好怕啊！”方才那种无助绝望的感觉涌了上来，蒋正璇靠在叶英章浑厚的胸膛里放声大哭了出来。

蒋正楠听见自己妹妹如此撕心裂肺的哭声，忙抱着许连臻过去，急道：“璇璇，你没事吧？快告诉大哥……”

蒋正璇“呜呜呜”地抬头，摇头道：“大哥……我没事……我只是怕……大哥，还好你们赶来了……不然……呜呜呜……”

叶英章望着许连臻衣衫不整，伤痕累累的模样，心疼不已，脱口而出：“连臻，你怎么样？”蒋正楠脸色明显一僵，许连臻躲避叶英章的目光，低声道：“我没事。”

蒋正璇只在一旁不停抽泣：“哥，叶大哥，还好有连臻……不然我……我……”

聂重之在边上提议道：“蒋，我看我们还是先送她们去医院……”蒋正楠点了点头，抱着许连臻向外走。

上车之前，经过被绑着的吴明几个人的时候，蒋正楠冷冷地扫了一眼，木无表情地吩咐他和聂重之带来的人马：“你们给我好好招呼招呼……”

聂重之仿若什么也没听到。叶英章朝他看了一眼，欲言又止。蒋正楠阴暗严森的俊脸上，此刻正紧绷着，每根线条都散发着强烈的肃杀怒气。

蒋正楠似了然一般，与叶英章对视：“英章，这个世界黑并非全然的黑，白也非全然的白，对不对？”

叶英章不语，望了一眼蒋正楠怀里的许连臻，然后转头上车。

一路上蒋正楠都将许连臻紧紧地抱在怀里。而她也没有一点点的挣扎，便如一只受伤的小猫软软地伏在他怀里，默默流眼泪。

片刻前那惊魂恐惧犹在眼前，此刻的光景，许连臻只觉得从未有过的安心放松，宛如置身天堂。

车子开动后，蒋正楠将她的头枕在了他腿上，指尖轻轻地拂过她的脸。只见她双眼轻合，眼帘不停颤抖，嘴唇紧紧地抿成了一条线，泪水蜿蜒。她的泪，湿而热，仿佛是看不见的针尖，悄无声息地扎进了他身体内，刺痛心脏。

她什么都是无声无息的，现在连落泪也是，浑似一只被遗弃的小猫。蒋正楠不知道为何，说不出的烦躁难受，还有……心疼！

蒋正楠喉头抽动，低声道："不要哭。"手指滑过泪珠，默默地为她擦去。要知道这辈子除了璇璇，他还没有哄过别的女人。

他的手轻轻掀开了包裹着她的衣服，许连臻轻轻挣扎，张开因惊恐而如同受惊小鹿一般黑白分明的湿漉双眸……

蒋正楠的语声从未有过的温柔："让我看看。"许连臻这才反应过来他要看什么，脸一红，低哑干涩地道："我……我没事……"

幸好他来了。她这辈子从来没有那么的奢望过一件事情，可是老天爷居然听到了她的乞求声。

蒋正楠没有说话，只是将她抱在怀里。这般温暖地拥在怀里，他才能确定她是安全的。

蒋正楠是在会议中被贺君打断的，当时正好与七岛项目合作的杜维安在开会。贺君推门进来的时候，正好是会议双方在激烈讨论的时候，当时蒋正楠是有点不悦的。

但是贺君的话让他猛然起身，连椅子都差点摔倒。蒋正楠意识到自己的反应有点过，朝杜维安伸出手，直截了当地道："杜兄，实在是抱歉，我有点急事，不得不要赶回洛海。这会议我就让李副总帮我主持。请你务必见谅。"

会议室里的众人见他的模样倒也还没怎么瞧得出来，只是方才起身的反应太大了，以至于蒋正楠这么一说，大家倒是觉得他真的有急事。

杜维安探手与他相握："好，那我们下次再碰头。"他与蒋正楠认识也久了，见他嘴角紧抿，面色阴沉不定的模样，知道此事估计还非同小可。果然，松开手的下一秒，蒋正楠已经步履匆匆而去。

蒋正楠一出了会议室，目光凌厉地盯着贺君："到底怎么回事？"贺君忙一边走一边一五一十地禀报："中午的时候，蒋小姐接了许小姐去了马场，并跟司机约好了下午4点回去。可是司机等到4点半还没有等到人，便打了电话联系蒋小姐，但是电话处于关机状态。他又进马场找人，但是蒋小姐和许小姐都找不到……"

蒋正楠双眸微眯，目光一闪："你查到的情况怎么样？"贺君道："属下根据蒋小姐还有许小姐身上的定位器，确定两人目前还在一起，位置锁定在洛海城西面的方湖附近。"不等蒋正楠开口，贺君补了一句："飞机已经安排好了。"

说话间，两人已经乘电梯到达了楼下。蒋正楠拉开了等候着的车门坐了上去，取出手机拨了聂重之的号码。前头的贺君已经吩咐道："最快速度到机场。"

蒋正楠望着怀里不停轻颤的许连臻，视线落在了她脖子处的项链上，若不是这条项链里的卫星定位装置，他恐怕无法及时将她和璇璇救出来……这个念头方起，蒋正楠已觉得背后冷汗淋淋。

许连臻也是到后来才知道，她的项链是由他专门定制的，与蒋正璇的项链一样，全球独一无二。

蒋正璇缩在叶英章怀里，紧紧地搂着他，"呜呜呜"地直哭："叶大哥，叶大哥，还好你和我哥哥来了……"叶英章当时却是在W省的三元市出差，一听到蒋正楠的电话，立刻驱车赶回洛海。

叶英章见蒋正璇没有什么大碍，不由得牵挂许连臻。脑中不断闪过许连臻高高肿起的脸和衣衫不整的模样，一边安慰蒋正璇，一边询问方才发生的事情。蒋正璇抽泣着将她所看到的事情一一道来。但是后来她被带到了另外一间屋子，自然也不知道具体怎么样。

叶英章的心里焦急如焚，但也不能表露半分，只盼着车子快快到医院，他好早点见到许连臻，就算做不成情侣了，甚至做不成朋友，但是他对许连臻总有一份特殊的感情。想来，怕是这辈子也无法抹去的情感。

他忆起方才蒋正楠的焦急之色，不加任何掩饰的表情，心里忽然觉得或许以往自己真的有看错的地方，他在某种程度上肯定是重视许连臻的。而许连臻躲在蒋正楠怀里的时候，那副放松安心的模样也是骗不了人的。

胡思乱想间，总算是到医院了。他才打开门，已经看见蒋正楠抱着许连臻大踏步地跑进了医院。

大约是已经跟相关人员打过了电话，是医院的冯院长亲自来相迎安排的。医院相关的吴姓女主任医生见状，便比平时谨慎仔细了许多，详详细细地给两人做了各种检查。所幸，到最后各项检查报告都出来了，除了许连臻的脸上和手脚捆绑处有破皮伤痕外，两人倒也没什么其他的伤。于是，医生便给许连臻脸上敷了点药。

惊吓倒是两个人都受了不少。那吴医生一来谨慎起见，二来也怕担干系，便提议让两人住院观察观察。

蒋正楠还未回答，蒋正璇已经从方才的惊吓中回神了过来，沙哑开口："大哥，我不要住院，我不要在医院里……我要回家。"素来天不怕地不怕的妹子说出这几句话，蒋正楠自是心疼不已。

而许连臻则怔怔地坐着，任吴医生在敷药，眼神里亦都是惶然无助。蒋正楠便开口道："那就不要住院了。"

蒋正楠沉吟了一下，对蒋正璇道："这几天你就不要回家了，在我那里住下。你这样子回去，妈肯定要被吓着了。既然这件事情已经了掉了，也就不要让爸妈知道，就当从来没有发生过，省得他们担心。"

出来的时候，聂重之正在医院的大门处等候着。斜靠在墙上，百无聊赖地玩着手上的打火机，见他们出来，便迎了上来。

蒋正楠道："聂，这次多谢你了。"聂重之只是一笑："都是兄弟，客气什么。"见蒋正璇等人也无异样，便说了几句话告辞了。

众人回到别墅的时候已经很晚了。蒋正楠搀扶着许连臻下车，朝正在给蒋正璇开门的叶英章道："英章，你今天就不要回去了，这里有的是房间，你好好陪陪璇璇。从小到大，她还没有受过这么大的惊吓呢！"

空气里静了几秒后，叶英章"嗯"的声音才响起来。

蒋正楠勾起满意的微笑，低头朝许连臻道："我来抱你回房间。"也不等她回答，一个打横抱起了她。许连臻差点惊呼出声，望了他一眼。只见他嘴角的笑，他的气息温暖熟悉，她不由自已地放松了身体。

蒋正楠低笑着嘱咐："抱紧我的脖子。"许连臻的视线越过他宽厚的肩膀与叶英章对视了一秒，她平静地收回自己的目光，缓缓地抬手，搂住了蒋正楠的脖子。

蒋正楠转头叮嘱了一番："璇璇，你洗个澡，好好睡一下。"说罢，径直回了自己的卧室。

又亲自去浴室放了洗澡水，出来的时候准备抱许连臻进去。许连臻讪讪地退了一步，低声道："我自己可以的。"

蒋正楠也不恼，语声轻柔："你好了叫我。"

环顾熟悉的摆设，知道自己终于是安全了。水温很舒适，好似冬日里在阳光下烘烤，暖暖洋洋地叫人直想叹息。

许连臻靠在大大的浴缸里，似睡非睡，不知怎么的又想起吴明的脸，心里一惊，手脚发冰，蓦地睁开眼，大口地喘气。

"怎么了？"是蒋正楠的声音，透着隐隐的慌急。许连臻往上一瞥，近在咫尺的真的是蒋正楠的脸。

许连臻摇头："没什么。"蒋正楠也没有再多问，径自在浴缸边坐了下来，取过了洗发乳。

许连臻愣愣地瞧着他的动作，有一点明了又似很不明了。只见他修长的手一点点地探了过来，碰触到了她的发丝。他的手指修长有力，缓慢又温柔地滑过她每一根发丝，打磨出无数的泡泡。

许连臻迷茫地发怔，这样的场景似乎很不对……

两人这般的静默，湿润的空间里气氛暧昧旖旎……

许连臻想起盘旋在心头的疑问："吴明……他为什么会绑架我和璇璇？"

蒋正楠的手指微顿，温软望进她的眼道："都过去了，不要再去想了。你只要知道，这个人以后永远都没有能力再来伤害你了。"

她圆圆的眼睛微张，迷茫纯真。他缓缓地低下头，轻柔地道："你现在很安全。"

许连臻怔忪了起来，渐觉眼角发酸，保护性一般的立刻闭了眼，不想让他看到自己眼里的湿润。

她第一次无比乖巧地任由他在头顶温柔摩挲，任他用水冲洗泡泡……

许连臻睡着的时候也是蜷缩成小小的一团，黑发散在脑后，铺在枕头上，脸越发眉眼细致，小巧可人。她就这样侧卧着，静静地呼吸，活像用粉色玉石雕成的人，惹人怜爱。

蒋正楠的手指心疼地触摸着她的脸，不禁想起初见她几近赤裸的那一刹那，心头刺痛愤怒，犹如被老虎爪子狠狠挠过，直想把那个姓吴的给剁了。

他从未知道，原来这一年多以来，她竟在不声不响中一点一滴渗透进了他心里。宛如中毒，他不知道自己中了多深，只知道在那最紧要的关头，他想到的不是璇璇，竟然是她。

可自己是什么时候开始中了那种叫"许连臻"的毒的呢？蒋正楠总想不出个所以然来。他身边自然不缺女人，就算是如今，也是如此。

唯一能够想起来的是那次去度假，许连臻想方设法避开他的样子，便如同老鼠在躲着猫，让他不禁好气又好笑。他又不是非要她不可。只要他愿意，女人都可以绕洛海市几圈了。于是，当天晚上便回了七岛，滋滋润润地享受了杜维安的全套招待。

可是那次很奇怪，就算身旁美女万般殷勤地服侍，可他脑中总会不经意地闪过她的脸，甚至还不止一次郁闷万分地想到，她若是知道他不在那里，绝对会松口气。

后来他也曾想过，留意她，慢慢地被她吸引，难道是因为从头到尾与她的一切都是他强迫得来的关系？

她一直喜欢的是叶英章，无论是第一次还是后来发生的每一次，都是他强要来的。她不像别的女人对他的容貌、家世、身家数字感兴趣，她巴不得早点摆脱他。或许因为特别，所以让他觉得新奇、刺激、好玩，然后就渐渐地被吸引。

多少有些关系吧。因为得不到，所以他越是想要得到，也或者说想要好好享受她所能带给他的所有愉悦。这大约便是一开头的时候他放纵自己与她玩下去的原因。

可是谁想过呢，一点点地发展下去，到了如今。

其实早在楚随风走错房间，睡在她床上的那一天，因为楚随风一句轻佻调笑，他当场一拳挥了过去，令聂重之等人万分诧异地愣在原地。事后，他瞧着自己隐隐作痛的手掌，也茫然万分。不明白自己是怎么了？在发什么疯。不过一个女人而已。

那个时候他有想过要踩刹车的，可是后来还是忍不住。她总是在不经意间诱惑他，让他一点一点地沉醉。如今，如今怕是要踩也已经来不及了。

吴明上次在门口轻薄她后，便被他找人摆了一道。可没想到却害得她后来崴了脚，他当时便有说不出道不明的心疼。对吴明更是火冒三丈，暗地里让人封了他的财路。虽然做得隐秘，但多多少少有人知道，所以她和璇璇才有了这次的无妄之灾。

若不是这次她出事，蒋正楠大约一辈子也不会去触碰在不在乎她这个事情。

那个晚上，许连臻不知道，蒋正楠怔怔地瞧了她一个晚上。

既然心疼她，舍不得，那就好好宠她呗，他蒋正楠又不是宠不起。

一连几天，蒋正楠都没有去上班。叶英章大约也请了几天假，连着星期六和星期日，一连在蒋家住了好几天。

这日下午，北风呼啸，大雨滂沱。蒋正璇提议看电影，其他三人自然也没有反对。于是，蒋正璇就拖了叶英章去选片子。

许连臻虽然住了许久，倒是从来没有在视听房里看过电影，进来后发现大开眼界了，有很多的经典老片子。蒋正璇取了好几部片子，犹豫不决，问了叶英章又问了许连臻。其实也是白问，大家也都随她的意思，最后便选了部《泰坦尼克号》。

当年这部电影放映的时候，许连臻还很小，但倒是记得那个时候明信片上、照片、墙画上铺天盖地的都是两个人站在船头举着双手飞翔的经典镜头。那个时候流行录像，惠姨还租了录像带在家里放过，她懵懵懂懂地看了一遍。可是这么多年了，基本情节都已经忘光了。

可这次重看，不知道是画面效果和视听效果好的缘故，还是其他，当潮水涌上，杰克和露丝被拦在铁栏后面的时候，许连臻心都提了起来，直想捂着双眼，不愿再看。

有只手伸了过来，握住了她的。蒋正楠的声音在耳边低低热热地响了起来，大约是觉得她的模样好笑，调侃道："怕什么？现在如果这两人死了的话，后面的一小半还怎么放下去？"

许连臻不禁望了他一眼，却只望见他的一双眸子在昏暗的光线里好似宝石般熠熠生辉。

后来，那只握着她的手一直没有放开过。许连臻很久以后一直记得，当电影里的男主人公对女主人公说“你跳我也跳”的时候，有一个人，在那一刻与她十指交缠。

叶英章在不经意地转头间却瞧见了十指紧扣的那双手。他怔怔地瞧了几眼，失落酸楚地移开目光。自己曾经也这般地握过她的手，可是一松开，就再也回不去了。

如今终于是知道了，很多东西一错手，就永永远远不会再回来了。

许连臻醒来的时候，也已经极晚了，耳旁的呼吸均匀绵长。有只手将她牢牢地固定在他怀里，她不用转身也知道那个人是谁。

冬日的漠漠时光，有这样一个人可以暂时相依相拥，许连臻有种难以说出口的心安，不再惴惴不安的惶恐，她再度缓缓闭眼，安稳地坠入梦乡。

再度醒来时是被敲门声闹醒的，是蒋正璇的声音：“大哥，连臻，吃饭了。再不起来，不等你们了哦。”

身旁的那个人也醒了，手沿着她光裸的肌肤轻轻地向上滑。许连臻倒吸了一口气，却听见他的低笑声。他压了上来，她不敢出声，只好轻咬住他的手臂。他极是耐心，温柔地逗弄，这般那般……

她仿佛是一颗糖，在他身下酥软成汁……

蒋正璇的声音似又响了几遍，可她无力地抓着被子，咬着枕头，在他的身下发出呜呜呜的声音，终是让他为所欲为了……

他终于在她唇间吁出了满足的叹气，与她十指相扣。

在昏昏沉沉中，有那么一瞬间，她几乎有了错觉。似乎时间变得格外绵长，呼吸变得那般缥缈，唇际厮磨，辗转吮吸，这一刻似乎十分稀有，从未有过的奢侈。

或许只是一秒，也或许是过了许久许久，最后，他又亲吻了她的唇，然后起身去了浴室。

她听见了浴室的门合住的那一声轻响。她身子酸软无力，连抬手的力气也没有。

浴室里淅淅沥沥的水声小了下来。蒋正楠穿了条浴袍，闲闲地走了出来，靠在窗边的沙发上。

只要他在，偌大的空间就会莫名的窒息起来。许连臻闭了眼，假装睡去。也许半个小时，也许一个小时，他居然还是没有离去。她身心俱疲，又觉得被褥松软香甜，后来便真的沉沉睡去。

她居然睡得极好，醒来时已是红日西沉，暮色渐起。光线透过纱帘，浅浅幽幽地照进来。

她微微睁眼又闭上，不由得恍惚了起来，好似回到很久前的时光，她还是父亲手心里捧着的宝。大学里头，下午没有课，她都早早回家，累了倦了，就赖在床上睡一个下午。偌大的别墅里安静无声，父亲总不在，只有惠姨一人，见她晚饭时间还不下来，便会轻轻巧巧地上来敲门："连臻，该吃饭了。厨房的阿姨已经做好饭了，再睡下去，当心饿出胃病来。"

头在枕头上辗转，磨蹭许久后，她才会像只懒猫似的慵懒伸手，懒洋洋地回话："嗯……惠姨，这就起来了……"

那个时候的她总以为世界会一直如此静好。天塌下来也不怕，父亲总会替她挡着的。可是……可是才一恍惚……

这恍惚其实并不长久，才不过四年光景而已。可是这个世界早已经天翻地覆了——惠姨自从父亲被扣押后，就再没有出现过……

她不是没有恨过，只是……只是后来连恨的力气也没有了。连她一直深爱的叶英章，原来也只是对她"逢场作戏"而已，为的是将他父亲送入监狱。她那个时候，浑浑噩噩的，活死人一般，连怎么出庭，怎么被判入狱的都不知道。

大约是哀莫大于心死吧。她甚至数度呆呆地望着监狱里白白的一堵墙壁，曾经不止一次地幻想一头撞上去会如何！

惠姨只是父亲的一个情妇而已，在许家多年，对她亦不错，亦母亦姐的，所谓“大难临头各自飞”，连夫妻都不过如此，何况是没有半点法律约束的惠姨呢！

许连臻蹭着柔软的枕头，伸了一个大大的懒腰，又翻了个身，趴在床上，就是懒懒的不肯起来。

有个声音柔缓地在房间里低沉地响了起来，似风吹过湖面，荡起无数的涟漪：“是该起来了，都睡了一天了。”

她蓦然转头，他居然还在窗前的沙发前。穿了件休闲款式的白衬衫，闲闲地将袖子挽起，因逆着阳光，整个人好似被包裹在无数的金黄光束里，懒洋洋的性感扑面而来，几乎让人窒息。

他起身走近，她忽地发现他手臂上那个让人无法忽略的齿印。她抬头，迎上了子夜一般的双眸，宛如一池不见底的深潭。

偌大的餐厅里，长长的餐桌上只有他们四人。才一入座，蒋正璇已经瞧见她哥手腕上头的深深的牙印，她贼兮兮地笑：“大哥，你是不是欺负人了？”

只听“叮”一声极清晰的声响传来，身边的那个人将餐刀划在了骨瓷盘上。蒋正楠只微微抬头斜睨了许连臻一眼，姿势优雅地继续享用他的牛排。

那弯月形的齿印，血痕嫣红，一看就知道是刚被咬了不久。叶英章怔了怔，垂下了眼。

蒋正楠含笑着将头转了过来，手轻动，撩起了她垂在颈边的长发，声音极柔：“还疼吗？”她雪白如玉的脖子上赫然有着深浅不一的痕迹，好似紫红的烙印般，霸道地烙在白皙的肌肤上，叫人难以移开目光。

这是他刻意留下的，证明她是他的所有物。蒋正楠满意至极，不知不觉居然怔了起来。

他绝对是故意的。许连臻尴尬着红着脸，伸手捂住了脖子，窘迫至极，不敢看其他人的表情。

可下一秒，她居然看见蒋正楠的头一点一点地凑了过来，她身子一颤，有一跃而起的冲动。但是她什么都没有做，也不能做，只是眼睁睁地看着他的脸越来越近，越来越大。最后他湿软的唇落在了她的脖子上，轻轻触碰一下。

蒋正璇“哎呀”一声，赫然道：“大哥，你们不该这样的吧，我鸡皮疙瘩都起来了，还让不让人吃饭了啊？”转头望着叶英章，皱着鼻子，笑得连眼睛都眯了起来：“走，英章，我们端着盘子出去吃去。”

她自然是说说而已。抬头见他哥还搂着许连臻不放，嚷嚷着道：“哥，不准你欺负连臻。”蒋正楠瞧了她身边的叶英章，眸子轻轻一眯，坏坏地笑道：“你怎么知道她不喜欢我的欺负呢？”

话语里的暗示估计现在这个世道连小学生都听得懂。蒋正璇也不例外，到底年纪小，脸皮薄，瞬间都红了起来，用手推了一下叶英章：“英章，去，跟哥换个位置，否则这晚饭我是吃不去了！”

叶英章缓缓地放下手里的刀叉，站了起来。蒋正楠斜了眼看了看叶英章，嘴角似笑非笑，手里却还是搂着许连臻不放。两人像是对峙一般，最后还是蒋正璇站了起来，推着叶英章：“走，换位置去，否则这一顿我真的是吃不下了。”

把叶英章推到了蒋正楠身边，然后拖起蒋正楠的一只手：“哥，你就行行好，放过我，跟我一起坐吧。”

蒋正楠温柔地看了许连臻一眼，这才站了起来，走到桌子一侧，对着许连臻坐了下来。

叶英章一顿饭几乎动也没有怎么动。连臻就坐在他边上，触手可及之处。只要他的手肘微微一伸，似乎就可以碰到她了。

蒋正楠在对面，不时地抬头与她柔声说话，甚至还动手将她的盘子移了过去，替她将牛排切成一小块一小块的。

蒋正璇大约是有些吃醋了，嘟着嘴道：“大哥，我是你妹妹耶！”蒋正楠头也未抬地道："你要切牛排找你老公去，我只是你哥。"

蒋正璇不再言语。此种情况，叶英章就算再笨再傻，也只得把蒋正璇的瓷盘取了过来，慢慢地动手切着。

许连臻抬头，只见蒋正璇甜笑着凝视着叶英章，欢喜无限的样子，似乎世间除了叶英章再无旁人了。眸光一转，接到了蒋正楠灼灼的目光，她淡淡地垂下了眼帘，用叉子取过一块牛排，缓而慢地吃起来。牛排切得小小的，很容易入口。许久，她又叉了一块。

忽听蒋正璇声音响起，仿佛发现新大陆一般地诧异万分："大哥，你怎么现在吃这种全熟牛排了？"

蒋正璇自然疑惑惊讶，要知道，她这个大哥对吃那是一个考究，对口感那是绝对的讲究，也不理大哥扫过来的那一记清冷目光，径直笑嘻嘻地对连臻道："连臻，以前哦，某人说过的，吃那种全熟牛排还不如去啃骨头呢！"

可他现在瓷盘里的牛排，居然是全熟的，已经带了些许的焦，完全不似他以往的鲜嫩多汁。

许连臻的手在半空中僵住了。

Chapter10

炫目的幻想

那样的笑，
许连臻在那一瞬间似有了种喝醉的感觉，
晕眩昏沉……

蒋正璇在蒋正楠那里待了一个星期便回家了。偌大的屋子又只剩下了许连臻，平日里头冷清惯了也就那样。可是蒋正璇住过一个星期之后，许连臻就觉得这种冷清有些难耐了。好在，学校的老师也恢复了正常上课，一个星期整整四天的教学。

这天蒋正楠回来极早，见车库里停了一辆外面的车子，便想到今天是教学日。当时贺君跟他说她想继续学业的时候，他还以为她只是无聊想玩玩而已。可谁曾想，她竟然认真无比，连晚上的时间都用来学习。说一点也不诧异，那也是假的。

知道她在书房上课，便在书房门口待了一会儿后才回房洗了澡。换了一套休闲的衣服才下了楼，果然正好是她下课的时候。只听见一位男子的声音：“今天到这里。你自己动手画一幅设计图，风格不限，考试那天给我，这个占考试成绩的百分之四十。”

只听许连臻“嗯”了一声，道：“万老师，考试见。”那老师含笑道：“考试见。”说罢又补了一句，“你若是有什么不清楚的，就打我电话。”

许连臻打开书房门，想送万老师出门，才一抬头，便看见走廊里那个高大的身影。

蒋正楠打量了那万老师几眼，年纪不大，戴了一副无框眼镜，斯斯文文的，便淡笑着伸出手：“万老师你好，我是蒋正楠。”

那万老师万方圆自然久闻蒋正楠的名字，大约从未想过是这般英俊的一个男子，不禁一愣。微愣后赶忙伸出手握住：“蒋先生，你好。”

蒋正楠一笑：“真是太麻烦你了，大老远的赶过来给她上课。”就算是微笑着，也是冷冷淡淡，隔着距离的那种客气矜持。万方圆忙道：“哪里，哪里，是我应该做的。”

也不知怎么的，万方圆总觉得眼前的这位蒋先生看他的眼光隐隐有种敌意。他不禁想起学校里几个同仁之间流传的话语，他教许连臻很久了，见她清清纯纯的，对人极有礼貌，一副家教很好的淑女模样，一直觉得是同事们会错意了。

如今见蒋正楠瞧她的眼光，分明是很不一样的，从自己这里轻轻扫过，最后灼灼地落在自己身边的许连臻身上。万方圆赶忙道：“蒋先生你忙，那我先回去了。”

许连臻看着万老师离去的背影，又望了望蒋正楠，转身回书房整理书本。蒋正楠手闲闲地插在口袋里，懒懒地问道：“什么时候考试？”

许连臻也不明白蒋正楠问她这个做什么，但还是回答道：“还有半个月，接下来都是复习时间。”蒋正楠“哦”了一声，再无下文。双手环抱在胸前，倚靠在书房的门上看她。

半晌，才又道：“我们晚上出去吃饭。”这句话既不是询问的语气也不是命令的语气，很家常的语气，所以让人怎么听就怎么怪。也不知道什么原因，他的声音传入耳中又低又缓，耳朵似乎有些不明所以的轻痒。许连臻的手一顿，才轻轻“嗯”了一声。

蒋正楠自己开的车，在洛海的老城区的某条小路边停了车。下了车后，又带她七拐八拐去了一家私房菜馆。外头是老旧的20世纪80年代的房子，推门而进的时候，里头却是很舒服的简欧式装修风格。

坐下后有人进来，微笑着问了句：“你朋友有什么忌口的吗？”蒋正楠将目光落在了许连臻身上，许连臻摇了摇头。那人打响了手指，说了句

“BINGO. 这个不错。”蒋正楠闻言后将视线转向了许连臻，见她似乎根本没有听见，便只笑了笑，开始泡自己手里的工夫茶。

那人出去后，蒋正楠好像解释一般地说道：“来这里不用点菜。上什么随老板高兴。但是这里的菜，每个都好吃得可以让你将筷子吞下去。”

果然，真的不用点菜，不过片刻，一个一个的菜便热气腾腾地上来了。虾子是最普通的白灼，配了精致玲珑的几个小罐子，分别是姜末、醋、酱油等物，无一不是小小巧巧的一份。

蒋正楠取过她的小碟子，亲自动手替她加了醋和姜末。蒋正楠夹了几个给她：“这些个虾是正宗野生的，外头很难吃到。”

入口之后，果然是鲜甜有Q劲。许连臻其实是喜欢吃虾子的，但总是嫌吃虾子剥壳麻烦。吃了两个后，便放了筷子。

蒋正楠问道：“怎么不吃了？”许连臻嘴角一挽：“虾子是好，可是剥起壳来麻烦。”蒋正楠一听，有些忍俊不禁，轻声说了一句：“喜欢吃的东西很少有人嫌麻烦的，也就你不识货。”

说话间，侍应生又端上来一道热气腾腾的鱼，正是连臻喜欢的做法。蒋正楠伸出筷子，很自然地夹了一筷，放到了连臻的碗里。

竟是一小块鱼脸肉。许连臻愣愣地瞧着那块小小的鱼肉，忽觉心脏微微战栗。没有人知道，他更不会知道，父亲从小便是将鱼脸肉夹给她吃的。

父亲许牟坤在她小的时候曾对她说过：“乖囡囡，鱼身上最好的便是鱼脸肉。因为你是爸爸最宝贝的宝贝，所以爸爸把鱼脸肉夹给你。来……乖乖地吃饭哦。”

大约是忆起了父亲，许连臻只觉眼眶酸涩。

想不到这个世界上会有第二个人将鱼脸肉夹给她，而更没有想到这个人竟然是蒋正楠。

她缓缓抬眼，蒋正楠正侧头凝望着她，嘴角笑意隐约：“怎么了，你不喜欢吃鱼吗？整条鱼身上也就这个部位的肉是最鲜最嫩的。”

许连臻望着他嘴角的那一抹浅浅笑意，忽觉得心跳微微加快，一时间不知道怎么回答，便低头将鱼肉送进了嘴里，只觉得鱼肉可口无比。

蒋正楠微微一笑，取过了虾子，一个一个地剥好壳放在白碟上。很快的，便剥了一大碟子。用湿巾擦干净了手，便将碟子推到许连臻面前："吃吧。"

许连臻愣愣地瞧着碟子，无法反应。

抬眼，只见蒋正楠望着她微笑，眼底深处俱是一片深深的笑意："怎么了？"

第二天下午的时候，蒋正楠又让贺君来接她。

贺君把她放在时光咖啡店门口，只说了一句："许小姐，蒋先生让你在里头等他。"许连臻略感诧异，这晨光不过是下午三点多，不正是上班时间吗？蒋正楠怎么会有时间呢？

但她知道不该问的永远不要去多问，便点了点头，推门下车。

这条老街上，两边都是历史悠久的梧桐。抬头，冬日的阳光正从树叶枝杈间一丝一丝地透下来，澄净透明。枯黄的梧桐叶打着圈圈，徐徐落下，铺散在整个路面。一脚踩上去，每一步都发出脆脆的声响。

许连臻也不赶时间，就静静地站在斑驳的阳光下，抬头望着淡蓝的天空。许久之后，她转身推门进了咖啡小店。

浓浓的咖啡味，还有现烤蛋糕的香甜味道扑面而来。这是她喜欢的气息。

许连臻给自己点了份香草拿铁。她用指尖摩挲着杯沿。自己那么的喜欢咖啡，喜欢咖啡什么呢？为什么喜欢呢？她自己也说不出个所以然来。唯一只知道的是每次看到一捧一捧的热气从咖啡杯里如花香般的散发开来，心里便会有幸福、安稳之感，仿佛拥有全世界一般的满足。

如今虽然经历了这么多的事情，可是每当捧着咖啡，闻着咖啡特有的醇香，她还是会涌起浓浓的满足喜悦。

记得从监狱出来后，第一次奢侈地去喝咖啡的时候，是在酒店做服务生拿到第一个月工资的第二天。她坐在咖啡小店一个无人的角落里。

她清楚地记得那是个雨天，外头小雨淅沥绵密，店里也没什么人，而她一个人躲在角落里，捧着咖啡，嗅着香气，许久才轻啜了一口，然后不知道怎么的，眼泪就“吧嗒吧嗒”掉了下来，她怕别人瞧见，索性就趴在桌上，无声抽泣。

她一直记得那天她哭得昏天黑地，就算再怎么想掩饰，但咖啡店的服务生还是注意到了，后来在她去洗手间的时候，悄悄地重新帮她换了杯热气蒸腾的热咖啡。

窗外，有一辆黑色的车子慢慢地停了下来。蒋正楠站在马路的一端，远远地就瞧见玻璃窗里许连臻双手捧着咖啡杯的画面。这样一个慵懒的午后，阳光点点，他驻足了许久，这才穿过了马路。

许连臻放下咖啡抬头的时候，正好瞧见蒋正楠推门而进。驼色的风衣，腰带散散地垂着，越发衬托得他身段挺拔修长。他也没有四下张望，径直地朝她而来，脚步缓慢有力。

蒋正楠在她对面入座，便有一个服务生过来。那服务生大约是兼职的大学生，眉目秀美，端了托盘，小心翼翼地将水杯和点单放到蒋正楠面前，又偷偷地看了看他的脸，霍地就脸红了起来。

开口说话的时候连声音也变得低软甜嚅：“先生，请问有什么可以帮您的？”蒋正楠的眼神只扫了一眼点单本，也没有打开，简洁有力地道：“蓝山，再来一份蓝莓乳酪。”

很快的，蒋正楠的咖啡和蛋糕便端了上来。许连臻不经意抬眼，只见那漂亮的服务生微笑地望着自己对面的这个人，眼神明媚光鲜：“先生，请趁热喝。可以续杯。”

蒋正楠简单地说了一声：“谢谢。”扫到许连臻望着他的目光，一直紧抿着的嘴角不由得上勾。将蛋糕轻轻地推到许连臻面前，自己则自顾自地端起杯子喝了一口咖啡。

蓝莓蛋糕上有一层红色的果酱，点缀了绿色清新的薄荷叶和咖啡屑，极是诱人。许连臻望了许久，也没有动小勺子。

蒋正楠不动声色道："不喜欢吃吗？"只见对面的许连臻猛地抬头，与他的视线交织在了一起，下一瞬，那黑玉般的眸子已经反射性地移开视线。

许连臻捏着银小勺，又顿了顿，方取了一小勺，尝了一口。绵密的口感加上蓝莓特有的味道，唇齿留香。

蒋正楠悠闲地品着咖啡，整个空间里只有婉转悠扬的蓝调音乐。最后，许连臻在不知不觉间，将蛋糕吃了个精光。

那个冬日的温暖午后，两人在小小的咖啡店消磨了一个下午，没有什么话语，只有咖啡和音乐为伴。

一直待到了很晚，蒋正楠与她才结账离开，去吃晚餐。

服务生在倒酒的时候，蒋正楠忽然道："OK了。"许连臻看到大大的酒杯里浅浅的一层紫红色液体。

"先吃点前菜，垫垫胃，再喝酒。"许连臻点了点头。

通透的落地窗外是洛海的无敌海景。夜晚的餐厅灯光幽暗，每桌上都有个银质烛台，点上了忽明忽暗的蜡烛。偶尔抬头，还可以瞧见不远处岛屿上的灯火，犹如点点星辰，清亮皎洁。

吃到一半，有人风流倜傥地举着杯酒过来，拉了椅子在许连臻身边大摇大摆地坐了下来："蒋正楠，难得嘛，你居然也在这里。"

许连臻定睛一看，正是那位楚随风先生。这么远的距离，这么暗的厅内，这位楚先生居然可以看到他们，许连臻倒也真有几分佩服。

此刻这位楚先生却似笑非笑地将目光来回地从蒋正楠身上移到她身上，表情戏谑。蒋正楠的回应则是双手环抱，斜睨着楚随风，含笑不语。

楚随风也不是傻子，忙嘻嘻一笑，道："我这只是过来打个招呼而已。许小姐，我们也见了几次，第一次的时候多有得罪，我就把这杯酒喝了，向你赔罪，怎么样？"

还不等许连臻说话，楚随风已经仰头，将杯中物一饮而尽了。随后又倒了一杯酒，又往许连臻的杯子里加满了酒，才朝许连臻道："这第二杯。我敬你。"

蒋正楠嘴角的弧度一僵，抬眉，不冷不热地道："楚随风……"

楚随风捶了一下蒋正楠的肩膀："喝了这杯就走，怎么，你心疼啊？只知道护犊子。"蒋正楠松开了环抱着的手臂，不疾不徐地望着楚随风，修长的手指不轻不重地在桌上轻扣。

楚随风伸手将杯子与许连臻的一碰："我喝掉，你就半杯吧。怎么样，公平吧！"许连臻眼睁睁地瞧着那楚先生又一干而尽，她偷瞧了蒋正楠一眼，只见蒋正楠的眉头轻皱，隐隐不快。不得已，许连臻只好端起杯子饮了好几口，也不知道有没有半杯了，瞧了楚随风，人家什么也没表示，她又喝了一大口后，这才放下。

楚随风见蒋正楠的神色隐忍，眉目间的不耐烦已经十分明显，也知道不好再继续下去了，忙说道："你们慢慢用，难得今天这么有缘，今晚的开销都算我的。"

话音才落，只听蒋正楠冷哼一声，淡淡地道："我还没穷到这种程度，谢谢楚大少了。"

楚随风自然知道走为上策，朝许连臻眨了眨眼，含笑道："我先回去陪我宝贝了，你们慢用！"然后，与来时一样，潇洒而去。

许连臻望着大大的高脚杯里的红酒，她蹙着眉头真想捂脸，她居然喝了大半杯。而她就吃了点前菜，连主菜也还没动。

后来酒劲上来，只知道甜品是提拉米苏。她好像吃了又好像没吃，什么印象也没有。

蒋正楠扶着她到了车子里。司机老早候着了，一等他们进来，便发动了车子，稳稳地出发了。

一丝风从微敞的车窗外呼呼地吹进来，她的头歪靠在他右侧肩膀上，发丝拂动，一丝丝地打在他脸上。发香细细，钻入鼻腔，沁凉而美好，仿佛是夏日里夜来香的味道。他明明一直用与她一样的洗发水，怎么就是没这种香味呢?

她睡得正香，呼吸轻幽而缓长，浑然不觉已经到家了。蒋正楠抬了左手，将她轻垂的发丝拨到了耳后。她的耳型极美，耳垂圆润，白皙可爱。指尖触摸，果然跟脑海中闪过的念头一般，又软又温。

这个夜晚，屋里只有低低流淌的轻缓音乐。蒋正楠就这般坐着，怕惊醒她，不敢稍动分毫。

一直到很久之后，蒋正楠忽然觉得自己犯傻了，她是醉迷糊了，又不是普通的睡着。于是，小心翼翼地抱起她，上楼回房。

在浴缸里放好了水，又抱她去洗澡。一直到温水里，她才有点反应般地睁了睁眼，茫然地望了他一眼，然后又无更用力地闭了闭。

蒋正楠不知道怎么的想起她第一次到他这里的那一晚，她也是这般的喝醉了。在浴室里，她浅浅地唤叶英章的名字。他那个时候怒气上涌，便……

现在想来，那是他蒋正楠这辈子第一次如此的伺候一个人。如今，这样的事情，都已经不知道几次了，都是为了她。

最后，还帮她吹头发。她的发丝极好，乌黑发亮，如同最上等的丝绸，又软又滑。

蒋正楠一边帮她吹头发，一边在想，其实她长得也就这样，不难看就是了。皮肤倒算是不错的，真真担得上“素肌如雪”这四个字。上上下下另外一个可取的地方大约就是那对黑曜石的眼睛，一直到现在，他每次对上的时候，心头都有震动的感觉，只觉得晶莹清亮，盈盈脉脉间，仿佛所有的星光都汇聚到了里头。

半晌，他放下吹风机，刚想起身，忽地，一只柔软的小手探了过来抓住了衬衫下摆。

蒋正楠转头，她依旧闭眼沉睡，醉得毫无知觉。他伸手，反握住她的手，白白的，柔柔小小的一团。他想不着痕迹地扯出衣服，却听许连臻喃喃道："爸……不要走……"

许连臻醉迷糊了，但隐约还是知道有个人在自己身边，细心妥帖地照顾自己，让她温暖安详，不见忧伤……这样的人，世界上也只有她爸爸……许牟坤了。

蒋正楠一顿，定定地凝望着她。只见许连臻眉头轻蹙，似在噩梦中一般："爸爸……爸爸……"

蒋正楠俯下身，轻拍着她的脸道："连臻……连臻……"这是他第一次唤她的名字，他如此的叫出来，连自己都诧异竟会如此顺口。

许连臻茫茫然然地抬眼，呆呆滞滞地瞧了他半天，忽地朝他凝眸一笑，宛如夜昙盛开，满眼惊艳。可下一刻她却又缓缓闭上了眼。

蒋正楠被她的笑容一震，心里生出了幽微的异样，凑到她耳边，似命令似诱哄的道："说，我是谁？"

许连臻掀了掀眼皮，又再度合上。

蒋正楠望着她的侧脸，心头微动，就怕她吐出他不想听到的字眼。他慢慢俯低了下去，含住了她的耳垂："嗯……我是谁？"

许连臻隐约只觉得有人在跟她说话，炙热的呼吸撩拨她敏感的耳畔，可是不知在说什么，她努力捕捉，传入她耳中的却只是茫然一片。

下颚被人轻轻握住了，下一秒，好像有什么东西探了进来，带着湿软的凉意。她本来就觉得口干，此刻便下意识地张口，舌尖与某个软湿灵巧的东西相互纠缠，吮吸了起来……可是一点也不解渴，她只觉得自己越来越热了起来……

她在昏昏沉沉中，只觉得他从未有过的细致，一寸寸地向下，轻抚撩拨，令她发出猫咪般的呜咽之声……他进入了她，不过片刻，她便无法自已的被他带到了极致，然后又被他拽回了那无边无际的沉沦之地，再一点点地攀升至顶端……

可那一刻他偏偏又停了下来，俯在她上头，全然不顾她的战栗摇头，低沉沙哑地问她："说，我是谁？"

她无奈地扭动自己的身子，可他不管不顾，执意要她的答案……最后她呜呜咽咽地唤他的名字："蒋正楠……嗯……蒋正楠。"

每个月的第一个星期六下午，是许连臻雷打不动去看父亲的日子。父亲不想她去见他，那么她就偷偷地去，不让父亲知道。每个月能这么远远地看看父亲，知道他一切都好，那么她便一切也都好。

是的，只要父亲一切安好，她便一切都好。

一开始的时候，都由贺君陪同她去的。后来，她熟了，再加上贺君也实在太忙了。所以渐渐的，贺君也就只安排司机送她过去。

这日，许连臻一上车便怔住了。来接她的车里，蒋正楠居然也在，大咧咧地坐着后面。她也不便多问什么，以为他有其他的事情。

可是车子一路驶去，越来越荒凉，而他端坐着一动不动。一直到监狱大门口，临下车的时候，许连臻不由得抬头，诧异地看了蒋正楠一眼。而他也静静地望着她，两人的目光在空中交汇。

许连臻的手搭在车门上，只见蒋正楠一把推开了自己那侧的车门，出了车子。那一瞬，她听到他的声音不轻不重地响了起来："还不下车？"

许连臻石化般地僵在车子后座，犹觉得自己耳朵出了问题。他要陪她一起去吗？

这些日子以来，蒋正楠对她似乎正一点一滴地在改变。她也不明白两人之间是怎么了，但是那种改变她就是想忽视也忽视不了。最近，他频繁地带她外出，总喜欢带她去各种咖啡店，带着她去各式餐厅吃饭。

她不知道为什么，只是清楚地知道这一切的转变都开始于她被绑架的事情之后。她说不出什么感觉，隐约莫名地害怕，大约知道，这样后再也无法回到从前了。

大概是她太久没有回应他那句话，他又重复了一遍："还不走？"

许连臻终于一点点地转身，她瞧见那双黑夜一般的眼睛，他那般地凝望着，似在等待她的回答。

照例是安排在二楼最接近活动范围的一间房间，由于蒋正楠一起过来的关系，那位姜监狱长亲自过来陪着。许连臻转交了一些东西给相关人员后，便等着父亲出来运动。蒋正楠陪了她一会儿，便与姜监狱长出去了，留她一个人独处。

许连臻一动不动地望着不远处的父亲不时地抬腿伸腰，好像消瘦了不少，但动作还是很灵敏的。什么都好，只是父亲不想见她。

蒋正楠进来的时候，便看到她默默地依在窗户边，神情哀伤。

"要不，让姜监狱长安排一下，让你们见一下？"

许连臻咬着下唇，默默摇了摇头。许久之后，她才缓缓地道："我爸爸他从来都说话算话。他那次说以后不想再见我，就真的不会再见我了。他不想我来看他，那我就偷偷地来，永远不让他知道。"

当初被关押的时候，她想破脑子也想不明白，自己的父亲怎么就成了特大犯罪的走私犯呢？可是当她联系从小到大很多事情的时候，突然明白了，这是真的。过往的种种疑惑不解之处，如今串在一起，全都对应了起来。

怪不得自己高中还未毕业，父亲就要安排自己出去。可一切准备就绪的时候，签证却出了问题，后来没办法，拖啊拖的，她就考进了五福大学。

她被关押的时候不是没有怨过父亲的。为什么自己的父亲会是个走私犯？为什么他要一直瞒着她？可是当她在法庭上看到一夜白头的父亲的时候，就再也没有怨过。父亲再怎么错，再怎么不对，他也永远是自己的父亲。从小到大，是他为她撑出了一片天空，让她可以无忧无虑地生活到现在。

这些话似是自言自语，又似是在向他解释。她的话像带了悲伤的尾音，拖曳在空气中。蒋正楠望着她纤细柔美的侧影，他有种呵护她入怀、永远不让她离开自己视线的冲动。

许久之后，许连臻眼睁睁地看见父亲消失在铁门之后。她转身，而他正安然地凝望着她。他的笑容仿佛一池温泉："我们回去吧，下次再来。"

许连臻也不明白蒋正楠是怎么了，两人之间到底是怎么了。蒋正楠对她的一些事情，令她有种被宠爱的错觉。随着时间的流逝，这种错觉越来越强烈。

蒋正楠喜欢带着她出来，比如现在，带着她与一群发小吃饭。里头有她见过的那位楚随风，还有冷面冷脸、霸气隐隐的那个叫聂重之的，还有……其实那个时候许连臻是不知道的，那场饭局是楚随风特地为她安排的。

楚随风原本似笑非笑地要坐在她身边。才刚坐下来，蒋正楠就拉她起身，与她换了个位置。楚随风瞧见了，望着许连臻只是笑，一脸不怀好意的笑。那笑容古怪得让许连臻的汗毛根根倒竖了起来。而蒋正楠则瞥了楚随风一眼，对她说了句："不必理他！"

服务生在给许连臻倒酒的时候，蒋正楠淡淡地开口道："不用给她倒，她不会喝酒。"刚说好，就听见身边的楚随风话音响起："不是吧！我……"

楚随风的话才出口，便接到蒋正楠一记冷冷的警告眼神，他不由得觉得好笑，难得碰到蒋正楠这般护犊子的样子，每次都是对着这个女人。看来以后有很多机会可以看好戏了。

便赶忙转口道："呃……我觉得啊，许小姐不会喝酒也没有关系，反正我们今天就这么喝，自己带来的自己负责，如果实在不会喝，就每个人自己负责喝掉就成了。"

聂重之眉头一挑，靠在椅子上没有说话。路周易等人自然也瞧出了楚随风的用意。

蒋正楠斜睨了楚随风一眼，视线一转，又落在了身边的那个人上，轻轻一笑："好，你说怎样就怎样。"

聂重之几个都知道楚随风平日里的酒量是怎么也不如蒋正楠的，但那小子估计平日里就对蒋正楠存了相当大的意见，所以今天铆足了劲，不止自己敬还一个劲儿地带头敬酒，一副不把蒋正楠灌醉誓不罢休的样子。

蒋正楠自然也意识到了，连着许连臻的份子也喝了数杯。

吃饭的时候到也还好，等去聂重之的俱乐部的时候，楚随风依旧不依不饶："蒋正楠，我又不是敬你。"嘻嘻一笑，朝许连臻道，"美女，我敬你。"

许连臻自然知道楚随风在刻意与蒋正楠闹着玩，她乌黑的眸子有些无措地瞥上了蒋正楠。旁人都闲闲地坐着，看戏般地瞧着蒋正楠几人。

蒋正楠挑了挑眉毛，一声不吭地拿起桌上的酒杯，仰头一口喝掉。楚随风轻拍手掌，笑道："好酒量，好酒量。"眸光向四周的人扫了一圈，"难得今天蒋大少这么开怀畅饮，你们也好意思在那里喝闷酒。"

路周易自然打蛇随棍上，放了搂在怀里的美女，趁机道："那怎么少得了兄弟我啊。"一边说，一边探手与蒋正楠的酒杯相碰。

聂重之忍笑忍得简直快憋出内伤了，知道这几个人今日在有仇报仇、有怨报怨，也顺带测试蒋正楠的真正酒量。这样的机会确实难得，他也不得不顺应了一下民意，向蒋正楠举杯。

蒋正楠双眸微眯，不咸不淡地环视了众人一眼。大家自然接收到他目光里的警告："我记住了。"但都玩到这种地步了，再收手的话，也太半途而废了。

这样的围攻下，蒋正楠最后自然是喝醉了。许连臻见他不停地去洗手间，又瞧了兴致高昂的另外几人，低声劝道："不要喝了……"

蒋正楠慢慢地转过头，目光微闪，声音低沉："为什么？"许连臻怔在那里，半晌才有些语无伦次地道："那个……那个喝醉了……会很难受……"

蒋正楠望着她忽地一笑，那样的笑，许连臻在那一瞬间似有了种喝醉的感觉，晕眩昏沉。蒋正楠把头低了下来，目光有些炽热："你不想我喝醉？嗯？！"那个"嗯"字低低的从鼻腔发出，不知道怎么的，就像一把小而柔软的刷子在许连臻的心脏处刷过，颤颤的抖动。

这么多的人，许连臻觉得自己的脸颊慢慢热了起来，耳朵亦是，或许已经红得透明了，但她却入魔一般地点了点头。

蒋正楠的笑容更盛，搂着她摇摇晃晃地站了起来，舌头打结一般道："好，我们不喝了。"

楚随风等人见他今日表现确实可以，几乎烂醉如泥了，想拦也觉得好像自己过分了些，于是嘻嘻哈哈地又每人灌了他一杯，便放人了。

许连臻搀扶着快不省人事的他出了电梯，找到了车子，幸亏他醉归醉，倒是很配合。司机老申见状，赶忙下车过来帮忙。

总算是把他折腾进车子了，许连臻坐下来的时候，额头都已经冒汗了。蒋正楠的身子轻轻地斜倚了过来，靠在她肩膀上。他的身子极重，许连臻轻轻地推了推他，结果自然如同蚍蜉撼大树，分毫不动。

搀扶着他到了房间，他径直地往床上一倒。许连臻气喘吁吁地坐在床畔，目光落在蒋正楠身上。她从未这般放肆大胆地打量过他。如今这么近距离地审视，忽然觉得他的皮相真不错，高鼻剑眉薄唇，线条优美得无一不像是用刀刻成的一般。就算没有其他身外之物，也是一个可以让很多女孩子奋不顾身的人物。

她在床畔坐了很久，想不好到底要给他泡杯浓浓的醒酒茶呢，还是让他去洗澡，这酒味也实在太浓烈了。

考虑了半天，最后还是决定就让他这样睡吧。动手替他脱了鞋子，至于衬衫，想想也算了，便探手拉过铺叠在床尾的被子，替他盖好。

蒋正楠其实也没有真正醉过去，在那群人面前，如果不暗暗保留几分，还不被他们给玩死。所以此刻虽然头脑昏沉，但自己在哪里、做什么，他脑中还是有几丝清醒的。许连臻俯身替他掖被子的时候，他只觉得身边淡香萦绕，不用睁眼也知道是谁，但是他就是想睁眼看看她。

许连臻原本正要转身去洗手间给他拧条热毛巾，只见他忽然睁开眼，漆黑的眸子在灯光下如黑宝石般熠熠生辉。许连臻动作一滞，与他直直对视。他眼底深处闪过一丝笑意，一点点的浓烈起来，双手一圈搂住了她柔软的腰肢，一翻身，将她固定在身下。

他的脸在面前放大，放大，再放大……许连臻闭了眼。蒋正楠很慢很慢地俯了下去，先是轻柔地触碰她的唇，用舌尖一点点地描绘她的美好，诱她急促喘气……最后他终是忍不住，深深地吻了下去，与她唇齿纠缠……

室内光线靡靡，蒋正楠的唇一点点地往下移，不管不顾地在她身子里放纵，喃喃地唤她的名字："连臻……连臻……我是谁？"

许连臻咬着下唇，拼命摇头想要躲避那种熟悉至极的欢愉。也不知道他怎么了，最近老是喜欢这般对她，老是半强迫地哄她唤他的名字。蒋正楠恶意地停留，执意想要她的答案："我是谁？"许连臻泪水晕染，纤细的肩膀不由自已地颤抖，终是吐出了他的名字："蒋正楠。"

蒋正楠满意之极，低头与她呼吸交融："我是蒋正楠，你又是谁？嗯。你又是谁？"许连臻难堪又愤恨地别过头，用脚蹬他。蒋正楠吃吃地笑："你不说我就不动……"许连臻愤愤地推着他，手脚并用，像是被惹毛的小猫。

蒋正楠亲吻着她的耳垂："你是谁？"许连臻别无选择："许连臻……我是许连臻。"他在上头深深地凝望着她，眸子幽亮如冬日星光，双手与她相扣："我是蒋正楠，你是许连臻。"

第二天，许连臻在温软舒适中醒来的时候，已经是阳光洒满整个房间的光景了。侧头，便是蒋正楠熟睡中的脸庞。

她怔怔地望了许久，然后起身下楼去看许小白。他不喜欢小白到楼上，让人在楼下给小白弄了个窝。虽然小窝的位置有些太角落了，但那个紫色的窝确实可爱得紧。

吃过了早点，便抱着小白在草地上一边晒太阳一边看考试资料。身边摊开了一大堆书本资料：《艺术设计原理》、《设计素描》、《中外建筑史》……

冬日慵懒的光线下，人都是懒洋洋的，更不用说小白了，耷拉着眼皮，半睡半醒的。

有人来到了她身边，小白龇牙咧嘴地冲他“汪汪汪”地叫。许连臻忙着安抚小白：“小白，不许叫。”蒋正楠很不爽地眯眼盯着那条小狗，用眼神威胁：“你叫，你再叫就把你扔出去。”而小白的回应则又是数声的“汪汪汪”。

许连臻知道蒋正楠一直不喜欢小白，平日里都尽量离小白远远的，现在见一人一狗如此对峙，倒不免觉得有几分好笑。

蒋正楠拉起了她：“吃饭去。”许连臻低声道：“我已经吃过了。”蒋正楠嘴角勾勒出淡淡的笑：“陪我一起吃。”说罢，拉起许连臻就走。

许连臻迫不得已，只好坐了下来，长长的餐桌上摆了四菜一汤，她只喝了几口汤。蒋正楠胃口极好，吃了整整两碗才放下筷子，道：“等考试结束，陪我去七岛。”

许连臻不由得愕然，带着惊讶抬起了头。蒋正楠的神色如常，也看不出什么。

这个冬日下午，许连臻终于在洛大结束了所有的考试。漫步在校园里，三三两两成堆的学生，相伴而行的男女学生情侣，只觉得满满都是年轻张扬的气息，迎面而来。相比五福大学，洛大风景更为宁静优美。不过大学校园，类似的教学楼、宿舍楼、运动场，类似的场面，相似的场景，她自己也说不出的感慨万分，不能自已的感伤。

有些东西过去了，永远不会回来了，就算她今天可以打扮得仿若一个普通学生一样地在学校散步，可是却再也不是当年那个二十岁的许连臻了。

那种年轻飞扬、清澈通透、未经世事的一尘不染早已经离她远去了。永远永远不会再回来。

回到家已经是下午三四点光景了。她趴在床上，只觉得头涨脑裂地累得慌，说不清道不明的累。被褥松软宜人，她渐渐地终是抵挡不住来袭的睡意。

似睡了很久，又仿佛只是片刻光景。迷迷糊糊中好像有人回来了，喊她起床。

许连臻连手指也不想动，只恨不得睡到天荒地老，日月无光。翻了个身，嘟囔道："惠姨，人家不要吃饭啦。我要睡觉。"迷糊中又记挂着小白，便又口齿不清地道："惠姨，小白今天要洗澡，你帮我给它洗洗吧。谢谢惠姨。"

蒋正楠坐在床畔，眼睁睁地看着许连臻无赖似的把被子拉到了头上，在被子里头蜷缩成小小的一团，怎么也不肯出来。有些目瞪口呆，又有些好笑，嘴角不知怎么的就上扬了起来。

于是到了楼下，隔了老远，双手环抱在胸，远远地瞧着那只小小的咖啡色宠物狗。瞧了许久，蒋正楠也不知道是哪根筋搭错了，卷起了袖子，大掌一伸拎过那只小狗。

他调好了水温，将小狗轻轻地放进了大水盆，瞪着它喃喃自语："小白，许小白……"小白朝他"汪汪"了两声，也不知道是应和还是挑衅。

蒋正楠嗤声道："得瑟什么……听名字就知道你是什么了……还叫……"小白又冲他"汪汪"了两声，抖了抖身上的毛，似在抗议。

蒋正楠"阿嚏"一声，嫌恶地道："不准动，再动……再动我把你给绑了……"小白也瞪着他，与他对峙，冲着他不停地"汪汪汪"直叫。

蒋正楠真有想一把捏住它狗脖子的冲动，但他还是忍住了，一直在心里劝自己道："怎么能跟狗一般见识呢！"

在揉搓小狗毛发的时候，蒋正楠一边狂打喷嚏一边想，想不到他蒋正楠也有做狗保姆的这一天。如果传出去，他还要不要混了啊！

许连臻一觉睡到了自然醒，一看时间已经是午夜了。定睛细看不由得一呆，小白"呼呼"地睡在床下的地板上。她不解地转头，看着身旁熟睡中的那个人，不觉有片刻的发愣，他不是最讨厌小白的吗？

考试后的第二天，便到了七岛市。蒋正楠大约公事繁忙，临走时在她额头上亲吻了一下："无聊的话，出去逛逛街。我让贺君给你安排车子。"

许连臻瞧着门轻轻关闭，片刻怔怔。到了窗边，正好看到蒋正楠上车的背影。因七岛的天气温暖，他只穿了一件简简单单的白衬衫，清爽简洁。他仿佛有所感应一般，在楼下抬头往上瞧了瞧，才钻进了车子。公寓位于在20多层的顶楼，自然估计是什么也瞧不见的。

许连臻的指尖缓缓地抚上额头，怔怔地站在窗边，抬头是碧蓝色的天空，像是大块大块的水晶，剔透晶莹，触手可及。云朵是一团一团的棉花，飘来荡去。

许连臻亲自整理了行李，把衣服一件件地往衣帽间挂好，整个公寓干净得像是样板房。许连臻打开了电视，一时间整点新闻的女主播声音清脆地充斥着整个空间。

索性回了房间，取了纸笔，开始画画……

笔落在纸上，如有意识一般，便是一个浅浅的轮廓。她添加了几笔，整个人忽然就愣住了，笔下的男子，丰神俊朗，不是蒋正楠是谁……

许连臻将纸张揉成了一团，往垃圾桶里头一扔，然后心烦意乱地起身去浴室……

第二天，实在是无聊，最后还是出去逛了半天。现在的城市，高楼大厦都已经复制得大同小异了。她也没觉得有什么好逛的，于是随便乘了一辆公交车，就在七岛市乱转。坐在车内，看着流动而过的城市风景，一幅幅巨大精美的广告画，一个又一个陌生的地名……

蒋正楠早出晚归，显得很忙碌。可奇怪的是，无论怎么忙，蒋正楠都会来接她出去一起吃晚饭。

这天晚上，两人用餐完毕刚从餐厅出来，正好迎面与刚下车的一群人相遇。前头一个气宇不凡的男子，笑意隐隐地停顿了脚步，视线落在了蒋正楠握着她的手上。而那人身后的人群则纷纷向蒋正楠打招呼，里头竟然还有贺君："蒋总。"

那人朝众人吩咐了一声："你们先进去吧。"似笑非笑望着蒋正楠："原来如此。这样的情况，我倒是能够体谅的。"

蒋正楠只淡淡一笑："杜兄，我就不打扰大家的雅兴了。"杜维安拦住了他："大家都忙了这么久，今天的庆功宴你不在可不像话！来，跟大家一起喝一杯吧。"

蒋正楠转头望了一眼许连臻，这才点了头："好吧。"

从两人的交谈中，许连臻这才知道，蒋正楠每次与她吃饭都是抽空的。

蒋正楠又一连忙了好几日，这天晚上，很突然地对她说："你整理一下行李，明天我们去小岛玩。"许连臻有几分诧异，他这么忙，居然还有时间去度假。

从小到大，她唯一一次去岛上度假，也是跟他去的。

可是等许连臻从游艇上下来的时候，熟悉的小岛风景，不禁让她惊讶地抬头："是这里。"蒋正楠含笑着伸手牵她下船："喜欢吗？"

碧空如洗，日光照耀，浮云飘摇，还有微风缭绕。大约只有傻子才会不喜欢。

许连臻诚实地点了点头，任他牵着她的手。

上次来的时候不过两天，所以都没有好好逛逛这个小岛，也不知道这次会在这里住几天。

早就有车子在等两人了，见了游艇靠岸，几个人便迎了上来恭敬地叫了一声："蒋先生。"又迎了蒋正楠上车，将两人送到了木屋区。一直到两人所住的木屋停下车，许连臻发现这栋木屋也还是原来两人一起住过的那栋。转头望向蒋正楠，他只是微笑不语。

许连臻推开门，熟悉的一切扑面而来，隐隐有种时光倒流之感。唯一不同的是这一次蒋正楠在边上，他握着她的手。

整顿好了一切，蒋正楠便开了游艇带她去海钓。海面平稳，颠簸不大。

许连臻钓鱼倒是不会，但从小陪父亲许牟坤钓鱼，所以陪钓经验还是丰富的。便拿了一本书，戴了大大的草帽，坐在边上陪蒋正楠。海风吹来，热热的，带了太阳的温度。

许连臻嘴角含笑，翻开了书页。

蒋正楠不时偏头看她。她轻含笑意的表情，她这样地伴着他……不知道是不是由于温暖的缘故，心里也涨得满满的。让他觉得，这天地之间，他几乎已经别无他求。

许连臻才翻了几页，便听见蒋正楠道："快看……"许连臻抬眼，只见鱼线上的浮漂不停在颤动，许连臻一喜，搁了手里的书，雀跃起身："有鱼……"

蒋正楠缓缓把鱼线收上来，一条活蹦乱跳的鱼儿出现在了许连臻面前。许连臻探手便从钩子上取鱼，蒋正楠叮嘱道："当心手，我来……"

被他握着的地方似有电流丝丝地通过，许连臻心头不明所以的一动。抬眼，只见蒋正楠凝望着她："怎么样？我海钓的水平还不错吧。"

许连臻一笑，抚着方才手指的触碰之地，有些浅浅地发愣。这到底是怎么了？

晚上依旧是在草坪上用餐，星光点点是最好的佐餐佳品。因为下午海钓的收获颇丰，所以餐盘里都是两人的成果。

蒋正楠吃到一半，含笑着跟她说了一句："不好意思，我去一下洗手间。"

他走后片刻，不知怎么的，草坪上所有的露天灯一下子暗了下来，四周唯有星辰寂寥。

下一个瞬间，空气里有人在轻轻地哼唱生日快乐歌。许连臻怔在了椅子上，缓缓地转头，不远处，蒋正楠推了蛋糕缓缓过来。

四下黑暗如漆，只有蛋糕上的蜡烛光华灿烂，还有他的笑，像是无数的星辰下坠，碎了一地光辉。

他望进了她的眼，微笑着说："生日快乐。"简简单单的四个字而已，许连臻只觉眼里不能自已地酸意弥漫。

她凝望着诱人的蛋糕，有些恍惚，她已经多久没有过生日了？她以前跟每一个女孩子一样，喜欢各种精致小巧的甜品，喜欢品尝各种蛋糕。但是从里头出来后，却再没有在生日那天吃过蛋糕了。

她永远记得她父亲被抓的那天，其实也是她被抓的那天，是她的生日，她与叶英章约好了那天去博物馆看文物展出，约好了一起吃午饭……

犹记得那天，父亲按往年一样，一早起来给她煮糖心鸡蛋。小的时候，父亲每天早上都会早早地起来给她煮两个糖心鸡蛋，久而久之也成了习惯。以至于到了某天，她看到糖心鸡蛋都不敢吃了，因为吃怕了。后来她大了，父亲也忙了，所以就改成了每年她生日那天，父亲下厨给她煮糖心鸡蛋。

那一天早上，她一边吃了父亲做的糖心鸡蛋，一边还不知福地跟父亲抱怨："爸，以后不要再给我煮啦！"父亲许牟坤含笑不语，只是用手揉着她的头顶，像她小时候一样。半天才道："等你以后出嫁了，爸爸就不煮了。以后让你老公煮给你吃。"

可就那么大半天的光景，父女两人却被双双关在了监狱之中。她当初那般的怨叶英章、恨叶英章，最重要的原因是除了因为他欺骗了自己外，更多的是因为他的狠心。他一再地说，他爱她，就连后来相遇，他也一再的强调。

可是她却再也不愿意相信，也不愿意再和他有任何牵扯了。若叶英章他曾经有那么一点点喜欢她的话，怎么会在她的生日，亲手送她进监狱呢！

所有的往事都定格在她21岁生日那一天。她失去了一切。

后来便再也没有过过生日了。

如今蒋正楠简简单单的四个字，现实与过往，都在这一刻被联结。

喉咙异样的干涩，许连臻哑哑地开口：“谢谢。”甫一出口，一股酸意便直冲鼻尖。

隔着蜡烛的火光，她望进了蒋正楠墨玉般发亮的眸子。他正凝望着她微笑，眉眼舒展，英俊难言。这样的光景，这样的微笑，仿佛身边再无旁人，天地之间只有他与她而已。

饭后，他拖着她的手，侧头微笑：“难得这么好的星光，你说做什么好呢？要不要去海边散步？”许连臻望着他，他的视线温暖，不染尘埃。

不知道为何，她只觉心情别样，好像花蜜渗到了唇齿间，清清地一片沁甜。于是她眼底有淡淡的笑意浮动，像是花蕾在氧气中一点点地舒展开来。

蒋正楠知道她同意了，他拉起她的手，在月光下跑动。

许连臻轻轻唤他：“不要这么快，我跟不上……”

淡淡的月光下，两个人就像剪纸下的人影，如梦幻泡影。

蒋正楠将自己的鞋子脱掉，又弯下腰帮她脱鞋。手被他牢牢地握着，许连臻赤足踩在了沙滩上，细细小小的沙粒钻进了脚趾间，痒痒麻麻的，抬头是蒋正楠微笑的俊脸，轮廓清晰，眼目深邃。

海浪不停地冲刷上来，清清凉凉的，一遍又一遍。

他用脚在沙上写字，写她的名字，一遍又一遍。

他和她做所有情侣之间做的事情，可是两人偏偏不是情侣！

后来关于那两日的记忆，许连臻都觉得模糊恍然。好似天空里灿烂的烟花，大朵大朵的绚灿。伸手想要抓住，却只剩一手的余烬，除了空气，别无痕迹。

她只知道，那是这些年来，过得最快乐的两天。

这辈子除了父亲，再没有别人对她这般的体贴温柔，让她如此简单自在。

可是她总是暗暗告诉自己这一切只不过是演戏。有时候她也会迷茫，会隐约的不懂，叶英章他们也不在这里，他表演给谁看啊。

许连臻隐隐觉得，他与她，正不受控地往一个未知方向发展。她莫名害怕，惶恐不安。她不知道为什么，她只知那个结果会比当初遇见叶英章更惨。

Chapter 11

无声的掩藏

喜欢与不喜欢，
喜欢谁与不喜欢谁，
如今都已经没有任何意义了，
再没有任何意义了。

蒋正璇回到家的时候，兰姨迎了上来开门，替她脱厚重的外套。蒋正璇问道："兰姨，我妈呢？"

兰姨笑吟吟地将嘴一努："在客厅喝茶呢。梁夫人来了。"

梁夫人是洛海有名的梁氏基金会的负责人，与蒋母陆歌卿是姑表之亲，素来走动频繁。蒋正璇听了便道："那我去和表姨打声招呼。"

轻敲花厅的玻璃门，已见母亲陆歌卿和梁夫人笑意盈人地抬头。蒋正璇推门而进，朝梁夫人娇笑撒娇："表姨。"

梁夫人亲亲热热地拉了她在自己身边坐下，含笑道："我有几个月没见璇璇了，真的是越来越漂亮了。"又抬头朝陆歌卿道，"我啊，等着喝璇璇的喜酒呢。好日子定下没有？到时候可不要把我给忘了哦。"

陆歌卿与她自然也不客气，笑道："忘记谁也不能忘记你啊！正商量着呢，有几个日子在选，只是还没有具体定下来。"蒋正璇到底年纪轻，不好意思了起来，撒娇道："妈，表姨……"

梁夫人瞧了甜美可人的蒋正璇，笑道："璇璇，这有什么害羞的，想当年你妈在你的岁数都已经生了你哥了……"说着说着，轻轻叹了口气道，"我一直都说吧，生女儿好啊，一个女儿就是一件贴心小棉袄。你看我们家的那两个小子，猴年马月能定下来啊！"

说起这个，陆歌卿也是一肚子的话："你急什么，你的那两个儿子都还没到三十呢，你瞧我们家的正楠……跟他一般大的，很多儿子都已经上小学了……你看看他……”

梁夫人道：“我刚刚跟你说的那几位家的小姐，都是从国外留学回来……跟我们正楠倒也相配。也不怕你笑话，本来我还舍不得介绍呢，想留着自用。可我那两个儿子，一相亲，每次都自动消失，害我都不知道得罪多少人了……”

那两个表侄子放女方鸽子的事情，在她们这个圈子早不是什么秘密了。陆歌卿也听她提过多次，此刻也只好拿话宽慰她：“算了，他们还小，等过几年你再急吧。说不定啊，明年都已经让你抱孙子了呢。”

女人呢，无论什么年纪都是八卦的。于是说着说着，又提起了前不久结婚又离婚的易家。

蒋正璇在边上听两人闲聊也觉得无趣，便帮两人重新斟了茶水，找了个借口告辞了出来。

梁夫人望着远去的蒋正璇，叹了口气道：“叶家那孩子也是有福气的。你辛苦养了这么多年的，就这么给他娶回去了……连我都不舍得……要不是咱们有血缘关系，我早就下手了……”

陆歌卿被说中了心事，越发觉得不舍了：“可不是。我就这么一个女儿……唉……想想都心痛。可是不舍得又能怎么样？还不是璇璇看中了，几千万个心甘情愿……我这个做妈妈的，只希望以后英章多疼疼她就好了……”

等蒋正璇再次下楼的时候，表姨梁夫人已经走了。而母亲陆歌卿戴了无框眼镜正在看照片。蒋正璇凑上去一瞧，照片上的女子或气质可人，或明艳照人，又或楚楚动人，反正都是一顶一的美女。

陆歌卿见她看得认真仔细，一脸慎重，人小鬼大的模样，不免觉得好笑，便问道：“觉得哪一个跟你大哥合适？”

蒋正璇抱着抱枕，做着鬼脸摇头啧道：“妈，你急什么呢！”说着，古灵精怪地凑近道，“告诉你哦，大哥已经有女朋友了！”

不提这个还好，一提这个，陆歌卿再好的修养也不免有气：“是啊，你哥不是没有女朋友，是有太多女朋友了。唉！真的是……你说吧，都玩了这么多年了，也该定下来了。”

蒋正璇嘻嘻一笑：“妈，现在这世道，哥喜欢女人，不喜欢男人，你就应该抚额庆幸了！嫂子的事情，他这个皇帝不急，倒是你急死了！”

陆歌卿有些目瞪口呆地望着女儿，对女儿说的那个喜欢男女的问题上，还未能反应过来。

蒋正璇贼兮兮地一笑，已经凑了过去，挽着母亲陆歌卿的手，道：“妈，我告诉你一件事哦，大哥真的有一个固定女朋友，在一起都有一年多了，两个人的感情好得很呢！”

陆歌卿狐疑地盯着她，一副不相信的样子：“固定女朋友？真的假的？”蒋正璇用力点头，以表示认真：“妈，我怎么可能骗你呢？而且这次我觉得是真的。你知道的，哥从不带那些乱七八糟的女人出现在我面前的。所以这个一出现啊，我就知道不大一样……经过我一段时间的观察来看，哥这次看来真的很认真。”

陆歌卿还是不相信，“是吗？”蒋正璇：“妈，我难道还会骗你吗？”忽然想到一事，嘟嘴道，“妈，你知道吗，哥跟她一起住，居然还给她养了一条小狗……你说气人不气人，以前啊，我想要养猫猫啊狗狗的，哥都不同意！”

陆歌卿惊讶地出声：“养小狗，正楠他不是会过敏吗？”蒋正璇一副“对啊，就是这样才奇怪啊”的样子，道：“所以我觉得不一样啊。而且啊，我也蛮喜欢连臻的，跟她处得越久，我就越喜欢她……她还……”

蒋正璇想说绑架的事情，但想起上次的事情大哥蒋正楠再三叮嘱过她不能让父母知道的，所以忙止了口。

好在陆歌卿心思也不在那个地方，所以也没听出什么不妥之处。顿了片刻，方半信半疑地问道："她叫什么？"听女儿一个劲儿地称赞，陆歌卿倒是来了点劲，觉得可能不是假的。

蒋正璇道："连臻，许连臻。妈，你也见过她的啊，不就是上次我订婚的时候，大哥带她一起出席的啊。"

陆歌卿自然记得那个女孩子，因为这是这几年来，蒋正楠第一次带女孩子出现在长辈都在的场合。长得清清雅雅、斯斯文文的，站在蒋正楠边上，容貌上看倒也蛮配的。

可是后来她旁敲侧击蒋正楠，但当时正楠明明告诉她，不过是一时玩玩的意思啊。想不到现在还在一起，如果真像璇璇说的在一起都一年多了的话，难不成正楠也有跟人家结婚的意思？可为什么一直没带到他们两个老的面前呢？除非女方……

陆歌卿那一天晚上就直接打了电话给蒋兆国下面的秘书丁寸生："小丁啊，你给我办件事……"

在W省范围内，丁寸生自然也算响当当的一号人物。不过一天，关于许连臻的所有资料，包括在哪里出生，都已经详详细细地陈列在了陆歌卿面前。

陆歌卿一份一份地翻了下去，最后心都凉了下来。

从蒋家大宅的窗户望出去，天色发青，云翳厚重，一片阴冷。但蒋家大宅的花厅内，温度适宜。

陆歌卿一条黑白相间的安哥拉羊绒裙，披了一条浅灰色的披肩，闲闲地在花瓶里摆弄花枝，头也未抬地道："正楠，你与她是不可能的。"

蒋正楠在沙发上，本还在想母亲是不是又要让他去相亲了。一听到这话，霍然抬头，已然明白母亲话里的意思。原来这便是今天叫他来吃饭的主因。

"你一直是个聪明的孩子，怎么这次就糊涂了呢！"

蒋正楠淡淡开口道："妈……"

陆歌卿转过身来，语气坚定，一副不容商量的模样："你听妈把话说完。

"正楠，你就璇璇这一个妹妹，难不成你想以后每天看见自己的老婆，就想到你妹夫不成。

"我知道，现在的时代是跟我们以前大不一样了。你妈我也不是老古董。但我倒是一直觉得老祖宗们传下来的'门当户对'这句老话，还是很有道理的。

"你妹妹以后若是找一个不如我们家的，就算我们没有看轻人家的意思，但说话行事都得分外的小心翼翼，就怕不小心得罪了人家长辈，以为我们瞧不起人家，让你妹妹难做人，让她过得不舒坦。这样的赔尽小心，我想想都累。

"虽然你妹妹和叶英章之间是有些问题，但我对叶英章总体还是满意的。毕竟两家认识这么多年了，在你爷爷那代就是世交了！知根知底又门当户对的。你妹妹以后嫁过去，叶家也绝对不会亏待她的。

"还有，妈这次也索性打开天窗跟你说亮话了，这次我跟你叶伯母通了电话，大家都把话摊开来说了。你叶伯母告诉我她的病也是假的，为的就是让英章和你妹妹能早点结婚。所以，过两天，她和你叶伯父会亲自到洛海来跟我们提亲，结婚的日子就定在年底。

"正楠，你是我们两代人捧在手心里捧大的。就算妈对你未来的妻子再没有要求，但最起码她也得身家清白，不落人口舌吧……你想想，你怎么对你爷爷交代！"

蒋正楠站在花厅的落地玻璃前，一直沉默。

外头开始下起了大雨，"噼里啪啦"地打在了清透的玻璃上，肆意地纵横蜿蜒。

"再说了，若是她知道你爸当年作为W省的副省长，当年她爸的案子是他亲笔批的、亲自指示的，或许连无期这个刑，你爸都有过指示。你认为，她还会留在你身边吗？”

“你好好想想，妈不是在逼你。”陆歌卿的语气中自有一种坚持。“妈自问不是什么老古董，也希望你站在妈的角度考虑一下！”

“妈，你说了这么多，只不过是觉得她不配当你的媳妇而已。”

陆歌卿抬头，脸色明显一愣，不敢置信：“这么说来，原来你还真的想过，甚至打算跟她结婚……”

蒋正楠勾了勾嘴角，不置可否。

陆歌卿将手中的小花剪往花架上随手一扔，苦口婆心地道：“正楠，你就死了这条心吧，你爸是绝不可能答应的。”

蒋正楠的声音淡淡地响起：“你们自然不可能会答应。老头子还想着下一届呢？他怎么丢得起这个脸，恐怕连她在我身边，你们也是不能容忍的。”

陆歌卿不语。

“不过，妈，我不是小孩子了。我很清楚地知道自己在做什么。我想要的，没有人能阻止，就跟我不想要的一样，谁也不能硬塞给我。”

蒋正楠起身，缓缓道：“妈，我等下还有一个会要开，就先走了。”

陆歌卿望着儿子远去的高大背影，一直僵站在花房里头。

好半晌，蒋正璇轻轻地推门进来：“妈，你跟大哥说什么呢，他好像脸色不对，连我叫他都不理我。”陆歌卿望着女儿，一时无言。半晌，才缓缓道：“没什么。”

蒋正璇过来揽住她的腰：“妈，是不是大哥惹你生气了？是不是为了大哥相亲的事情，妈，你就让大哥去吧，我看连臻真的不错，性子也好，长得也好看……你以前不是说过，只要大哥喜欢就行了吗？”

陆歌卿听着女儿清脆的叽叽喳喳的声音，心里又气又疼，这个傻女儿啊，还不知道这个许连臻和叶英章……唉……这么单纯，以后可怎么得了啊，只怕被卖了还在边上替人数钱呢！

是啊，她以前说过只要正楠喜欢就行，可再怎么样，那女孩子至少得身家清白吧！

唉！陆歌卿在心底深深地叹了口气，伸手抚了抚女儿柔嫩的脸，喃喃道："放心，妈知道怎么做！"

这日许连臻和蒋正璇约了一起做美容，顺带一起吃饭。

蒋正璇笑嘻嘻地凑到她面前："连臻，下下个礼拜二是我哥生日，你准备送他什么？"

许连臻的筷子一顿，抬眼望着蒋正璇，有些微愣。蒋正璇给她出主意："你还没有想好吗？要不送他一对袖扣？或者手表？反正刷他的卡就是了。"

许连臻自然不会跟她说自己原先根本不知道蒋正楠的生日是什么时候。

"要不，给我哥做爱心牛排啊？保证他开心得心花怒放。"

许连臻自然知道蒋正璇的开心牛排很成功，但她和蒋正楠的情况完完全全的不适用。她只好微笑不语。

蒋正璇很认真地对她道："连臻，你知道吗？我哥对你真的很好。虽然每个人恋爱的表达方式都不同，可是我觉得他对你的方式与别人不同。"

许连臻轻扯嘴角，尝到了舌尖的苦涩味道。蒋正璇的这番话，大概就是对她和蒋正楠的演技的最大赞赏吧。

只是……她偶尔也会微愣，现阶段他对她的演戏是不是太逼真了。蒋正楠眼里总是星光浮动，里头有一种东西令她正在慢慢沉溺。

蒋正璇见她不置可否地清淡模样，娇啧道："连臻，人家说真的啦。"见许连臻依旧不语，蒋正璇倒起了几分怒其不争的味道，"连臻，我跟你说实话哦。我爸跟我妈等着我哥结婚都等得快成长颈鹿了，可是我哥依旧我行我素。所以呢，我们家的长辈明的暗的都快急疯了……我爸爸本来还有两个弟弟的，可是后来都……唉……如今呢，他们就盼着我哥给他们生个孙子……要不，我看实在不行的话，你们就先斩后奏。我妈看在孙子的份上，呵呵……”

说罢，蒋正璇朝她眨了眨眼，许连臻不着痕迹地别开视线，装作欣赏窗外流动的风景。蒋正璇以为她害羞，嘻嘻直笑。

蒋正璇笑道：“连臻，我呢，从小到大可都是一个人，所以啊，当然希望以后有人可以陪我……”见许连臻一副不好意思的模样，便道，“好了好了，我不说了……我跟你说另外一件事情……”说着说着，声音渐渐低了下来。

蒋正璇脸色忸怩，顿了顿才道：“连臻，我告诉你一个事，叶大哥……叶大哥跟我求婚了……”

那天，叶英章约她出去吃饭。两人在后来手牵着手在海边栈道上逛，遇到了一个卖花的小姑娘。

那女孩子不过八九岁的模样，扎了两个小小的辫子，俏皮可爱。抱着一个篮子，清脆地对叶英章说：“大哥哥，给这位漂亮的姐姐买一朵玫瑰花吧，八元一朵。”

叶英章便取了几张一百出来，塞给了那个女孩子：“我都买了。”蒋正璇在边上，自然甜到了心里。

那个时候还是没有想到下一刻叶英章居然会抱着那一大束的玫瑰花向她跪了下来：“璇璇，嫁给我好不好？”

她当时不免吃惊地愣住了，但很快便狂喜地反应过来。她平素是最不喜欢大红色的玫瑰的，只觉得艳丽得俗气。可那个时候，只觉得欢喜无比。连看花，也觉得是那般的喜庆美丽。

许连臻怔了一怔，方郑重地含笑着抬头望着她，道：“恭喜你们。”

蒋正璇十分娇羞地接受了她的祝福。

许连臻问道："婚礼日期定在什么时候？"

叶英章真的要跟蒋正璇结婚了。那么这件事情是不是就可以告一段落了呢？那么她是不是就可以离开了呢？

回家的一路上，许连臻不断地在想这个问题，她没有答案。可是很奇怪的是，这个问题每每念及，总有一种很奇怪的感觉从身体里涌上来。

蒋正楠这天晚上回来的时候，已经很晚了。推门进来，居然看到许连臻穿了一身家居服站在窗口发呆，似在等他回来一般。

蒋正楠心里不明所以的欢喜，放低了脚步，在后面一把拥住了她："怎么还不睡？"

他特有的气息混合着酒气淡淡地浮在空气里，许连臻有片刻的失神。

她缓缓地道："我有事情想问你。"蒋正楠轻吻了她的侧脸，轻"嗯"了一声："什么？"

许连臻望着远处的路灯，星星寥寥地数点，像是盛开在黑暗里的寂寞花。莫名的，她就忆起了那个星光下的沙滩和沙滩下手牵手的那对人。

只是再怎么逃避，最后还是得面对的。这个道理她比谁都清楚。

许连臻深吸了一口气，转头面对着蒋正楠："我今天和璇璇一起吃饭。她说……叶英章跟她求婚了。"

蒋正楠倒没料到她说的竟是这个，脸色一僵，没有说话。他缓缓地放开了她。空气里原本有种撩人的亲昵，此刻却仿佛被东西覆盖住了一般，瞬间冰凉了下来。

许连臻定定地站着，凝视着他。从蒋正楠的角度只看到她精致清浅的侧脸线条。蒋正楠忽地勾起了嘴角，阴晴不定地笑了出来："没错。你想问什么？"他不过也才知道这个消息而已。

蒋正楠不动声色地望着她，不放过她脸上的丝毫表情，语气却是极度地轻描淡写："你是想知道他们结婚的具体日期，然后准备离开？"她就这般着急地，时刻不停地想着离开他吗？

这些日子，他对她的，难道她没有一点点感觉吗？

蒋正楠的样子很奇怪，许连臻只觉得自己心里也很奇怪，茫然一片。

两人都没有再说话，好似各自站成了雕像。房间里冰冷窒息。

蒋正楠猛地转身，甩门而出。

蒋正楠开了车子，一路飞奔去了聂重之的俱乐部。聂重之不在，底下负责的人忙将他迎进了他们这群人固定的豪华包房。

蒋正楠取了一瓶酒，仰头直灌。

第二天，是安排好的，要去七岛市出差，他原本早就计划好了要带她一起去，他甚至一厢情愿地想着，以后去哪里都要带着她。

显然是他蒋正楠自作多情了。

她与他之间，从开头到现在，一直都是他强迫她的，她喜欢的人从来都不是他！

他是知道的！可是总是觉得他一点一滴地待她好，她总是会察觉的。可是今晚的事情，倒叫他明白，是他一厢情愿了。

蒋正楠自嘲般地大笑了出来，一仰头，又是满满一瓶。

等聂重之接到手下人的电话赶来的时候，蒋正楠早已经酩酊大醉了。房间里酒意浓烈，一地的酒瓶东倒西歪，还有满地的玻璃碎碴……总之，是一室的狼藉。

这也是聂重之第一次看到蒋正楠喝得如此之醉，也总算是清楚地知道了蒋正楠真正的酒量。

这日，许连臻醒来的时候已经很晚了，天光明亮。

身边的一侧依旧是空的，他还是没有回来。都已经第九天了！任何联系也没有。

她与他之间本来就没有什么联系了，除了他主动会发给她微信外。如今，什么也没有了。

生命中有些东西没有过，也不过如此而已。可是曾经有过，如今没有了，却总让人觉得隐隐难受。

许小白躺在薄被之上，呼呼地喘气。许连臻失神地望了片刻，方才起身梳洗。

拉开外头那层厚实的窗帘，细细碎碎的光影从纱帘漏进来，有微尘在光束里清幽浮动。她转身抱起了小白，趿着拖鞋下了楼。

客厅有人，从她的角度只能看到一个精致的侧面。好在那人也并不想给她留多少幻想的余地，优雅地站起来，转身道："许小姐，你好！"

那人头发松松的绾了发髻，穿一件极精致的黑色长袖毛呢连衣裙，浅V型的领口。典型的贵妇人装扮。

许连臻并不认识她，可是她却知道这个人是冲她而来的。这人的五官笑容与蒋正璇有五六分的相似，这般的年纪……她忽然忆起蒋正璇订婚的那日，她确实是见过这位夫人的……

许连臻抱紧了小白，有些紧张地欠了欠身，微笑问候："您好。"

那人浅浅而笑，不浓不淡，一切优雅得恰到好处："许小姐，我是正璇的妈妈，你可以叫我伯母。"

任凭许连臻平日里再淡然，但此刻觉得说不出的紧张，这个人是蒋正楠和蒋正璇的妈妈。她不知道为什么这么紧张，其实她用不着紧张的，可是不知为何，她就是不明所以的紧张！

许连臻再度欠身，努力完美微笑："伯母，您好。"

陆歌卿的视线落在许连臻手上抱着的小狗身上，虽然早已经从女儿那里知道了，但还是微微一愣。但也只是几秒的光景，她便优雅地坐了下来，淡笑道："你坐吧，不要拘束。"

许连臻忙着放下了小白，在单人沙发上坐了下来。幸好当年父亲请了专门的老师交过她礼仪，面对长辈，她只侧着腿，虚虚地坐了三分之一。

陆歌卿扫了一眼她的坐姿，轻轻柔柔地道："许小姐，我今天来打搅你，我想你肯定觉得我有些冒昧，对不对？”

“我想你现在肯定心里在揣测我会跟你说些什么？对不对？”

许连臻没有说话，审时度势，这种情况下，她能做的只是听她将话说完。幸好，这位夫人目前似乎还没有盛气凌人的态度和意思，说话之间低低柔柔的，还算客气婉转。

“许小姐，我也不多说其他什么了，就开门见山吧。请问你已经多久没有联系你父亲了？”

许连臻倒没有预料到她会以这个作开头，微带了愕然地抬起头。

“我想你应该已经很久没有跟你父亲联系了，所以你肯定不知道他最近的身体情况。”

许连臻倏地抬头盯着她：“伯母，我爸爸他怎么了？”她是在上个月看过父亲，这个月因为那天蒋正楠甩门而出，便耽搁了下来，所以已经足足有一个半月没有去监狱探望了。

陆歌卿缓缓地道：“根据我所知道的情况，你爸病得不轻，上个星期所有检查报告都已经出来了……”陆歌卿说话的时候，一直紧紧地审视着她，似乎不想放过她脸上的任何表情。她顿了顿，说道：“得到医生证实了，是胃癌。”

许连臻只是不肯相信，无意识地连连摇头：“不，不可能的。如果我爸病得这么严重，狱方……狱方为什么没有通知我？”

“如果是犯人自己要求狱方不要通知家属的呢？”

许连臻一呆，这种可能性是很大的。不，是绝对有可能！是父亲不想让她知道，是父亲想独自承受这一切。无论父亲他曾经做过什么，但他绝对是世界上最疼女儿的一个父亲。只要力所能及，他都要帮她撑住那一片天空，就算是那片天空早已经残破不全了。

许连臻方寸大乱，不停地摇头：“不会的……肯定是弄错了……就算不通知我，可是贺君不可能不知道的。”

陆歌卿瞧着许连臻失魂落魄的担忧模样，心里倒起了几分不忍，便道：“你先不要急，听我把话说完。”许连臻这才有了反应，直直地抬头，目光定定地落在她身上。

“监狱里的犯人得了重病，有些是可以保外就医的，但都是对有期徒刑的人而言的。可是你爸爸的条件是达不到保外的标准……”

许连臻忽然福至心灵般地懂得了她意味深长的眼光，也明白了贺君为什么不知道这么大的消息。

洛海市蒋兆国的夫人，若是连这点小事也无法办到的话，那也真是白活了。

她垂下了眼帘，一字一句地问道：“伯母要我答应什么，才会愿意帮我这个忙呢？”

果然是个一点即通的聪明孩子。真是可惜了！

蒋母走后，许连臻抱膝坐在窗帘后面，一想到父亲，心都揪疼了。落了很久的泪，小白过来挠着她的裤子，冲她“汪汪汪”地叫。若是平时，许连臻早抱它在怀里，逗它嬉戏了。可今天小白在她脚边绕来绕去地希望赢得主人的注意，但最后还是失望地趴在地板上，打了个滚，露出圆圆的肚子，“呜呜呜”地抗议了几声。想来它也不明白，为什么平日里疼爱它的主人，今天不肯理睬它。

许久之后，许连臻转头环顾四周，原来终于是到了要离去的时候了。

其实那日开口问蒋正楠，也是问问而已。或许也有想确认他会不会按照约定让她离开的想法。她不是傻子，又怎么会感受不到蒋正楠这段时间对她的转变呢？可她那般的自私，就像埋在沙堆里的鸵鸟，唯有装作什么都不知道而已。可是她不敢去确认那种改变是什么，不敢也不能。她唯有把这些归于蒋正楠的入戏而已。

人贵在有自知之明，这一点，还是要有的。

现在终于可以离去，可她为何会涌起一种失落感呢？

许连臻真的觉得自己有病。她竟然在这样的时刻，开始留恋这里了。

到了现在，这里所有的一切，原本她极力想逃离的一切，如今倒似一把把的双面刃，割得她……割得她心里难受得紧。

许连臻摸着胸口，猛然回神，是的，那个地方，会疼！

原来她早已经在不知不觉中开始贪恋他给的温柔，就算她早知道这些温柔都是假的，都是做戏，她都已经贪恋了。而且她居然连何时开始的，竟然也不知道。

只是，她早已经明了，一切已到结束之时。

蒋正楠一直没有再回来。一直到他生日的前一天，许连臻还是隐约地觉得他会回来的。她有种朦胧的笃定。

许连臻抱着小白，很突然地想到，如果蒋正楠一直没有回来，会不会就是表示这个交易到时间要结束了。这样的话，蒋夫人交代的事情不就解决了吗？父亲也就可以保外就医了吗？

但那念头也不过一闪而过罢了，世间哪有那么好的事情呢？

那一个晚上，许连臻辗转难眠，一直到天蒙蒙亮，她才渐渐入眠。

第二天，蒋正楠还是没有回来。

许连臻一整天都窝在书房画画，偶尔抬头，便可瞧见窗影静移，其实心浮气躁得很，拿着笔从哪里下手也不知道。她连连出错，瞧见夕阳霞光洒在脚边堆满的纸团上。她放下笔，知道今天不是她画画的时候，索性起身，整理好一切，准备找本书出来看看。

才刚从书架上挑出了一本禅道类的书出来，阿姨便上来敲门请她下去，说是贺先生来了。

贺君在厅里，见了她客气地道：“许小姐，蒋先生让我来接你。”隔了这些天，终于听到这个名字了，甫一入耳，许连臻心里就不明所以地一抽。

许连臻低头瞧了一眼自己毛衣打底裤的一身家居打扮，便道："我上去换一身衣服。"她在柜子里找了一条裙子，化了点淡妆，这才上了车子。

贺君从来知道该说什么不该说什么。许连臻也从来不多问，加上司机，三个人默默无言，一时间车里静得宛如无人一般。

车子开了小半天，到了一处庄园似的地方，贺君才开口："许小姐，这里是聂重之先生的私人庄园。"

聂重之，许连臻自然认识，与蒋正楠关系素来极好，她也在不少场合遇到过。只是聂重之这个人，素来都是面无表情，隐隐霸气，她与他好像都没有说过一句话，遇见了也只是点个头而已。

许连臻沿着大理石铺成的阶梯拾级而上，候在门口的保安人员轻轻为她推开了门。触目所及，奢迷繁华，无不精致到了极点。

豪华的大厅里三三两两的人群，她走了数步，便一眼望见了蒋正楠。这么多日未见，她居然也可以一眼望见。

许连臻缓缓地呼气吸气，抬起有些酸软无力的双腿，一步步向他走去。

似有人在他耳边轻轻说了一句，蒋正楠缓缓转身，许连臻的视线一下子便撞进了他的眼里，如同往常一般，那双眼睛便是一汪潭水，深邃不见底。

蒋正楠伸出手来，一把握住了她的手。他的掌心温热干燥，许连臻的指尖微动，心里说不出什么感觉，便乖巧地任由他握着。

蒋正楠见她难得的温顺，连日来积聚的怒火便渐渐隐了下去。蒋正楠向来强势，男女关系上也不例外。从来都是别人迁就他的份，久而久之，他自然也就习惯如此了。像许连臻这般不识相的女人，他自然是第一次接触。

那天甩门而去，心里恼火之极。心想着他蒋正楠要什么样的女人没有，用得着这般窝囊至极，委曲求全吗？过了几日，又想着，她只要服软一下，他也就顺势而为了。可她也没有任何的联系，倒让他把这场火一直延续到了现在。

一直拖啊拖的，拖到了他的生日。原本总想着，她只要一联系他，或者贺君也行，那么总归是他和她一起过的。可是……她没有。或许在她心里，他从来就不曾存在过。

在这般的烦躁阴郁之下，所以聂重之提议要帮他办个PARTY庆生，他也就一口答应了。

可是真的到了会场，没有她，一切都那么空落落的。如今，她这般主动出现……

蒋正楠此刻瞧着她，心头欢喜，连面色都因他的微笑而舒展开来。见到了她，好像所有的芥蒂在看到她的那一瞬间都消失得无踪影了。

蒋正楠摸了摸她的脸，低声问道："是不是瘦了？"周围都是人，虽然略略隔了点距离，可他是主角，自然有很多的视线缭绕。

许连臻的脸一下子红了，语无伦次地道："没……没有……没有瘦……"她听见自己的声音像呼吸一样的轻飘无力。

蒋正楠只是望着她，眼底含笑："我说瘦了……"

他今天是寿星，最大了。他说瘦，那么她就瘦好了。许连臻浅笑不语，忽然发觉她不知道什么时候竟然反扣住他的手。她微怔，但他已经拉着她去了人群里。

大约是吵架过后，小别胜新婚，蒋正楠对她隐约更好了几分。一个晚上一直握着她的手不放。

大约是知道了要离开，许连臻只觉得有些说不出的感觉。她偶尔侧头望他，水晶灯下，光线悄无声息地落在他身上，将他的一切都衬出了薄薄的光晕，仿佛是泡泡一般，只要轻轻一触，就会消失无踪。

回到了房间，更是缠着她不放："今天我生日，我的礼物呢？"

许连臻瞠目结舌地望着他，好一会儿才讪讪道："没有……"

虽然说蒋正璇给她出了很多主意，但是心形牛排、烛光晚餐这一类的实在不适合他与她之间。她也只是听听而已。另外的领带、袖扣、衣服，他又多了去了……再加上前几天两人一直冷战……可是她怎么也没料到蒋正楠居然会开口跟她索要礼物。

蒋正楠极度地不满意："没有礼物……"蒋正楠的表情变化就好像一个小孩子似的，许连臻只好赫然道："要不，回去补给你……"

她的嗓音绵绵软软的，呼吸间似有馨香幽幽。蒋正楠这才满意地点了点头，凑到她耳边："这还差不多！"

第二天晚上，蒋正楠的一群铁杆发小依旧在聂家庄园围坐着一起吃饭。

蒋正楠坐在她边上，不时地给她布菜。取了一些虾子放在她的碟子里头，半天也没见许连臻动。

蒋正楠便将碟子拿了过去，闲闲地一只一只地剥起壳来。他的手指修长，手法利落，轻轻一扯，红红的虾壳便脱落了。不过片刻，已经将虾子都剥干净了，一只一只地叠在了瓷碟里。

蒋正楠把碟子轻轻地放到了许连臻面前，低声道："吃吧。"

粉白的虾肉，被白白的描金碟子一衬，犹如玉石般的诱人。

许连臻自然察觉到众人奇怪的目光，特别是在座美女们的潋滟羡慕，不由得觉得有几丝尴尬羞涩。偏偏蒋正楠在边上浑然不觉，又夹了鱼脸肉给她。

一桌子上头的楚随风、聂重之、路周易等人不由相互对视了一眼，眼里的惊愕之情方才隐下去。

因为在座的那几个人，哪个不知道，蒋正楠这家伙从小到大跟他们一起吃饭，那鱼脸肉便是他的绝对专利。

晚饭后，蒋正楠等人玩牌。许连臻也不会，只看了一小会儿便推说累，先告辞回房了。可才出门，便想起薄外套还搭在蒋正楠的椅子上，便准备返回去拿。

聂重之看着轻轻开启又渐渐合上的门扉，饮了一口酒，似是不经意地道："蒋，你该不会是真的准备要定下来结婚了吧？"

蒋正楠正含笑着拿着酒杯微微晃动，闻言，笑容不由一怔，不免有几分被看穿心事的窘意和难堪，再加上也不想他们这群活宝笑话他。蒋正楠挑眉一笑："结婚？和谁？人选呢？"

聂重之斜睨了他一眼，嘴角微勾："谁？你心知肚明。你身边可从来没有这么长时间的固定女伴。而且，瞧你的样子，看来一时半会儿也不会觉得厌倦。"

楚随风见蒋正楠一时间不语，不由得一惊："怎么，我们的蒋大少准备从良了不成？准备与祝安平一样，抛弃我们众兄弟？"

提起祝安平，路周易一肚子的火气："祝安平这家伙，据说最近在二度蜜月……这人简直已经没救了！"说着说着，便将视线移到了蒋正楠身上，"蒋正楠，你不会真要成为祝安平第二的吧？"

蒋正楠不知自己是被聂重之等人那淡淡的激将语气给激怒了，还是心惊于自己的想法如此的外露，居然让众人这般轻易地猜到。

他悠悠地摇晃着手中的酒杯："和她？你们开玩笑吧。"

楚随风扫了他一眼，似笑非笑："真没有？那今天这种兄弟们给你庆祝的日子，你带她来干吗？你难道还怕聂重之没给你安排女人吗？"

蒋正楠懒洋洋地一笑，尽量让自己的语气轻描淡写："用习惯了而已。兄弟们，女人嘛，不都一样！"

听他这么说，于是众人再没有多说什么。聂重之也只是淡淡地瞧了他一眼，打了一下手里的牌。

原来是用习惯了而已！

这便是这段时间以来，他对她所有不对劲的唯一解释！

原来是用习惯了而已啊！

许连臻隐在门外的阴暗角落，她知道自己应该离开的，可是双脚不听使唤，犹如被钉子钉在了地上，无法动弹。

许久之后，许连臻才慢慢地回了房间。

蒋正楠带着薄薄的酒意回来，推门而入便瞧见房间里暗暗的，只在角落里开了一盏落地灯，晕晕黄黄的一团光线。

许连臻抱膝坐在窗前的贵妃沙发上，静静地瞧着窗口发呆。她似乎听见了动静，慢慢转过了头。

蒋正楠正要说话，可是她用一种很奇怪的眼神望着他，空空洞洞的。只听她的声音轻轻地在寂静的房间里如水波般荡漾开来："蒋先生……"

蒋正楠双目微眯，蹙着眉头望向她，以为自己听错了，她叫他什么来着？

许连臻淡淡道："蒋先生，既然蒋小姐和叶先生要结婚了，那么，按照我们先前的约定，我是不是可以离开了？"

蒋正楠杵在原地，酒意消散，呼吸僵硬。原来就这么想离开他！他昨晚才刚过了生日，她今天又提起了这个话题。

蒋正楠灼灼地盯着她，仿佛要将她看个通透。可是她的样子极其平静，如同千年的古井水般，半点波澜也没有。

蒋正楠忽觉得从未有过的一种心如死灰："你……是不是仍旧喜欢叶英章啊？"

他第一次知道，很多事情不是自己努力了就会有结果的。但是，人嘛，落了败，无论如何总是不甘心的，所以他将不甘心问出了口。

许连臻没有回答。喜欢与不喜欢，喜欢谁与不喜欢谁，如今都已经没有任何意义了，再没有任何意义了。

蒋正楠定定地站着，几乎以为自己要化为雕像，他甚至可以感觉到自己心里的热度一分一分地凉了下去，最后冻结成冰。

空气里压抑窒息，古墓般的死寂。

蒋正楠的脸忽明忽暗，许连臻瞧不真切。她只知道两人之间无形之中已经隔了几座山般的距离。

只听他的声音在房间里低缓地响了起来，听上去倒似有几分自言自语的味道：“原来你一直喜欢英章啊。”

她沉默着一直坐在那里，别着头，避开他的目光。许久许久之后，才听到她的声音轻轻响起：“是。我喜欢他，你不是一直都知道的？”

是啊，她喜欢的一直是叶英章。自己不是一直都知道的吗？

可是这一刻，蒋正楠却还是觉得全身五脏六腑，无一不在发疼叫嚣。

蒋正楠嘴角微勾，缓缓一笑：“可惜了，他现在要跟我妹妹结婚了。”

他一点一点地踱步过来，一举一动好似一只优雅的豹子。最后在她面前停了下来。他居高临下地望着她，犹如君王，那般高，那般的压迫，空气仿佛凝固了。

他的手伸了过来，指节修长有力，缓缓地按住了她心口的地方。许连臻心口猛地一颤。

半晌后，他又慢慢放开。他一步一步地后退，一直退啊退的，退到了门口。

然后，许连臻听见他的声音漫不经心地缓缓传来：“那好吧，就这样吧。”

一切到此为止。

他蒋正楠要什么样的女人得不到，何必这般强人所难呢？这向来不是他的作风！

空气里绷得很紧的那根弦似乎在那一刻断裂了开来，她甚至可以听见空气里头那轻轻的“啪”的一声断裂声。

她抬眼，不能控制地朝他望去，却看到他淡淡地瞧着她，嘴角含笑，转身而出。

她还有些反应不过来的时候，他已经离开了，步伐极快，没有丝毫的迟疑和停顿。而后，花园里传来急促的发动机声音。

最后，世界一片寂静。

他那日说“那好吧，就这样吧”是不是就表示这一切的结束呢？她不知道。她和蒋正楠之间所有的故事，都是他一手按下开始键的。她没有任何的主动权，这次也一样。

隔了两天，接到了贺君的电话。贺君欲言又止地道：“许小姐，现在方便说话吗？”

许连臻捏着手机，淡淡地开口：“请说。”

贺君道：“蒋先生吩咐我找好了房子，许小姐若是方便的话，这几日将别墅里的物品整理一下，随时可以搬过去。最后，蒋先生想让我转告一声，他与许小姐的协议已经结束。”

她的指尖不受控制地颤动……半晌，许连臻才吐出了几个字：“好的，我知道了。”

终于是在这一刻知道了，他说的“就这样吧”，就是要与她结束了。曾经心心念念地要走，可到了此刻，她却连嘴角也无力扯动。心像是被洪水漫过之后的田原，一片荒芜。心头那么的空，好似这辈子再也无法被填满了。

如此不是很好？各自得到各自想要的。从此之后各自无关，各自安好。

可是，为什么她的心会这般难受？从未有过的疼痛，像是被生生撕去了一块似的，再补不回来。

许连臻捂着胸口，竟无力移动分毫。

她其实也没有什么好收拾的，这里所有的东西都不是她的。许连臻最后只带了几套可以换洗的衣服，拿了陪伴自己经年的那个大包。

搭上计程车后，她在后座回头看了一眼，然后转回头。这个地方，大约是与她的缘分已尽。

之后的事情一切都很顺利，她主动联系了蒋夫人。蒋夫人二话不说，也按照约定将她父亲转到了相关医院。记得最后通电话那次，蒋夫人只说了一句话："许小姐，很多事情不用我多说，你也是明白人，对不对？"

许连臻其实不知道自己到底是不是明白人，但她却懂得蒋夫人的话外之音，从此之后，再也不要与蒋家人有任何关系，也不要再出现在蒋家任何人的面前。

她想她会做到的。

许连臻一直在医院里照顾父亲。这大约也是她现在最幸福的事情，能陪着父亲，陪着他走过人生的最后一段旅程，已经是上天对她最大的眷顾了。

其他的一切，都与她无关！

大半个月后，贺君打她电话，约她出来见面的时候，许连臻正陪着父亲在挂点滴。她看了号码，便转身出了病房，倒也没注意父亲许牟坤眼底的几丝诧异。

贺君说明来意，说有东西要交给她。许连臻本想拒绝的，可是她想到了脖子上的链子。那些天，浑浑噩噩的，忘记留下了。这么贵重的东西总归是要还给人家的，于是便答应了下来，约在了医院附近的一个咖啡店。

许连臻陪着父亲许牟坤将点滴挂好，又说了一会儿话，才道："爸，我有事情要出去一下。你困的话，就先睡一下。我等下顺道去菜场买点菜，煮好了给你带过来。"许牟坤望着她微笑："去吧，去吧。我好着呢，不用担心我。"

贺君很有时间观念，分毫不差地准时出现在了她面前："许小姐。你好。"

两人各点了一杯咖啡。还是许连臻主动开的口："贺先生，有什么你就直说吧。还有，帮我把这个带回去。"

她把项链和手机推到贺君面前。贺君朝她望了一眼，欲言又止，但最后还是什么都没有说。他打开了随身的公文包，取出了文件。

贺君将资料递到了她面前："许小姐，这是蒋先生吩咐我交给你的，这是房子的各种证件，还有这张是支票。"许连臻瞧了一眼放置在资料最上头的那张支票，虽一眼，但却已经看见一个很大的数字。

许连臻没有很清高地拒绝或者撕掉。如今的她早已经知道了什么是世事艰难，寸步难行。这个世界，钱不是万能的，但没有钱却是万万不能的。

她也没有多废话，取过文件装进自己的大包里：“贺先生，没别的事情的话，我就先走了。”

她认得那几个字迹，是蒋正楠亲笔所写的。如果，如果真的有需要用到的那一天，她会毫不犹豫地去用掉。

许连臻推门而出，自然也没有留意到马路边的一辆陌生的车子，里头有一个熟悉的人……蒋正楠。他坐在后座，虽然没有听到两人的对话，却将两人的一举一动看得清清楚楚。

贺君拉开门，坐在司机的位置上：“蒋先生，许小姐已经收下了。”蒋正楠一直没有说话。贺君没有看后视镜，大约也能猜到他此时的表情。

“蒋先生，这是许小姐的项链和手机……”蒋正楠没有说话，他只觉得胸膛里有一把火呼啦呼啦地在向上窜，他冷冷地道：“给我扔了……”

贺君顿了半天，才又说了一句：“蒋先生……其实许小姐的父亲还在我们手里……”

话音未落，便听见蒋正楠冷冷地“哼”了一声：“像这样的女人，我要多少没有？开车。”既然她对他没有半点留恋，他又何必自作多情呢？他蒋正楠什么都不多，多的是女人。

那个晚上，许连臻疲惫地回到自己那租来的房间，躺在小床上，摸着空无一物的光裸脖子，怔怔地瞧着那张支票，不知怎么的，泪就无声无息地涌了出来。

有些东西没有就没有，也无所谓的。可是一旦有过，却又失去了，真的会让人觉得有种空落落的感觉。

她一直不知道她和他之间算什么？除了男欢女爱之外，有时候总觉得两人间隐隐有种暧昧的感觉。她不知道是怎么产生的，但等她察觉的时候，已经存在了。她从来都是知道的，她与他是没有以后的。可是她到底还是贪恋，贪恋了他偶尔的那一点点温柔。

那天他那一句“用惯了”的话语，彻彻底底地让她清醒了过来。

如今，这张薄薄的纸，这几个简简单单的阿拉伯数字，终是叫她知道了，一切终于结束了！

她和他之间，只是一个协议！一个协议而已！

这一切，不过只是她人生的一段小小插曲而已。而她，或许连他的插曲也算不上。

可再怎么样，日子还是要过下去的，每一天都是新的一天。

她的人生还那么长，总归会有一个对的人在某个地方等着她的！

她答应过父亲的，这辈子一定会找对她好一点的男人，有份正当职业的，也不需要太有钱，也不一定要长得好看，只要真的对她好，真心的对她，然后安安稳稳、幸幸福福地过日子。

她一定会找到的。找到属于她自己的幸福！

只是那个人，不会是他，也不可能是他。

作者的话
The Author's Words

大家好!

梅子又一次与大家在书中相见了。这本《有生之年，狭路相逢》是梅子的第七本书，在这本书中，梅子第一次挑战自己写长文。

一直伴随着梅子走过来的大家都知道，梅子的小说都是不长，每本书都只能算是一个中篇故事。以往每每写到14万字就是梅子的瓶颈，痛苦之极，难以突破。但是这种情况得以突破是在上一部民国小说《青山湿遍》里头，梅子第一次发现在文中可以加入很多的事件以促进故事的发展，增加小说的看头。

最开始构思这本书的时候，也没有想过要写长篇的。但是写着写着，梅子忽然发觉自己像开窍了一般，14万字对我再不是难关了。于是乎，动起了挑战自己的念头：我是不是可以写一个长文，分上下两册。

梅子心动了，然后马上就行动了。

这次挑战，一开始的时候，梅子万分的忐忑，不断地骚扰我的美女编辑郑郑，再三重复询问她对我写长篇有没有信心。其实无关答案，要的只是鼓励！因为知道她对我从来都是纵容的！从来不干涉我写的故事，我写作的时间长短，总是让我可以随心所欲地创作。

这个故事里的许连臻大概可以算是梅子笔下背景最另类的女主人公了吧。父亲是个大走私犯，初恋男友是警察卧底，然后和父亲双双入狱。因为叶英章不是男主人公，所以正文只是用了闪回的方式回忆了许连臻和他的过去。

一开始的时候，梅子是准备把女主人公的父亲设计成贩毒的，可是后来编辑郑郑提醒我，贩毒到一定数量，抓了就要被枪毙。后来想想，女主人公的父亲要担负推动情节的作用，就把他的犯罪改成了走私。

具体大家就不要深究了，因为这只不过是一个杜撰的爱情故事而已。

这篇故事其实在2011年底就开始构思了，一直断断续续地写到了现在。许连臻是一个让人心疼的女人，经历了很多，却一直干净纯透。她这样的女孩子，会拥有最美最好的人生的。

她让梅子想起一个儿时的好友，初中时她借给梅子一本席绢的小说《交错时光的爱恋》，从此开启了梅子一发不可收拾的言情路。当然，在那之前，也陆续看过琼瑶的、岑凯伦的小说，但梅子真正意义上的台湾言情书却是从看席绢的故事开始的。

现在回忆当年，如果没有她，估计也就没有现在的梅子了。

生活中的这位好友也经历了许多，父亲经商失败，从此不知所终。母亲出车祸而亡，真正的凶手一直逍遥法外。弟弟为了减轻姐姐负担，远赴新疆读书……由于生活的种种原因，她一直没有恋爱结婚。

梅子心疼之余唯有祝福她，愿她以后的人生平顺圆满。梅子相信，这个世界上一定会有那么一个人，在一个地方等着她的，不是在这里便是在那里，不是在这个时候便是在那个时候。然后，她会像童话里的公主一样，开心幸福地生活。

还有我初中最要好的姐妹芳，梅子一辈子都记得。那一年的冬天，父亲去世，梅子披麻戴孝地跪在灵柩前，身边有人告诉梅子，你很多同学来了。那么多年过去了，可是梅子一直记得她推着自行车，穿了初中那一身校服，跑过来抱住我的情景……现在回想起来，依旧清晰如昨。那校服衣袖上的彩色条纹，依旧在眼前晃动。

还有很多很多的人，高中的、大学的，梅子在这里也就不一一叙述了。在下一本《流光飞舞》的后续里，梅子一定要好好写写。

梅子希望她们每个人都是幸幸福福的。我们都要幸幸福福的。

大家也是哦。一定要幸福哦！

最后，相信大家都想问我，梅子，许连臻到底喜不喜欢蒋正楠啊？到底如何呢？且听下回分解！

梅子黄时雨于浙江嘉兴

2012年10月8日